SYLVAIN BOUFFARD

L'ASSAUT DU MAL

TOME 1 : SADMAN LE SORCIER

Édition par *www.OLOrtiz.com*, concernant la mise en page, la révision typographique et le graphisme de la page couverture.

ISBN 978-2-9812324-4-1
Dépôt légal - Bibliothèque et Archives nationales du Québec, 2014
Dépôt légal - Bibliothèque et Archives Canada, 2014
2013@Sylvain Bouffard

Je dédie ce livre à ma femme, mon fils, ma fille, ainsi qu'à ceux qui m'ont supporté dans mon projet, dont ma mère qui m'a énormément aidé, ma nièce qui a confectionné ma pochette et mon ami et éditeur Olivier Lavigne-Ortiz. Merci à vous tous. Je tiens également à dédier cette oeuvre à tous mes frères d'armes qui n'ont pas eu la chance de revenir sains et saufs au pays, ainsi qu'à toutes les victimes de la tragédie ferroviaire de Lac-Mégantic, ma région native.

J'eus encore une vision et je vis un livre en forme de rouleau voler à travers les airs. « Que vois-tu ? » me demanda l'ange. Je répondis : « Je vois un rouleau qui vole à travers les airs : il a dix mètres de long et cinq de largeur. »

Alors il me dit : « C'est le texte de la malédiction qui va atteindre le pays tout entier… »

la Bible, Zacharie 5 : 1-3

L'ASSAUT DU MAL

Préface

Du plus loin que je me souvienne, j'ai toujours rêvé d'écrire un roman comme celui-ci. En effet, depuis mon enfance, j'ai continuellement eu une fascination pour les films d'horreurs et d'actions. Mes proches savent que j'ai une imagination débordante et que j'adore inventer des histoires. J'ai d'ailleurs composé plusieurs récits fantastiques au cours de mon secondaire, dont un en particulier qui fit avouer à ma professeure de français avoir eu la frousse en le lisant.

Dès la fin de mes études secondaires, à l'âge de 17 ans, je me suis enrôlé dans l'armée comme soldat d'infanterie, laissant de côté ma passion pour l'écriture. Mais ce ne fut pas en vain puisque j'y ai vécu un tas d'aventures palpitantes. Malgré cela, tout au fond de moi, j'ai toujours gardé la passion pour les histoires surnaturelles.

Puis un jour, il y a environ sept ans, en revenant du cinéma, après un très mauvais film, je me suis mis à réfléchir. Je me suis dit que si un scénario aussi pitoyable était devenu un long-métrage, alors pourquoi ne tenterais-je pas ma chance moi aussi ? Après tout, mon histoire ne pouvait pas être pire que celle que je venais de visionner.

Je me suis donc mis, par pur plaisir, à l'écriture d'une histoire à mon goût. J'y ai intégré plein de monstres classiques tout en ajoutant bien entendu des créatures infernales sorties tout droit de mon imagination. J'ai complété le tout avec une touche d'action et de suspense, ce qui a finalement donné une histoire comme j'aurais aimé en lire. Bref, je me suis totalement amusé à composer ce roman. Après tout, certains peignent ou dessinent pour se divertir, tandis que d'autres jouent de la musique ou chantent. Moi, j'écris.

Après avoir rédigé mon brouillon, je l'ai fait lire à mes proches qui, à ma grande surprise, ont vraiment aimé ça. Encouragé par ces derniers, je me suis donc remis au travail pour le finaliser.

Cependant, entre les responsabilités familiales (étant père de deux jeunes enfants, Justin et Amélie), la maison et le travail, je n'avais pas beaucoup de temps à consacrer à mon projet, le laissant de plus en plus de côté.

À l'été 2009, je suis parti pour une mission à Kandahar, en Afghanistan, où j'occupais un poste dangereux sur le terrain. J'y ai vécu l'expérience d'une vie, et beaucoup d'actions. En particulier lors d'une patrouille à pied où j'ai été témoin de la perte d'un confrère et ami, Charles-Philippe « Chuck » Michaud, après que celui-ci ait mis le pied sur un engin explosif improvisé. Cela m'a fait réaliser à quel point la vie est courte et qu'il faut en profiter. Qu'il ne faut pas remettre à demain ce qu'on a vraiment envie de faire. Après cet évènement déclencheur, je me suis remis aussitôt au travail sur mon roman afin de réaliser mon rêve.

De plus, l'épouvantable tragédie qui s'est déroulée le 6 juillet 2013 à Lac-Mégantic, la ville la plus près de mon village natal, Stornoway, m'a encore une fois prouvé à quel point la vie est courte et imprévisible, et qu'il faut saisir sa chance maintenant.

Une fois terminé, j'ai tenté de faire publier mon manuscrit, mais malheureusement, mon livre n'a pas été retenu. J'ai donc encore une fois remis mon projet sur la glace.

Jusqu'au jour où mon ami et partenaire d'Afghanistan, Olivier Lavigne-Ortiz, surnommé « Wali » par les Afghans, a décidé de faire publier un livre intitulé L'autre côté de la lentille. *Son manuscrit photographique, illustrant des images qu'il a saisies à l'aide de sa caméra lors de ses deux missions en Afghanistan, relate ce qu'est vraiment le conflit de ce pays. Il est d'ailleurs également en vente sur Amazon.com. Il a également écrit un roman intitulé* Le pèlerin et le musicien, volume 1 : la potion magique *(cette publicité gratuite est pour te remercier de m'avoir aidé mon ami).*

Voyant donc qu'il était possible de se publier tout seul, sans l'appui de maisons d'édition, j'ai décidé de me raccrocher de nouveau à mon rêve d'enfance que je croyais perdu.

Mon ami Olivier a ainsi édité mon livre et grâce à lui, mon roman existe bel et bien aujourd'hui. J'ai également demandé à ma filleule de 13 ans, Claudie Bouffard, qui a un talent fou en art, de créer le dessin de la couverture. De plus, ma mère, Solange (Cloutier) Bouffard, a passé plusieurs heures à réviser et corriger mes nombreuses fautes d'orthographe.

Voilà l'histoire derrière ce roman. Malheureusement, je n'avais pas les moyens de me payer un réviseur professionnel, alors je vous demanderais, cher lecteur, d'être clément. Je n'ai pas d'études spécialisées dans le domaine de l'écriture, seulement un secondaire 5. De toute façon, je n'ai pas écrit ce roman pour gagner un prix ou pour faire de l'argent. Le but de ce livre est seulement de vous divertir et de vous permettre de vous évader, pendant quelques instants, des problèmes de la vie quotidienne. J'espère que vous aurez autant de plaisir à le lire que j'en ai eu à l'écrire.

Et vous savez quoi, comme vous tenez présentement mon livre dans vos mains, cela signifie que j'ai réalisé mon rêve et que tout est possible quand on y met l'effort.

Je tiens à remercier tous ceux qui m'ont aidé à réaliser mon projet. Ma femme, Caroline Cameron, qui m'a appuyé tout au long de mon travail. Ma mère,

L'ASSAUT DU MAL

Solange Bouffard, qui a aidé à la révision, encore un immense merci pour toutes ses heures de travail. Également ma sœur, Valérie Bouffard, qui a servi de critique, ainsi que ma nièce Claudie Bouffard qui a créé la couverture. Sans oublier Olivier Lavigne-Ortiz, qui a publié mon manuscrit.

Sur ce, je vous souhaite une bonne lecture…

Sylvain Bouffard, automne 2013

Les créatures sur la pochette ont été créées par ma nièce de 13 ans, Claudie Bouffard. Elle a un talent naturel pour le dessin. Je lui ai donc demandé de trouver des images pour les couvertures des deux tomes de *L'assaut du Mal*. Comme elle étudie dans un programme spécialisé en art, j'ai pensé que ce serait une excellente idée qu'elle participe à mon projet. Elle a donc créé les monstres d'après les descriptions écrites dans mes romans. Après quelques heures de travail, le résultat était au-delà des mes attentes. Je la remercie énormément pour tous ses efforts.

Chapitre 1

Samedi, 14 août, 16 h 17

« Non, non, non, et non, répliqua fermement le gros marchand d'articles usagés.

— C'est mon dernier prix, lui offrit Max Gunnar, un jeune homme, plutôt grand, de belle apparence, aux cheveux bruns courts, dans la mi-vingtaine. C'est à prendre ou à laisser.

— C'est une scie à chaîne presque neuve. Elle fonctionne encore à merveille. Je suis obligé de te dire non, jeune homme. À ce prix, je perds de l'argent !

— Tant pis ! riposta le négociateur tout en remettant lentement ses billets dans sa poche sous le regard songeur du vendeur. Ce dernier poussa alors un long soupir en regardant son client faire demi-tour et repartir vers les corridors du centre d'achats.

— Attendez, lâcha-t-il. Revenez, on va

s'arranger ! »

Max revint aussitôt vers le corpulent commerçant, qui semblait désespéré. Ce dernier regarda le sol, puis leva ses yeux vers son client et annonça :

« Pour vingt dollars de plus, je te la laisse.

— Vingt dollars ? OK, c'est d'accord », répondit-il fièrement.

Il sortit à nouveau son argent et la compta devant le vendeur.

« Le compte y est, elle est à toi », termina ce dernier. Max s'empressa de prendre sa nouvelle scie à chaîne rouge et d'aller la montrer à son ami qui l'attendait un peu plus loin dans le centre d'achats. Son ami, un blondinet un peu plus grassouillet que Max, l'attendait à la petite boutique médiévale située juste à côté, qui venait d'ouvrir ses portes et dont la vendeuse était plutôt jolie.

« Regarde-moi ça mon Ray, le dérangea Max alors qu'il se préparait à entamer la conversation avec la jeune fille d'une vingtaine d'années. Avec ça, on va s'en faire un pont !

— Excellent, dit Raymond, ne lâchant pas du regard la brunette portant une robe médiévale.

— Alors, on y va ?

— Juste un moment, je veux juste regarder encore un peu les… épées.

— Allez, Don Juan. On n'a pas le temps. Il faut y aller tout de suite. Il est déjà presque quatre heures et demie. On est encore à dix minutes de route. Si on veut faire ça et avoir un peu de temps pour se promener avant la noirceur. De plus, les autres ont dit qu'ils arriveraient vers neuf heures et demie.

— C'est bon, c'est bon. T'as gagné. On y va. »

Sur ce, les deux camarades s'engagèrent dans l'allée du centre d'achats bondée de monde en se dirigeant vers la sortie. Comme Max était plus intéressé à regarder son nouvel achat qu'à observer où il marchait, il accrocha de l'épaule un homme qui marchait à sens inverse. Max leva aussitôt les yeux vers celui qu'il venait de frapper. C'était un homme de belle apparence dans la fin cinquantaine, de taille moyenne, aux cheveux courts noirs grisonnants, légèrement atteint de calvitie. Vêtu de vêtements bruns et d'une veste de pêcheur, il se retourna aussitôt.

« Désolé, lança immédiatement Max.

— Non, c'est ma faute -», répondit le pêcheur.

Après avoir échangé quelques brèves

politesses, ils partirent chacun de leur côté. Arrivé à la sortie, Raymond remarqua un avis de recherche hors du commun sur un petit babillard servant habituellement à afficher des petites annonces.

« Regarde-moi ce type, Max. Il a le visage complètement brûlé. Il fait vraiment peur.

— On ne peut pas dire qu'il ait l'air d'un tendre. J'espère n'avoir jamais affaire à lui.

Les deux jeunes hommes sortirent du marché et se dirigèrent vers le véhicule de Max dans le stationnement. C'était un beau pick-up bourgogne quatre-quatre. Même s'il était usagé, il paraissait encore presque neuf. Le jeune homme venait d'en faire l'acquisition et en était très fier. Surtout qu'il l'avait eu à un très bon prix.

Max déposa donc son nouvel achat dans la boîte de son camion et prit place à l'intérieur du côté conducteur. Ray se contenta du côté passager et ils démarrèrent pour rejoindre la route. Comme prévu, une halte à la commande à l'auto d'un « fastfood » leurs permirent de manger en route afin ne pas perdre trop de temps, car ils devaient au plus tôt mettre leur plan à exécution.

Ils n'eurent que le temps d'engouffrer leurs repas que déjà ils arrivaient devant le domicile de Max. C'était vraiment un bel endroit, d'une grandeur impressionnante, surtout pour une première maison. Jamais il n'aurait pu se payer une demeure de cette envergure près d'une grande agglomération. Mais comme la maison se trouvait à proximité de la petite municipalité isolée appelée Winslow, qui comptait au plus cinq mille habitants, et que la ville la plus près se trouvait à plus d'une soixantaine de kilomètres, son prix était abordable. L'extérieur, d'un bleu royal, donnait fière allure à la maison d'une dizaine d'années. Ce que Max préférait le plus de sa nouvelle acquisition, c'était la tranquillité et l'espace campagnard de l'endroit. Ses voisins se trouvaient non seulement à plus de deux cents mètres de part et d'autre, mais étaient également dissimulés derrière des rangées de conifères bien fournis. De plus, sa cour arrière donnait sur une magnifique forêt mixte. Comme il le disait souvent à ses proches, il pourrait se promener nu sur son terrain que personne ne le verrait. C'était d'ailleurs son goût pour la nature qui avait poussé Max à s'établir dans cette région plus rurale. Car à la fin de ses études en administration, il croyait pouvoir reprendre la ferme familiale. Malheureusement, son père eut de gros problèmes financiers et la banque dut lui saisir ses terres, la grange et même la maison. En fait, le seul héritage qui resta au jeune homme fut une bague en or transmise de père en fils depuis plusieurs générations que son père s'empressa de lui remettre avant que l'institution financière ne mette la main dessus. Du coup, ses plans de carrières étaient complètement tombés à l'eau. Mais le destin lui réservait une surprise. Lorsque les choses commencèrent à s'arranger pour ses parents et sa sœur, il partit en voyage de pêche dans une pourvoirie tout près de Winslow avec ses trois grands amis, dont Ray. Un soir, pendant leur séjour, il rencontra le propriétaire de la pourvoirie qui était d'un certain âge. Ils discutèrent un bon moment autour d'un feu de camp et il fit bonne impression au vieil homme. Ce dernier, qui n'avait aucun enfant et personne pour prendre la relève de l'entreprise qu'il avait fondée, offrit au jeune travaillant de devenir son associé. Le lendemain, lorsque Max confirma que celui-ci était bien sérieux, il sauta aussitôt sur l'occasion. Une fois installé dans ce paisible endroit, il se fit embaucher temporairement dans l'usine de ciment du coin qui avait besoin de bras, le temps que les choses se placent, et aussi pour joindre les deux bouts. Mais bientôt, il deviendrait officiellement l'associé du vieil homme et aurait sa part de la pourvoirie. C'était un rêve pour cet amateur de pêche. Son ami de toujours l'avait fortement encouragé à foncer dans cette entreprise. Raymond avait déjà vu la ville de Winslow auparavant et la trouvait magnifique. Il songeait lui même à s'y installer dans un futur rapproché. Il savait que Max s'y plairait beaucoup.

Comme ce dernier était allergique à la ville, il s'était acheté cette maison à l'écart.

C'était d'ailleurs à l'intérieur du garage juxtaposé à celle-ci que les attendaient leurs deux VTT (véhicule tout-terrain). Celui appartenant à Max était noir et argenté tandis que celui de Raymond arborait un rouge flamboyant.

Avant de commencer leur plan, Max lima la chaîne de son nouvel achat pendant que son partenaire préparait les outils dont ils allaient avoir besoin pour l'accomplissement de leur projet. Après avoir fixé le tout à l'aide d'élastiques à crochets sur leurs véhicules tout-terrain, ils les enfourchèrent et partirent à toute vitesse rejoindre les sentiers boisés et boueux qui débutaient derrière la maison du jeune intrépide.

L'idée derrière la tête de ces deux aventuriers était bien simple : d'abord, ils se rendraient jusqu'au fameux ruisseau qui les empêchait d'accéder aux nombreux sentiers se trouvant de l'autre côté. Puis, à l'aide d'un marteau, d'un arrache-clou et d'une masse, ils détruiraient le vieux pont trop pourri qui servait encore de traverse depuis toutes ces années. Ensuite, à l'aide de sa nouvelle scie à chaîne, Max allait couper des billots de bois afin de se construire une nouvelle passerelle, qui cette fois serait assez solide pour que les deux téméraires puissent traverser avec leurs véhicules.

Cela faisait bientôt un mois que Max avait emménagé dans sa nouvelle demeure. Mais entre le déménagement, ses débuts dans son nouvel emploi et les rencontres avec son futur associé, il n'avait pas encore eu le temps de faire une vraie promenade et d'explorer le coin à son goût avec son VTT. Il avait cependant eut vent, par ses voisins, qu'il ne manquerait pas de place pour s'amuser avec son quatre-roues. Alors, comme son ami d'enfance venait le visiter ce week-end, Max lui suggéra d'amener sa « machine » pour qu'ils essaient ensemble les pistes du coin.

Mais après s'être promené pendant près de deux heures, ils en avaient déduit que les meilleurs endroits pour essayer leurs engins se trouvaient de l'autre côté d'un ruisseau trop large et trop profond pour tenter de le traverser sans mettre en danger leurs moteurs. Et comme ils n'avaient trouvé aucun autre endroit pour traverser l'obstacle naturel qu'un vieux pont à l'apparence très douteuse, ils en avaient conclu qu'il serait plus sûr d'en fabriquer un nouveau. Ils étaient donc retournés à la résidence du jeune homme pour chercher les outils nécessaires. Mais ils avaient rapidement compris qu'ils n'auraient d'autres choix que d'aller chercher en ville ce qui leur manquait, dont une scie à chaîne, que Max voulait de toute façon se procurer tôt ou tard.

Une fois de retour au ruisseau avec l'équipement nécessaire, ils se mirent à la tâche. Ils travaillèrent ardemment pendant presque une heure. D'abord, ils durent se mouiller un peu afin de défaire le vieux pont qui était en fait bien plus solide qu'ils ne le soupçonnaient. Après avoir réussi à le déloger, ils le déplacèrent de côté afin de laisser de l'espace pour leur future construction. Ils préparèrent leurs matériaux à même la forêt. Ils coupèrent trois arbres imposants afin d'en extraire des billots assez longs pour traverser l'obstacle. Ensuite, ils débitèrent plusieurs petits rondins qu'ils allaient éventuellement clouer perpendiculairement aux gros billots. La prochaine étape était de traverser ces derniers afin d'accoter les extrémités sur chaque rive. Ce n'était pas une tâche facile, car ils devaient traverser le cours d'eau de plus d'un mètre de profond avec la masse de bois sur les épaules. Évidemment, les arbres qu'ils avaient choisis pour faire la base étaient plutôt robustes puisque la dernière chose dont les apprentis menuisiers avaient envie, c'était que leur fabrication ne supporte pas le poids de leurs véhicules. Heureusement, bien que les deux hommes de vingt-cinq ans ne fussent pas extrêmement musclés, ils étaient très forts pour leurs poids. Comme ils avaient tous les deux été élevés à la campagne, ils s'étaient endurcis grâce aux travaux durs de la ferme pendant leur adolescence. Une fois les trois billots installés, ils poursuivirent leur assemblage. Moins d'une quinzaine de minutes plus tard, les deux hommes reculèrent de quelques pas afin d'admirer leur œuvre. Ça y était, leur pont était enfin terminé.

C'était maintenant le temps de l'essayer. Max, étant le plus téméraire, se proposa. Il grimpa sur son véhicule, tourna la clé et mit le moteur en marche. Bien qu'ils aient construit solidement leur traverse, le doute les effleura. Si jamais le pont s'effondrait, il perdrait son VTT à coup sûr. Le moteur avalerait de l'eau et s'en serait fait. Mais ils n'avaient pas le choix, quelqu'un devait le tester. Et de plus, les deux copains avaient essayé sa solidité précédemment en sautant à pieds joints dessus et tout semblait en ordre. Après une brève hésitation, Max embraya en première vitesse et pressa l'accélérateur. Le véhicule commença doucement sa course vers son destin. Max roula jusqu'au bord du pont tout en fixant l'autre rive, n'espérant qu'une chose : atteindre l'autre côté. Les roues de devant escaladèrent les premières pièces de bois. Quelques craquements inquiétants firent alors naître une certaine inquiétude dans l'esprit de Raymond qui regardait avec impuissance son ami s'aventurer au-dessus du cours d'eau. Max continua tout de même. Ce fut au tour de l'arrière du véhicule de grimper. Les bruits suspects se poursuivirent, mais malgré cela, tout semblait encore sous contrôle. Le jeune intrépide était maintenant à mi-chemin et le pont ne semblait pas vouloir s'effondrer. Max pressa un peu plus l'accélérateur. Puis, le devant débarqua enfin sur la terre ferme, suivi de la partie arrière. Ça y était, ils avaient réussi. Leur passerelle était bien solide. Leur plan avait marché comme sur des roulettes. Ils avaient maintenant un passage. Ils pouvaient enfin explorer l'autre côté du ruisseau.

C'était le paradis des quatre roues. Il y avait tout ce qu'un amateur de « quad » pouvait désirer. Petits sentiers dans le bois, trous d'eau et de boue, de longs chemins et des montagnes de sable. Les deux hommes retombèrent en enfance et s'amusèrent comme des fous jusqu'à ce que leur réservoir d'essence commence à baisser. Ils durent alors rebrousser chemin. De toute façon, c'était bientôt l'heure d'aller retrouver leurs amis qui devaient arriver sous peu.

En effet, Max avait invité deux autres amis d'enfance à les rejoindre ce soir. C'était ceux, entre autres, avec qui Ray et lui avaient fait leur excursion de pêche à Winslow l'an dernier. Le nouveau propriétaire tenait absolument à pendre la crémaillère de sa nouvelle demeure avec ses trois copains de longue date. Le plan de la soirée était simple : engloutir quelques bières chez Max avant de filer au pub le plus populaire du coin. Pub qu'ils connaissaient déjà d'ailleurs, puisqu'ils y avaient passé une soirée bien arrosée durant leur inoubliable voyage de pêche. D'ailleurs, au cours de celui-ci, Max avait courtisé une des serveuses, une magnifique jeune femme aux longs cheveux bruns et bouclés. Bon parleur, il lui avait fait la conversation durant une partie de la soirée. Finalement, elle lui avait laissé son adresse Facebook et l'avait invité à revenir la voir si jamais il repassait dans le coin. Comme il était plutôt ivre à son retour au chalet, il perdit le morceau de papier sur lequel était inscrite l'adresse internet et ne le retrouva jamais. Et depuis son arrivée en tant que résident officiel de Winslow, il n'avait pas eu le temps de retourner prendre un verre à cet endroit. Mais ce soir, il allait enfin avoir l'occasion de la revoir, si bien sûr elle travaillait toujours au même endroit. Depuis le moment où il savait que ses amis viendraient lui rendre visite qu'il caressait l'idée de la revoir. Cependant, ce qu'il redoutait fortement, c'était qu'elle ne soit plus célibataire, puisque pour lui, c'était la fille parfaite. Elle était belle, gentille, souriante et, critère très important pour le jeune aventurier, elle aimait la campagne et les activités de plein air.

De retour à la résidence de Max, ils stationnèrent leurs VTT complètement couverts de boue à l'intérieur du garage. Une fois les moteurs éteints, ils retirèrent leurs casques dont on ne pouvait plus distinguer les couleurs originales.

Les deux casse-cous étaient crasseux de la tête au pied. Même leurs visages, bien que protégés par des visières, démontraient des traces de terre. Avant même que l'un d'eux ne dise quoi que ce soit, Max se leva de son véhicule et se dirigea directement vers le vieux réfrigérateur situé contre le mur extérieur. Puis, il l'ouvrit et en sortit deux bières. Il en lança une à son ami avant de déboucher la sienne. Après avoir avalé une bonne gorgée, ils s'adossèrent côte à côte sur l'établi avant de se remémorer les faits cocasses de leur randonnée. Ils rirent de bon cœur en se racontant à tour de rôle leurs péripéties. La conversation convergea ensuite vers le déménagement de Max et les projets de ce dernier. De fils en aiguille, le sujet en vint à tourner autour de la belle Éva, cette serveuse qui avait fait fondre le cœur un peu naïf du jeune rêveur.

Ray s'en donna à cœur joie pour taquiner son copain quand soudain, un puissant et terrifiant hurlement de loup retentit à l'extérieur, brisant le calme du crépuscule campagnard. Les deux amis interrompirent aussitôt leur conversation tout en se lançant mutuellement un regard surpris, stupéfait par la puissance de ce cri. « As-tu entendu ça ? s'exclama finalement Ray après un bref instant de silence.

— Wow ! Ça semblait tout près.

— Il n'y a pas de loups par ici, il me semble ?

— Non, je ne crois pas. Il y a des coyotes, mais d'habitude, ils ne hurlent pas comme ça », répondit Max d'un air incertain.

Les deux jeunes hommes restèrent attentifs un moment, attendant un rappel de l'animal. Après un certain temps, ils prirent une nouvelle gorgée de bière, conclurent qu'il devait bel et bien s'agir d'un coyote et reprirent la conversation. Tout en discutant, Max remarqua que la nuit avait complètement englouti le ciel. Il jeta un œil à sa montre et constata que ses deux autres amis étaient maintenant en retard.

« Il est déjà 9 heures et demie. J'espère que les gars ne se sont pas perdus, s'inquiéta Max.

— As-tu le numéro de cellulaire d'Éric ? suggéra Ray. Je n'ai pas mon cell sur moi.

— Oui, le mien est dans la maison. Je pense que je vais aller l'appeler juste pour voir où ils sont rendus. »

Max finit d'un trait ce qui lui restait de sa boisson et déposa la bouteille vide sur son VTT. Soudain, alors qu'il allait pénétrer dans sa maison, un autre hurlement de bête retentit à nouveau. Mais cette fois, le son résonna encore plus fort que précédemment.

« Wow, il est vraiment près ! s'exclama Ray. Ce n'est pas un coyote ça. C'est un loup, c'est certain.

— Il y a peut-être des loups ici finalement. On est plus au nord après tout.

— S'il y a des loups qui sont descendus jusqu'ici, ça risque d'être dur sur tes chevreuils.

— Ça, on le verra dans un mois. Bon, je vais aller appeler et je reviens. Sers-toi une autre bière. Et fais bien attention aux loups, lança-t-il d'un ton sarcastique.

— Va en paix mon ami. Je survivrai au grand méchant loup. Après tout, ce n'est pas la pleine lune. »

Sur cette dernière plaisanterie, Max laissa son copain dans le garage et pénétra dans sa demeure. Pour ne pas salir son plancher de bois franc avec ses bottes boueuses, il posa ses pieds sur de vieilles pantoufles qu'il allait pouvoir laver plus tard. Il attrapa son cellulaire et sélectionna le numéro de son ami. Une seule sonnerie se fit entendre. Elle fut aussitôt interrompue par la voix féminine d'une boîte vocale : « L'abonné que vous tentez de joindre est actuellement dans l'impossibilité de vous répondre… » Max raccrocha avant la fin du message et, ne voulant pas endommager son appareil avec ses vêtements souillés, le déposa où il l'avait pris. Il se dirigea de nouveau vers l'extérieur. À sa sortie, il lança de vive voix : « Son cell ne rentre pas ! » N'ayant aucune réponse, il regarda dans le garage, mais son copain ne s'y trouvait plus. « Ray ? tenta-t-il. » Il attendit un instant avant d'appeler à nouveau, mais toujours rien.

C'est alors qu'un bruit étrange venant de l'extérieur du garage attira son attention. C'était comme si quelque chose se frottait vivement sur le gazon. « Raymond, qu'est-ce que tu fais ? » interrogea Max. Le bruit cessa aussitôt, mais personne ne lui répondit. Intrigué, et quelque peu anxieux, Max empoigna une lampe de poche qui traînait sur l'établi et alla assouvir sa curiosité. Soupçonnant que son ami devait être en train de lui jouer une mauvaise blague, il se dirigea vers l'extérieur en ricanant. « Ha ! Ha ! Très drôle, lança-t-il sarcastiquement. À quoi joues-tu Ray ? » Mais ce dernier ne répondit pas. « S'il croit qu'il peut me faire peur ! » pensa-t-il. Alors, d'un air sûr de lui, Max tourna le coin et éclaira le côté du garage dans l'espoir de voir Ray tenter de le faire sursauter.

Mais ce qui apparut devant lui le figea net. Ses battements cardiaques passèrent à un niveau extrêmement élevé en une fraction seconde. Un frisson d'épouvante l'envahit tout entier. Il n'arrivait pas à croire que le spectacle devant lui était bien réel.

Car dès qu'il eut tourné le coin, sa lampe éclaira la scène la plus effrayante à laquelle Max n'eut jamais assistée. Un énorme loup brun à la forme humanoïde se trouvait juste devant lui, à seulement quelques mètres. Une horrible bête dont la taille dépassait aisément celle de Max, immobile, paralysé par la peur. La lumière se réfléchit dans les yeux verts brillants du prédateur lorsqu'il leva sa tête pour examiner ce nouvel arrivant comme une proie alléchante. Sa gueule béante s'ouvrit alors, laissant entrevoir d'énormes crocs jaunâtres qui semblaient recouverts de sang frais. Ce liquide rouge, mélangé à de la bave gluante et abondante, dégoulinait le long de la mâchoire de l'immense animal poilu. Le monstre poussa alors un terrifiant grondement qui aurait fait frémir même le plus courageux des hommes. Sa lèvre supérieure se redressa en tremblotant comme un chien enragé, exposant ses imposantes canines. Et sous ses puissantes pattes antérieures, qui avaient la forme de mains humaines, gisait la silhouette d'un homme inanimé. Le cœur de Max se serra lorsqu'il reconnut que la masse qui reposait dans une marre de sang était en fait son ami Ray. La bête ne laissa cependant pas à Max le temps de réagir. Ce dernier n'eut le temps que de jeter un bref coup d'œil. Le loup-garou se précipitait vers lui avec la rage dans les yeux.

Mais au moment où la créature bougea, Max,

dans un instinct naturel de survie, retrouva ses moyens. Il lâcha la lampe, se retourna et prit ses jambes à son cou. Tout en courant, ses yeux ne cherchèrent qu'une chose, un endroit pour se mettre à l'abri. Il cibla alors son camion qui n'était qu'à quelques mètres et s'y précipita aussi vite qu'il put. Il entendait la bête le poursuivre derrière, mais ne voulait pas perdre de temps à se retourner. Il courut comme jamais il ne l'avait fait, fixant la poignée de la porte du véhicule. Il s'attendait à tout moment à se faire renverser par l'énorme loup. Il se contentait de pousser de légers cris de panique en guise de respiration. Il s'approchait de plus en plus de la portière. Plus que quelques pas encore à faire. Les griffes du monstre derrière résonnaient en frappant le sol. Il pouvait presque sentir son souffle chaud. Il étirait déjà son bras pour atteindre plus vite la portière tout en continuant sa course vers son seul espoir de s'en sortir.

L'adrénaline qui avait envahi tout son corps eut comme effet de pousser Max au-delà de ses limites, car il réussit par miracle à atteindre la poignée avant que la chose ne l'intercepte. Aussitôt que ses doigts l'eurent touché, la portière s'ouvrit et Max se précipita en un éclair à l'intérieur. Il se retourna au même instant pour jeter un regard vers l'arrière tout en refermant rapidement la porte. Mais à peine celle-ci fût-elle fermée qu'il vit son agresseur foncer littéralement sur le camion. La tête du loup passa aisément au travers de la vitre de côté, mais ses larges épaules restèrent coincées dans le cadre, ce qui freina net la créature. À l'arrivée du loup, Max se jeta sur le côté juste à temps pour éviter les crocs qui se refermèrent violemment dans un puissant claquement sourd. Sans attendre, Max agrippa le siège du côté passager pour s'aider et se glissa rapidement de l'autre côté afin d'éviter une autre attaque de la chose, qui tentait désespérément de se faire une place au travers du trou de la fenêtre. Max se colla complètement contre la portière opposée afin de s'éloigner le plus possible des canines du monstre qui se rapprochait de plus en plus et qui continuait à refermer brutalement sa mâchoire dans le vide. Le pauvre homme laissa alors échapper un puissant hurlement de panique.

Tout en se débattant pour entrer, le loup tentait toujours de mordre sa proie, ne pouvant pas l'atteindre. Max n'eut d'autre choix que de regarder, terrorisé, la créature se frayer un chemin pour venir le déchiqueter de sa puissante mâchoire encore dégoulinante du sang de Ray. Le monstre poussa si fort de ses pattes postérieures que le côté gauche de la camionnette se souleva littéralement du sol.

Constatant qu'il ne pouvait passer, l'animal retira sa tête de la vitre et en saisit le contour de ses imposantes mains poilues et griffues. Par la suite, il arracha aisément la portière en grognant de rage et la lança derrière lui comme si elle ne pesait qu'une plume. Cette fois, Max était complètement à sa merci. Le prédateur regarda en salivant sa proie complètement terrifiée. Il se prépara à lui bondir dessus d'une seconde à l'autre.

Le pauvre homme était totalement figé devant le monstre directement sorti d'un film d'épouvante. Ses lèvres tremblaient sous la peur qui envahissait tout son corps. La sueur coulait sur son front blême et froid. Il pensa que c'était la fin lorsque, tout à coup, il posa la main droite sur une fusée éclairante de signalisation qu'il avait toujours en réserve sous le siège passager en cas de panne. Attisé par l'instinct de survie, son esprit s'éveilla aussitôt et, avant que le monstre ne l'attaque, il la sortit et l'alluma. Et à l'instant où le loup géant ouvrit sa gueule béante pour son assaut final, il lança son arme improvisée jusqu'au fond de sa gorge. L'animal freina aussitôt son attaque et poussa un hurlement de chien battu. Il se recula ensuite, lança à Max un regard féroce avant de finalement rebrousser chemin en direction de la forêt. Bientôt, il disparut dans l'obscurité de la nuit.

Tremblant encore, Max regarda par toutes les fenêtres, cherchant désespérément la chose en espérant ne pas la voir. N'apercevant aucune trace du monstre, il se cala dans le siège un instant et tenta de reprendre son souffle. Complètement dépassé par les évènements, il resta ainsi un bref moment, encore sous l'emprise de la panique. Soudain, la dure réalité le rattrapa. Son ami gisait inconscient près du garage. Il devait faire quelque chose pour l'aider. Il devait sortir de son camion et retourner auprès de lui. Il n'était peut-être pas trop tard. Son esprit lui disait de ne pas bouger. La bête allait certainement revenir l'attaquer. Mais sa conscience, elle, lui dicta ce qu'il devait faire. Il ne pouvait rester là sans agir. Il se devait d'aller aider son ami, peu importe le risque.

Au même instant, le fil de ses pensées fut interrompu par une lueur bleue et rouge qui apparut sur la route. Max reconnut aussitôt les phares d'une voiture de police. Il pensa alors que quelqu'un avait prévenu les autorités. Il se précipita sans hésitation hors de son véhicule et alla la rencontre de la voiture qui lui sembla arriver à vive allure. Il courut jusqu'au bord de la route pavée en faisant aller ses bras en l'air afin d'attirer l'attention du policier. Mais le conducteur ne sembla aucunement avoir l'intention de ralentir. Craignant de ne pas avoir été vu, il se jeta sans réfléchir directement devant la voiture qui filait encore à toute vitesse...

Chapitre 2

Samedi, 14 août, 16h17

Robert, un homme de taille moyenne, légèrement bedonnant, aux cheveux poivre et sel, ainsi que Georges, plus court, plus gras et portant une couronne de cheveux grisâtres, entrèrent dans le centre d'achat achalandé. Ils avancèrent dans les allées à la recherche de la petite boutique de chasse et pêche. Ce fut Georges qui l'aperçut le premier. Il la pointa du doigt afin de l'indiquer à son ami. « Regarde Robert, juste à côté de l'épicerie ! »

Sans perdre une seconde, les deux hommes se dirigèrent vers la boutique d'un bon pas. Ils n'avaient pas de temps à perdre. Georges devait s'acheter une nouvelle ligne à pêche puisque la sienne venait juste de se briser. Ensuite, ils devaient retourner au chalet pour manger un peu avant de se rendre au lac. Tout ça avant de rater la meilleure heure de pêche, soit au crépuscule.

Surtout que leur pêche de ce matin n'avait pas été très fructueuse. Et comme ils n'avaient loué le chalet que pour la fin de semaine, ils ne voulaient surtout pas revenir chez eux les mains vides.

En passant devant la boutique médiévale, Robert tourna la tête pour parler à son confrère. Au même instant, il entra en collision avec un jeune homme, plutôt grand, dans la mi-vingtaine qui semblait plus occupé à regarder la scie à chaîne qu'il tenait dans ses mains qu'à regarder où il allait. Après que chacun se soit excusé, Georges et Robert continuèrent leur chemin et arrivèrent enfin au centre de chasse et pêche.

Rapidement, Georges trouva une canne qui lui plaisait bien. Une fois en possession de l'objet désiré, ils quittèrent le centre d'achat de Winslow avec le véhicule utilitaire quatre-quatre noir de Georges en direction du chalet. Comme ce dernier était encore à une quinzaine de minutes de route, ils arrivèrent vers 17h15. Ils se préparèrent un repas rapide, car ils devaient repartir vers le lac qui était encore à une dizaine de minutes en camion. Leur repas ne fut pas très gastronomique. En effet, les deux retraités de soixante ans laissaient habituellement leurs femmes faire la cuisine. Mais cette fois, dans le bois, sans gent féminine, ils n'eurent d'autre choix que de se débrouiller. Malgré tout, ils réussirent à se remplir l'estomac de pâtes à la sauce tomate en boîte, pour ensuite se diriger vers le lac.

Dès leur arrivée, les deux pêcheurs saisirent leurs cannes et s'empressèrent de détacher la chaloupe d'aluminium qu'ils avaient amarrée plus tôt près de la berge. Le bateau, fourni avec le chalet, était plutôt spacieux. Comme le lac était d'une bonne superficie, celui-ci venait avec un petit moteur à gaz de 2 forces et deux petites rames en bois en cas de panne.

Robert prit place à l'arrière et Georges poussa le bateau aussi loin qu'il le put vers le large. Juste avant que l'eau entre dans ses bottes de caoutchouc, il sauta à bord. Robert tira sur la poignée afin de mettre le moteur en marche. Ce dernier, en parfaite condition, démarra du premier coup. Et leur partie de pêche débuta.

Cette fois, elle fut beaucoup plus fructueuse que le matin. Chacun d'eux prit au moins cinq poissons. Pas tous des monstres, mais c'était mieux que rien. Ils avaient tout de même déjà assez de prises pour se faire un bon repas pour le lendemain. La pêche était bien meilleure sur les rebords du lac et ce fut pour cette raison qu'ils les longèrent, même si cela occasionnait quelquefois que leurs lignes se prennent dans le fond. Ils réussissaient toujours à se déprendre de toute façon.

Robert fut alors soulagé que « ça morde »

davantage, comme il disait, puisque c'était lui qui avait organisé ce voyage. Ce banlieusard avait trouvé la pourvoirie sur internet. Il avait invité son ancien collègue de travail à venir passer un week-end de pêche pour célébrer leurs nouvelles vies en tant que retraités. Car cela ne faisait qu'un mois à peine que les deux ambulanciers avaient décidé qu'il était temps de laisser leurs places aux jeunes. Ils commençaient tous deux à se trouver trop vieux pour toute l'action qu'engendrait leur travail. Ils étaient dus pour une petite vie tranquille de banlieue auprès de leur famille qu'ils adoraient. Robert avait une fille de vingt-deux ans et un fils de dix-sept et Georges deux fils âgés vingt-quatre et vingt-deux ans.

Lorsque le crépuscule commença doucement à tomber, les deux amis de longue date commencèrent à penser à rentrer tranquillement au chalet, en longeant le bord et en tentant de récolter une dernière prise. Soudain, Georges aperçut quelque chose de suspect flotter au loin. Il scruta un instant, poussé par sa curiosité. Il le montra ensuite du doigt à son confrère et lui suggéra de s'approcher rapidement. Celui-ci poussa un peu plus le moteur et dirigea le bateau vers la direction indiquée par son ancien collègue.

Plus ils se rapprochaient et plus Georges commençait à angoisser en voyant une silhouette se dessiner. Ses inquiétudes se confirmèrent lorsqu'ils arrivèrent à quelques mètres. Devant les deux hommes flottait le cadavre d'une jeune adolescente. Le cœur des deux pères de famille se serra instantanément.

Le visage et le devant du corps de la victime étaient enfouis sous l'eau et seul le dos était exposé à la surface. De longs cheveux noirs flottaient autour de la tête, prenant la forme des petites vagues occasionnées par la chaloupe. Des deux manches de sa robe noire sortaient ses mains bleuâtres.

« Ah, mon Dieu ! Ce n'est pas vrai, soupira Robert. Non, ce n'est pas vrai… Ah Seigneur ! »

Ce dernier ralentit aussitôt l'élan du moteur, mais ne le coupa point. Lorsque la pointe du bateau arriva à la hauteur de la jeune fille, Georges l'agrippa difficilement par son vêtement et la tira à l'intérieur du bateau. Puis, il la retourna avant de constater qu'elle était bel et bien morte. Bien qu'il soit habitué de voir ce genre de choses, l'horrible spectacle le toucha droit au cœur. Sur le visage blanc de la pauvre adolescente affreusement en décomposition se nourrissaient d'abominables sangsues disposées un peu partout. Pour en rajouter à l'horrible spectacle, un œil manquait, laissant voir son orbite vide dont le contour avait préalablement été grugé par d'autres insectes. De plus, une partie de la peau sur son menton était absente, laissant voir un muscle foncé et une partie de son squelette. Ses lèvres bleues laissèrent alors s'écouler de l'eau sur le rebord de la joue. Et comme si la scène n'était pas assez terrifiante, un long mille-pattes sortit soudainement hors d'une narine en rampant sur sa joue avant de tomber au fond de la chaloupe.

« Quelle horreur ! » lança Georges tout en écrasant violemment l'insecte sous son pied. Il leva ensuite les yeux et constata que son ami regardait le cadavre avec les yeux emplis de larmes. « Seigneur, ma fille a cet âge », soupira ce dernier.

Un bref moment de silence suivit, puis Georges, d'une voix désespérée, lança : « Je crois que le mieux serait de l'amener au bord et d'aller appeler la police.

— Oui, en effet, je crois que c'est le mieux à faire. »

Georges se pencha à nouveau vers la jeune fille devant lui et la regarda encore avec toute la peine et la pitié qu'il contenait difficilement en lui. « Je n'arrive pas à y croire. »

Sur ces mots, l'œil restant de la jeune fille, qui était encore ouvert et qui fixait le vide, sembla tout à coup bouger et regarder Georges. Ce dernier sursauta en poussant un cri.

« Quoi ? Qu'est-ce qu'il y a ? questionna son ami. Mais Georges ne répondit pas et se contenta de regarder l'œil qui le fixait. Qu'est-ce qu'il y a ? répéta-t-il.

— Rien, j'ai cru… rien, finit-il par répondre.

— Quoi ?

— J'ai cru voir bouger son œil.

— Comment ?

— Rien, j'ai… Son œil a bougé. C'est…

— C'est probablement quand tu l'as penchée.

— Oui, probablement. Je déteste quand ça fait ça. Ça me fout la chair de poule.

— Je sais. Seigneur, quelle horreur ! Bon, allons-y. »

Robert se retourna ensuite vers son moteur pour y ajuster la vitesse quand tout à coup, avant même que Georges vit arriver quoi que ce soit, la main du cadavre se mit rapidement en mouvement. Elle agrippa brutalement le derrière de sa tête et la tira sauvagement pour l'approcher d'elle. Et avant que l'un ou l'autre ne puisse réagir, la jeune fille supposément morte ouvrit sa gueule en poussant un grognement horrifiant avant de bondir agressivement à la gorge du pauvre homme comme un prédateur attaquant une proie. Avant même d'avoir eu le temps de réaliser ce qui se passait et de pouvoir se défendre, Georges sentit une douleur atroce au cou au moment où les dents pourries de l'adolescente lui pénétrèrent la peau. Immédiatement, son œsophage se compressa de telle sorte que sa respiration devint bientôt impossible. Il tenta désespérément de se défaire de son agresseur, mais en vain. Le cadavre animé s'accrochait vigoureusement à sa victime tout en continuant son attaque féroce. C'est alors que de longs jets de sang giclèrent abondamment de chaque côté de la bouche de la chose. Cette dernière sembla apprécier grandement la saveur que lui procurait toute cette hémoglobine puisqu'elle poussa des gémissements de satisfaction tout en continuant de plus en plus son odieux manège.

Figé de terreur par l'horrible spectacle devant lui, Robert finit enfin par réagir. Il bondit sur la jeune fille et tira de toutes ses forces pour tenter de la séparer de son ami. Mais celle-ci s'accrochait solidement. Cependant, aidé par l'immense stress qui l'envahissait, il réussit finalement à lui faire lâcher prise. Il tira si fort que lorsque la fille finit par céder, il tomba sur le dos. En se séparant, la morte-vivante emporta entre ses dents un impressionnant morceau de chair de Georges. Ce dernier, cherchant toujours désespérément à reprendre son souffle, posa instinctivement ses mains sur le trou béant et sanglant de sa gorge. La fille zombie, quant à elle, se releva sans perdre un instant d'un seul bond et se retourna vers celui qui venait de l'attaquer par-derrière. Sans attendre, elle bondit immédiatement dans sa direction. Robert se tourna juste à temps pour éviter l'adolescente qui s'écrasa au fond du bateau. Aussitôt, il empoigna une rame pour se défendre. Mais dès qu'il voulut l'utiliser pour la repousser, celle-ci l'attrapa et la lui arracha sans difficulté des mains avant de la jeter par-dessus bord. Robert se releva aussitôt et commença à reculer. Mais ses pieds s'accrochèrent dans le dernier banc et il trébucha à nouveau au fond de la chaloupe. La morte-vivante, qui s'était rapprochée, lui coupa l'accès à l'autre rame. Il était maintenant pris à l'arrière du bateau et la chose devant lui le regardait en se pourléchant. Sa bouche, couverte de sang frais, laissa à nouveau s'échapper un horrible grondement de rage. Il devait réagir maintenant ou il se ferait tuer à coup sûr par cette étrange créature devant lui. Il chercha désespérément une solution lorsqu'il remarqua du coin de l'œil son coffre à pêche. Il l'empoigna aussitôt et le lança au visage de la morte, ce qui la fit reculer un peu, donnant ainsi à Robert un court répit. Il en profita pour chercher quelque chose de plus efficace pour se défendre, mais sans succès. Il n'avait plus rien sous la main. Il devait réagir. La chose lui bondirait dessus d'un moment à l'autre. Son regard s'arrêta alors sur le moteur. Sans perdre une seconde, il desserra les deux vis qui retenaient le moteur en place et le retira de l'eau. Il actionna ensuite le levier de vitesse pour le mettre à pleine puissance. Il leva au même instant les yeux pour s'apercevoir que la chose était sur le point de le saisir. Son bras droit était tendu dans sa direction pour l'agripper. Il projeta alors son arme improvisée devant lui. L'hélice frappa la main de la morte qui éclata en morceau sous le coup. Du sang foncé et des morceaux de chair noirâtre s'envolèrent partout autour d'eux. Mais aucune expression de douleur ne se lut sur le visage de l'adolescente. Elle ne fit que retirer rapidement son bras vers elle et, avant que Robert ne puisse réagir, elle le saisit fermement à la gorge à l'aide de son autre main. Sa poigne meurtrière lui coupa instantanément le souffle. Mais cela ne l'empêcha point de se défendre rapidement pour tenter de sauver sa vie. Il lança à nouveau le moteur de toutes ses forces et, cette fois, visa la tête. Il la frappa en plein sur la mâchoire, qui se détacha sur le coup. La force de l'impact projeta la morte-vivante violemment hors du bateau. Elle vola presque un mètre avant de terminer le tout dans le lac. Elle disparut instantanément sous l'eau.

Robert fixa l'endroit de sa chute pendant un bref instant, s'attendant à la voir resurgir d'un moment à l'autre. Ses mains tremblantes tenaient encore le moteur couvert de sang foncé qui virait toujours à pleine vitesse en lançant des bouts de chair à gauche et à droite. Il resta ainsi pendant plus d'une minute, immobile, les yeux ne pouvant se détacher de l'eau qui redevenait de plus en plus calme.

Il reprit finalement ses esprits lorsque l'état de son ami traversa sa pensée. Il coupa le moteur et le laissa tomber au fond du bateau. Puis, il se précipita vers son compère qui était maintenant couché sur le dos. Il s'agenouilla à ses côtés pour vérifier sa situation. Celui-ci gisait immobile, les yeux ouverts et le regard vide. Il ne tenait plus son cou même si le sang s'écoulait encore abondamment de sa morsure. L'ambulancier vérifia aussitôt ses signes vitaux. Il chercha désespérément, mais il ne sentit ni pouls ni respiration. Un énorme frisson lui traversa le dos et une douleur atroce envahit tout son être lorsqu'il réalisa que son confrère était bel et bien mort.

« Non! C'est impossible! Non! » pensa-t-il. Il prit son ami dans ses bras et le serra contre lui. Et toutes ses émotions se transformèrent finalement en larmes. Il éclata en sanglots. Son esprit n'arrivant pas à digérer ce qui venait de se produire. Il resta ainsi un bon moment, se contentant de pleurer.

L'ASSAUT DU MAL

Agenouillé au fond de la chaloupe et tenant toujours le corps de Georges, Robert hurla sa peine. Quand tout à coup, le surprenant à tel point qu'il poussa un cri de terreur, quelque chose saisit le col de sa chemise et le tira brusquement vers l'arrière. Il se tourna aussitôt la tête afin de voir son agresseur. Il reconnut alors la morte-vivante accrochée au bateau, à demi sortie de l'eau, qui l'avait attrapé pour l'approcher d'elle.

Instinctivement, il plaça sa main gauche sur la figure de la chose pour bloquer son élan et ainsi l'empêcher de le mordre de sa mâchoire à moitié détachée. Mais la morte le tirait avec une force hors du commun et Robert se sentit malgré tout glisser lentement vers sa gueule dégoulinante de bave et de sang. Il baissa alors les yeux afin de trouver quelque chose qui puisse l'aider à se défaire de ce zombie qui l'attaquait férocement. Son regard se posa soudainement sur la ceinture de Georges où y était accroché un couteau. Il étira le bras pour tenter de l'atteindre. Mais il était plus loin qu'il ne le semblait. Il pouvait tout de même presque y toucher. Ses doigts effleurèrent le bout du manche. Il devait vite réussir à se saisir de cette arme, car il se sentait faiblir. D'une seconde à l'autre, il serait à sa merci et elle n'hésiterait pas à planter ses dents pourries dans la chair de son cou. Il poussa un soupir tant son effort fût intense pour mettre la main sur l'arme. Il étira son bras de toutes ses forces, mais en vain, il était trop loin et le monstre le tirait trop fort. Il dut alors ramener sa main droite pour retenir l'attaque de la chose. Cela lui permit un bref instant de reposer son autre bras. N'abandonnant point, il glissa son pied sous la jambe du cadavre de Georges et tenta désespérément de le rapprocher. Il réussit à le glisser un peu vers lui. Peut-être suffisamment. Il devait tenter à nouveau de l'atteindre, car il ne pourrait plus tenir longtemps contre ce monstre qui devenait de plus en plus agressif. Il raidit à nouveau son bras gauche pour retenir la tête de la morte loin de sa gorge et projeta encore sa main droite en direction de Georges. Son idée d'utiliser son pied pour le rapprocher porta fruit. Cette fois, il réussit aisément à saisir le couteau et le sortir de son étui. Il le lança aussitôt à pleine puissance, aidé par l'adrénaline, en direction de son ennemie. La lame atterrit en plein dans l'œil restant et traversa aisément jusqu'à l'arrière du crâne qui, en défonçant, laissa échapper un craquement sourd. Dès l'impact, la jeune fille cessa tout mouvement. Plus aucune force ne poussa contre la main de Robert. La morte-vivante devint immédiatement molle et inanimée avant de se laisser couler dans l'eau jusqu'à ce qu'elle disparaisse complètement.

« Oh, Seigneur ! Oh, mon Dieu ! mais, qu'est-ce que… Oh Seigneur Jésus… » Ce fut les seuls mots qui purent sortir de la bouche du pauvre Robert, qui tentait toujours de reprendre son souffle. Totalement ébranlé, Robert s'assit au fond du bateau tout près du cadavre de son ami. Tout en sueur, il resta ainsi plusieurs minutes, fixant les eaux du lac qui devenaient de plus en plus calmes. Il pouvait entendre son cœur battre à tout rompre. Il tremblait comme une feuille secouée par un vent violent. Sa peau blême laissait deviner qu'il souffrait d'un léger état de choc.

Mais malheureusement, il n'était pas au bout de ses peines. À peine sa respiration reprenait-elle un rythme normal qu'un mouvement derrière lui le fit à nouveau haleter. Il se retourna rapidement au même moment où son confrère, qu'il croyait mort, s'assit d'un coup sec. Puis, le regard vide, ce dernier se tourna vers Robert en ouvrant la bouche. Entre ses lèvres se formèrent alors de repoussants filaments de baves et de sangs qui alertèrent le pêcheur. Mais ce ne fut que lorsque Georges poussa un effrayant soupir que Robert comprit que ce n'était plus son ami qui se trouvait devant lui, mais une chose monstrueuse semblable à la précédente qui venait de l'attaquer.

Comme il le redoutait, le cadavre de Georges, maintenant animé, se jeta sur lui. Mais ce dernier l'esquiva juste à temps en se roulant du côté inverse. Puis, sans perdre de temps, il se releva. Le monstre en fit autant. Alors Robert regarda le moteur au fond de la barque. Mais bien que le prédateur devant lui ne fût plus son ami, il sut immédiatement qu'il ne pourrait pas s'en servir contre lui. Il ne pourrait déchiqueter son partenaire. Il devait trouver autre chose pour s'en sortir. Le nouveau zombie ne lui laissa cependant pas le temps de réfléchir et se précipita vers lui avec une attitude très hostile. Il n'eut alors d'autre choix pour l'éviter que de plonger.

Sans hésiter, il sauta par-dessus bord dans les eaux relativement chaudes du lac. Il se dépêcha par la suite à ressortir sa tête du lac afin d'analyser la situation. Georges, qui se trouvait toujours dans la barque, regarda sa proie en grondant sa colère. Puis, sans hésiter, celui-ci sauta à son tour. Aussitôt, Robert sut qu'il devait nager jusqu'à la berge, qui était tout de même assez près, avant que le zombie ne lui mette la main dessus. Alors commença la course pour sa vie. Il balança ses bras à l'avant le plus rapidement qu'il put. Il n'était pas un excellent nageur, mais il connaissait bien la brasse et l'avait pratiquée à plusieurs reprises.

Malgré ses vêtements mouillés et l'eau qui avait infiltré ses bottes de caoutchouc, il nagea plus rapidement qu'il ne l'avait jamais fait au cours de son existence. Il s'imagina tout au long de sa course le mort-vivant juste derrière lui qui lui mettrait le grappin dessus d'un moment à l'autre. Cette terrifiante vision le poussa à redoubler d'effort. La berge s'approchait de plus en plus. Après moins d'une minute, qui lui parut une demi-heure, il réussit à l'atteindre. Mais comme celle-ci ressemblait plus à un marécage qu'à une plage, il eut de la difficulté à sortir du lac. Heureusement, ses nerfs à vif lui donnèrent la force requise et il put enfin réussir à mettre le pied sur la terre ferme. Dès qu'il fut sorti de l'eau, il jeta un coup d'œil derrière pour voir la progression de son nouvel agresseur. Il poussa alors un soupir de soulagement en constatant que celui-ci se trouvait toujours à côté de la chaloupe, se débattant désespérément dans l'eau pour rester à la surface.

Il regarda son ami, se demandant s'il devait le laisser ainsi ou s'il devait aller chercher du secours. Rapidement, il écouta son instinct et décida d'aller alerter les autorités. Ne perdant pas une seconde de plus à regarder la piètre performance de nage du zombie, il s'enfonça dans le bois devant lui. Il courra aussi vite que ses jambes le purent, esquivant de son mieux les branches qui lui fouettaient le visage. En descendant une pente, son pied s'accrocha à une racine, ce qui le fit durement trébucher. Sa chute occasionna quelques roulades avant de finalement se terminer contre un arbre. Bien qu'ordinairement, une telle chute lui aurait valu d'atroces souffrances, il ne sentit presque rien. Il se releva aussitôt et poursuivit sa route à la même vitesse qu'il l'avait commencée.

Il déboucha finalement sur une route pavée déserte. Il traversa le mince fossé pour ensuite observer chaque côté. Malheureusement, d'un côté comme de l'autre, le chemin continuait en ligne droite jusqu'à se perdre dans la pénombre de la nuit qui s'abattait de plus en plus autour de lui. Ne sachant nullement où il se trouvait et où il devait aller, il prit quelques secondes pour reprendre son souffle. Puis, au hasard, il décida de partir vers la droite en se disant qu'en suivant la route, soit il tomberait sur une voiture, soit il déboucherait sur une maison. Il partit donc, espérant trouver rapidement de l'aide.

Chapitre 3

Samedi, 14 août, 21h10

Cela faisait près de deux kilomètres que Robert suivait la route sans tomber sur le moindre signe de vie. Lui qui était plus en forme que la moyenne des gens de son âge, commençait tout de même à traîner de la patte. Il alternait jogging et marche sur de courtes distances. Tout en avançant, il tentait difficilement de faire le point sur l'incroyable et affreuse aventure qu'il venait de vivre. Un tas de questions se bousculaient dans sa tête. Qui était cette fille qui les avait attaquée, ou du moins, qu'est-ce qu'elle était ? D'où venait-elle ? Qu'avait-elle transmis à son ami pour qu'il devienne comme elle ? Était-ce un virus ? Et surtout, était-il trop tard pour sauver Georges ?

Après un certain temps, il commença à perdre espoir de trouver de l'aide. Il se demanda combien de kilomètres il allait devoir faire avant de tomber sur quelqu'un quand soudain il aperçut une lueur rouge et bleue au loin. Il sentit aussitôt remonter en lui un regain d'énergie en reconnaissant la lumière provenant inévitablement des gyrophares d'une voiture de police. Ce dernier, qui avait complètement cessé de courir, se remit aussitôt à jogger. « Enfin du secours », soupira-t-il de soulagement.

Tout en courant, il se dit que les policiers allaient probablement le prendre pour un fou, mais c'était le dernier de ses soucis. Tout ce qu'il souhaitait, c'était de trouver vite de l'aide.

Plus il s'approchait, plus il commençait à discerner la voiture à travers l'obscurité. Il constata alors que le véhicule, qui était stationnaire, ne semblait pas être directement sur la route principale, mais plutôt sur un petit chemin sur la gauche. De plus, les phares avant ne pointaient pas la route principale, mais éclairaient vers le champ. Et à mesure qu'il avançait, il commença à distinguer davantage de détails. Entre autres que la portière côté conducteur était ouverte, mais toujours personne en vue. « Hé ! Y'a quelqu'un ? » s'efforça-t-il de crier entre deux souffles. Aucune réponse. « Hé, monsieur l'agent ! » réessaya-t-il. Mais seul le bruit du moteur en marche lui répondit.

Tout en continuant d'avancer, il distingua de légères formes rondes et rectangulaires d'environ un mètre se dessiner près du sol autour de la voiture. De petits monticules ressemblant à de courts monuments. Ce n'est que lorsqu'il arriva tout près qu'il reconnut que ces étranges buttes étaient en fait des pierres tombales. Un vent de panique s'empara alors de lui lorsqu'il comprit que le véhicule de police était stationné au beau milieu d'un cimetière. Lui, qui venait juste de lutter contre deux cadavres ressuscités, s'arrêta immédiatement. Il prit alors un bref instant pour analyser la situation.

Il y avait quelque chose de louche. Une voiture de patrouille stationnée au milieu d'un cimetière à vingt et un heure et quart, les phares et les gyrophares allumés, le moteur qui tourne toujours, la portière ouverte et aucune réponse à ses appels.

Après un court moment d'observation qui lui parut une éternité, Robert décida tout de même d'avancer davantage, tout en restant bien évidemment sur ses gardes. À peine eut-il fait quelques pas que ses craintes commencèrent à se fonder en remarquant, devant plusieurs pierres tombales, des trous profonds de dimension assez grande pour laisser passer un humain. Et pour en rajouter, il reconnut la silhouette d'un homme, portant un uniforme de policier, qui gisait près de la voiture dont la portière côté conducteur était encore ouverte. Il sentit alors la frayeur, qui s'était légèrement dissipée durant sa course, envahir à nouveau son corps.

Il s'arrêta immédiatement et scruta nerveusement partout autour des tombes afin de détecter le moindre mouvement. Il resta aux aguets, s'attendant d'un moment à l'autre à voir surgir l'imprévisible. Il observa également ce qui lui semblait être le cadavre du policier, craignant à tout moment, aussi fou que cela pût sembler, qu'il se relève.

Mais rien ne se produisit. Un calme mortel régnait sur le cimetière devant lui. Aucun des zombies, qui apparemment s'étaient échappés de leurs tombeaux, n'apparaissait dans le secteur. Seulement des trous vides. Il resta ainsi un moment, indécis sur ce qu'il devait faire. Il décida finalement d'avancer prudemment vers celui qui gisait au sol afin de confirmer son état.

Bientôt, il put voir un jeune homme dans la vingtaine. Il en conclut, par l'uniforme qu'il portait, qu'il faisait partie de la police municipale. Il remarqua alors sur son front de nombreuses coulisses de sang toutes reliées à un même trou de mince dimension qui s'enfonçait profondément dans sa tête. C'était bien la dernière chose à laquelle l'ambulancier à la retraite s'attendait : un traumatisme crânien probablement causé par une balle de fusil. « Que s'était-il passé ici ? » se demanda-t-il. Plusieurs scénarios traversèrent son esprit.

Par les yeux de la victime encore ouverts, fixant le néant, Robert présuma, sans vérifier ses signes vitaux, qu'il était bel et bien mort. Il s'arrêta de nouveau et l'examina un instant, de peur qu'il ne revienne à la vie lui aussi. Son attention fût soudainement attirée ailleurs lorsqu'il discerna au sol près du cadavre, hors de la voiture, le combiné de l'émetteur radio qui pendait au bout de son fil.

Il associa immédiatement radio et renfort. Cette idée le poussa aussitôt à se précipiter vers l'appareil. Il enjamba nerveusement le corps qui lui en bloquait l'accès, ne le quittant pas des yeux, s'attendant à n'importe quoi après tout ce qu'il avait vu. Il empoigna ensuite le combiné et pressa l'interrupteur sur le côté. Puis, il l'approcha de sa bouche avec l'espoir de communiquer enfin avec quelqu'un. « Allo ! Y'a quelqu'un ?… Allo !… Quelqu'un ?… Quelqu'un m'entend ?… Allo ! … » Il s'époumona tant bien que mal pendant une bonne minute. Mais aucune réponse ne se fit entendre.

Après un moment d'hésitation, il décida de quitter des yeux le jeune policier par terre et de se glisser à l'intérieur de la voiture pour tenter de changer la fréquence sur la radio. Dès qu'il se retourna, il remarqua que le siège du conducteur était couvert de sang. De plus, l'appui-tête était percé de part en part par un trou de balle. Il découvrit également un trou de même dimension dessiné au milieu du pare-brise. Et c'est à ce moment qu'un déclic se fit dans sa tête. Quelqu'un avait tiré le policier pendant qu'il tentait d'appeler du renfort.

Mais avant même qu'il ne puisse réagir, le pare-brise claqua d'un bruit sec, suivi de près d'un coup de feu. Dès que le son parvint à ses oreilles, Robert se jeta par terre au côté du cadavre et resta immobile. Puisqu'aucune douleur ne se fit ressentir, il pensa ne pas avoir été touché par la balle qui lui était sans aucun doute destinée. Ne sachant que faire, il resta au sol et fit instinctivement le mort. Une chose était certaine, s'il se relevait, il servirait de cible à nouveau. Il était évident que celui qui l'avait tiré était prêt à tout pour ne laisser partir personne avec la voiture. Et cette fois-ci, le tueur ne le raterait pas.

Robert se contenta donc de rester immobile, figé encore une fois par la peur. C'était le comble. En plus d'affronter des zombies, voilà maintenant qu'on lui tirait dessus. Son cerveau n'arrivait pas à analyser toute cette perturbation. Il se sentait au beau milieu d'un horrible cauchemar.

Jouissant d'un endoctrinement à l'action dû à son ancien travail, Robert se ressaisit un peu et se mit à réfléchir à un plan. Il ne pouvait rester ainsi. Tôt ou tard, le chasseur viendrait vérifier s'il avait bien touché sa cible. Et là, il serait vraiment pris au piège.

Il pensa alors à l'arme du policier. Il devait sûrement en avoir une. Il déplaça alors, vraiment lentement, sa main vers la ceinture du cadavre et tâta des doigts, cherchant quelque chose qui aurait la forme d'un pistolet. La chance lui sourit enfin puisqu'il la sentit presque aussitôt. Il détacha donc le bouton de retenue de l'étui et la sortit très doucement. Puis, il la ramena doucement vers lui. Il l'examina et, imitant ce qu'il avait déjà vu dans les films d'action, il retira le cran de sureté. L'arme était prête à faire feu. Alors, dès que le tireur s'approcherait, Robert pourrait s'en servir pour se défendre.

Il resta donc ainsi, tenant le pistolet 9 mm entre ses mains tremblantes, à l'écoute du moindre son qui trahirait l'arrivée de son nouvel agresseur. Durant ce temps, une foule de scénarios se bousculaient dans son esprit pour justifier cette histoire de fou. Il y avait certainement une explication logique à tout ceci. La plus plausible fut que certains scientifiques auraient expérimenté des tests en laboratoire sur les morts et qu'un virus ou un cobaye leur aurait échappé. Et maintenant ils auraient engagé quelqu'un pour en effacer les preuves.

Plus Robert réfléchissait et plus il trouvait que son explication était la plus logique. Pour réussir à effacer toutes les preuves, ils devaient alors éliminer tous les témoins. Cette pensée lui brima le faible espoir qu'il lui restait. Il ne pouvait désormais plus faire confiance à personne, donc l'espoir de trouver de l'aide s'évanouissait peu à peu. Il pensa à Georges et réalisa alors qu'il allait devoir laisser son ami s'il voulait survivre. Il ne pouvait plus rien pour lui. Sa seule chance serait de tuer le tireur dès qu'il approcherait, s'enfuir avec la voiture de police et rouler le plus loin possible de cet endroit maudit.

L'idée de ne plus revoir sa famille lui traversa ensuite l'esprit. Il pensa à sa femme qui devait écouter la télé tranquillement chez eux, pensant que son mari s'amuse bien à la pêche. Et à sa fille qui devait sûrement faire la fête, ignorant que son père vivait la pire expérience de sa vie. Et finalement à son fils qui devait sûrement jouer aux jeux vidéo avec ses copains. Des jeux où il doit tuer des zombies, ne se doutant point que l'aventure de son père était bien pire que toutes celles qu'il aurait pu imaginer. Comme il aurait aimé les revoir, à ce moment, et les serrer dans ses bras! Il pensa aux dernières paroles qu'il leur avait dites et constata avec soulagement qu'il leur avait dit à tous avant de partir qu'il les aimait. Mais maintenant, s'il se faisait tuer, est-ce qu'ils apprendraient ce qui était arrivé à leur père ou demeurerait-il porté disparu à jamais ?

Robert se tortura ainsi l'esprit pendant un bon moment, restant tout de même aux aguets. Mais le seul bruit qu'il entendit fut toujours celui du moteur.

Puis, regardant le policier, Robert en déduisit qu'il était mort depuis un bon moment en vérifiant la texture du sang. Il commença alors à douter que le chasseur s'approche. Il pensa soudainement que ce pouvait être un tireur isolé, qui avait pour mission d'éliminer tous ceux qui s'approcheraient du cimetière. Et que probablement il avait la voiture bien en mire et n'attendait qu'un seul autre mouvement de sa part pour refaire feu. Ou encore, s'il n'était pas seul, et qu'ils venaient le chercher en groupe, comment réussirait-il à s'enfuir ? Chose certaine, il avait plus de chance de se sauver dans la noirceur qu'à la lumière du jour.

Pendant presque dix minutes, qui lui semblèrent des heures, Robert se questionna sur ce qu'il devait faire. Il décida finalement de s'enfuir maintenant. C'était pour lui le meilleur choix s'il voulait s'en sortir. Il se leva donc légèrement pour regarder l'intérieur de la voiture. Il observa alors que selon l'angle des deux trous dans le pare-brise, le tireur ne le voyait probablement pas. De plus, le fait que celui-ci l'ait manqué démontrait que la noirceur jouait sûrement un rôle important sur son tir, ce qui aiderait son évasion.

Se convainquant de plus en plus qu'il avait une chance, Robert commença tranquillement son déplacement. Il rampa tel un serpent sur le sol et bientôt, arriva à la portière. Il poussa un soupir de soulagement en constatant que son approche furtive ne s'accompagnait d'aucun coup de feu. Il transpirait en raison de la nervosité, s'attendant à tout moment à ressentir la douleur d'une balle brûlante lui traversant le corps. Le fait que le moteur de la voiture tournait encore lui fut un fardeau de moins à s'occuper. Il se glissa lentement par la portière. L'espoir de s'en sortir commença de plus en plus à le gagner. Maintenant à plat ventre au fond de l'automobile, à demi entré, il s'arrêta un moment pour réfléchir à son prochain mouvement. Il regarda le siège couvert de sang et se dit aussitôt que s'il se relevait le moindrement, il recevrait certainement un projectile à la tête. Douloureusement, il réussit à faire exécuter un demi-tour à son corps de sorte que ses pieds soient du côté passager cette fois, et ce, sans s'exposer devant le pare-brise. Il se sortit ensuite légèrement la tête au bas de la portière afin de repérer un chemin qu'il pourrait prendre pour s'évader. Il remarqua que le petit chemin de terre sur lequel se trouvait la voiture traversait le cimetière en bifurquant sur sa gauche. Il tenta malgré la pénombre de discerner où ce dernier se terminait, mais sans succès. Malgré tout, à son avis, c'était la meilleure solution à envisager.

Tout en s'installant le plus confortablement possible, Robert remarqua que sur le siège passager traînait un fusil noir de calibre douze. Amateur de chasse, il avait souvent utilisé ce genre d'arme et était à l'aise avec son maniement. Il se dit alors que s'il réussissait à s'échapper, celui-ci pourrait bien s'avérer utile, ignorant encore quels autres dangers allaient se dresser sur sa route.

Il retourna ensuite à son évasion. Couché au fond de l'auto-patrouille, il attrapa le bas du volant de sa main droite et dirigea son autre main vers l'accélérateur. Il se sortit légèrement la tête par le bas de la porte ouverte afin de pouvoir distinguer son chemin. Puis, il se ferma les yeux. « Mon Dieu, aidez-moi ! Je vous en pris, Seigneur, j'ai besoin de vous », pria-t-il tout en embrayant la transmission. Robert écrasa ensuite littéralement l'accélérateur pour gagner de la vitesse le plus rapidement possible. La voiture obéit aussitôt. Les roches sur le chemin de gravier craquèrent sous le poids des pneus.

Et, comme il l'avait prévu, dès que la voiture décolla, un coup de feu retentit. Un sifflement sourd s'en suivit, indiquant un ricochet de la balle sur une partie métallique de la voiture. Mais Robert ne s'en occupa point. Il se contenta de conduire du mieux qu'il put dans la position inconfortable où il se trouvait. L'auto prit de plus en plus de vitesse et la courbe vers la gauche se rapprochait très rapidement. Essayant le moins possible de s'exposer hors du véhicule et sans ralentir, il s'engagea dans celle-ci maladroitement. Le véhicule dérapa hors du chemin et entra en collision avec une pierre tombale qui éclata en morceau. Mais cela ne freina point sa course et Robert tenta de reprendre le chemin. Il évita de justesse un trou qui se dressait devant lui et réussit finalement à revenir sur la petite route. Mais comble de malheur, cette dernière se terminait en rond-point dans à peine quelques mètres, laissant place à un petit fossé d'environ un demi-mètre de profond. Au même instant, une seconde détonation d'arme à feu résonna, ce qui lui enleva immédiatement l'idée de ralentir ou faire demi-tour. Ne voyant aucune autre solution, il rentra sa tête à l'intérieur du véhicule, ferma les yeux, serra les dents, crispa son corps et fonça directement vers le fossé, attendant le grand coup d'une seconde à l'autre. Les roues avant volèrent alors littéralement par-dessus le fossé et s'écrasèrent durement sur la rive opposée. En un bruit de fracas, la suspension se comprima complètement et le derrière se releva légèrement. Par la suite, le devant du véhicule s'éleva dans les airs d'un peu moins d'un mètre. Les roues arrière quant à elles, attirées par la gravité, atterrirent directement au fond du trou avant de rebondir également sur l'autre pente. Heureusement, ces dernières poursuivirent leur avance et grimpèrent le fossé. Alors le devant, toujours en lévitation, s'effondra rudement au sol, faisant détacher le côté droit du parechoc. Malgré la violence de la traversée, la voiture réussit finalement à passer le fossé. Elle avança lentement de l'autre côté avant de s'immobiliser.

Durant l'impact, le pauvre conducteur fut projeté brutalement contre les pédales, pour ensuite se frapper contre le volant, pour retourner à nouveau sur le plancher de la voiture.

Constatant immédiatement qu'il était encore en un seul morceau et l'adrénaline trop élevée pour ressentir la douleur comme il aurait dû, Robert pressa l'accélérateur. Il se ressortit la tête et réalisa qu'il se trouvait maintenant sur la route principale. En effet, le fossé séparait cette dernière du cimetière. Il tourna donc le volant afin de diriger le véhicule vers la droite. Au même instant, le bruit du fusil retentit à nouveau, suivi aussitôt de celui de la vitre côté passager qui éclatait en morceaux. Mais Robert poursuivit sa route sans y porter attention.

La voiture commençait dangereusement à

prendre de la vitesse et son chauffeur, à éprouver quelques difficultés. Alors, constatant qu'il avait pris une distance considérable et ne voulant surtout pas ralentir, ou avoir un accident, il décida de se relever afin de prendre une position de conduite normale. Ce qu'il fit sans trop lâcher l'accélérateur. Il referma aussitôt la portière. Sans attendre, il regarda dans le rétroviseur pour n'y voir avec soulagement que l'obscurité de la nuit. Il avait réussi, son plan avait marché. Un brin de joie et d'espoir lui traversa enfin le cœur.

Il continua à rouler à toute vitesse, trop énervé pour réaliser que les gyrophares bleus et rouges de la voiture de police éclairaient toujours la route autour de lui. Ne sachant pas vraiment où le chemin dans lequel il s'était engagé le mènerait, il se contenta de prendre de plus en plus de vitesse. Son pied tremblait littéralement sur l'accélérateur et ses deux mains tenaient si fermement le volant que des traces de doigts devaient sûrement y être imprégnées.

Une courbe très accentuée vers la gauche se forma alors sur la route devant lui. La voiture l'entreprit assez aisément malgré sa haute vitesse. Tout en s'engageant dans le virage, Robert aperçut au travers du pare-brise craquelé une lumière apparaître au loin. Il en déduit immédiatement qu'elle provenait d'une résidence non loin de là. Pendant un bref instant, il se demanda s'il devait s'y arrêter pour enfin trouver de l'aide. Mais plus il pensait aux derniers évènements, moins il avait envie de s'arrêter. Il jugea qu'il serait plus prudent de continuer son chemin afin de quitter complètement les environs de Winslow.

Son idée était maintenant faite dans son esprit quand tout à coup, comme il passait devant la maison, la silhouette d'un homme se dressa devant lui, les bras en l'air, lui barrant littéralement la route. Robert sursauta à sa vue et pressa la pédale de frein. Mais la voiture roulait beaucoup trop vite pour s'immobiliser à temps. La collision était imminente.

Chapitre 4

Samedi, 14 août, 21h55

Réalisant trop tard que la voiture roulait beaucoup trop vite pour s'immobiliser à temps, Max figea sur place. La seule réaction que son instinct lui dicta fut de se recroqueviller légèrement sur lui-même et de se fermer les yeux, attendant l'impact mortel d'un moment à l'autre.

Mais par miracle, à la dernière seconde, la voiture l'évita de justesse sur sa gauche et dérapa, en laissant s'échapper un crissement de pneus, avant de terminer violemment sa course dans le fossé. Max regarda la scène qui lui fit oublier pendant quelques instants le loup-garou qui l'avait attaqué. Mais cette pensée le rattrapa rapidement. Alors que le véhicule s'immobilisait de façon brutale, Max jeta un coup d'œil rapide autour de lui afin de s'assurer que le gigantesque monstre ne se trouvait pas à proximité. Ne le voyant nulle part, il fonça en direction de la voiture de police accidentée.

Soudain, comme il était à quelques mètres, la porte du chauffeur s'ouvrit vigoureusement. Un soulagement profond l'envahit en constatant que le conducteur de la voiture de police était toujours vivant. Ce dernier en sortit rapidement. C'est alors que contre toute attente, ce dernier braqua agressivement un fusil de calibre douze vers Max, qui s'immobilisa aussitôt. « Arrête-toi ! menaça Robert d'une forte voix.

— Stop ! Ne tire pas, lui répondit aussitôt Max, tout en levant les bras en l'air.

— Ne bouge pas ! Si t'avances, je tire !

— Posez votre fusil et écoutez, monsieur l'agent », lança-t-il d'un ton désespéré, ne remarquant pas, dû principalement au stress, mais aussi à l'obscurité, que l'habillement du pêcheur ne concordait aucunement avec celui d'un agent de la paix.

Mais Robert, qui n'avait pas confiance au jeune homme couvert de boue qui se tenait devant lui, se contenta de répéter afin qu'il garde ses distances : « N'avance pas d'un seul pas ou je fais feu !

— Non, vous ne comprenez pas, j'ai besoin d'aide ! Il faut m'aider maintenant ! Mon ami a besoin d'aide ! Il est gravement blessé. Il s'est fait attaquer par une bête énorme. Vite ! Il faut m'aider ! »

Le jeune homme commençait tranquillement à gagner la confiance du père de famille, qui se tenait toujours à demi sorti de la voiture. Celui-ci commença à penser à abaisser son arme quand soudain, sans prévenir, une masse imposante s'abattit bruyamment sur le capot. Robert sursauta nerveusement à la vue de ce qui lui semblait être un énorme loup brun. Dès qu'il le vit, il se jeta à l'intérieur de la voiture. C'est alors que la bête frappa solidement le pare-brise de ses pattes griffues. Ce dernier se fissura en morceaux, mais ne se cassa pas. Le monstre enragé frappa encore et encore pour tenter d'aller chercher sa nouvelle proie. Le contour de la vitre commençait dangereusement à se détacher.

Max ne put rien faire d'autre que de regarder l'animal défouler sa rage sur la voiture de police, espérant que cette dernière résiste à ses violentes attaques.

Robert, voyant que la vitre allait bientôt céder, leva le canon de son arme et le pointa sur la masse foncée qu'il distinguait au travers des millions de fissures qui lui bloquaient la vue. Par la suite, il pressa la détente. Une légère flamme sortit de la bouche du canon, suivit du bruit assourdissant de la détonation qui résonna à l'intérieur de l'auto. Un nouveau trou de forte dimension se forma alors dans le pare-brise et des dizaines de petits morceaux de verre volèrent dans les airs. Robert ne put voir où il avait touché le loup, mais il se contenta de la longue plainte aigüe qu'il poussa. Aussitôt, ce dernier sauta en bas du capot et rebroussa chemin en direction de la forêt.

Max, voyant la bête descendre de la voiture, prit ses jambes à son cou en retournant en direction de son pick-up. Tout en courant, il jeta un regard par-dessus son épaule et constata avec soulagement que la chose ne semblait pas du tout s'intéresser à lui. Il s'arrêta aussitôt et regarda la créature traverser le chemin à toute vitesse avant de disparaître.

Robert garda son doigt appuyé sur la détente tout en regardant ce nouveau cauchemar s'enfuir.

Max retourna ensuite vers l'homme qui venait de faire feu. Et comme il se mit en mouvement, l'horrible image de son ami Ray couché au sol dans une marre de sang lui traversa l'esprit. Alors, sans même réfléchir, il bifurqua pour se diriger vers ce dernier en poussa un cri de détresse vers celui qu'il croyait être un policier.

Encore sous le choc, Robert resta immobile, assis, l'arme pointant toujours dans la même direction. Lui qui croyait avoir tout vu ce soir, se sentit complètement désorienté, alors qu'il venait juste de tirer sur un loup d'au moins deux fois sa grosseur. Cette créature venait juste d'embrouiller les pensées logiques qu'il s'était inventées afin d'expliquer cette série d'évènements. « Mais qu'est-ce que c'est encore que ça ? se demanda-t-il. Y aura-t-il une fin un jour ? » Il se contenta donc de ne plus bouger et de fixer l'horizon.

Soudain, l'appel à l'aide de Max parvint à ses oreilles encore assourdies par le coup de feu. L'ambulancier en lui prit alors la relève. Il regarda dans la direction du jeune qui courait vers le garage. « Vite, il faut m'aider, vite ! hurla ce dernier. Il faut appeler une ambulance, vite ! Il y a mon copain qui s'est fait attaquer. Allez chercher de l'aide ! Vite une ambulance ! »

Déduisant que l'appel de détresse semblait sincère, Robert cessa de se méfier et décida de réagir. Même s'il se doutait du résultat, il reprit le combiné de la radio et tenta à nouveau de contacter quelqu'un. Mais comme précédemment, aucune réponse ne se fit entendre. Alors, voyant la voiture, qui était profondément calée dans le fossé, il décida qu'elle n'avait plus aucun intérêt. Il en descendit en emportant avec lui le fusil ainsi que le pistolet, sachant qu'il ne retournerait probablement plus à l'intérieur. Puis il alla rejoindre le jeune homme dans l'espoir de pouvoir faire quelque chose pour aider son ami.

Max arriva bientôt au côté de son ami. Ce dernier gisait à plat ventre, le visage dissimulé dans la pelouse pleine de sang. « Ray ! Ray ! Réponds-moi ! » lança-t-il désespérément. Mais il ne reçut aucune réponse. Il se pencha aussitôt afin de constater l'état de son copain. Il posa sa main au milieu de son dos et le secoua légèrement. Mais il n'eut toujours aucune réaction. Max, qui sentit alors quelque chose d'humide au touché, rapprocha sa main vers lui afin de constater avec dégoût qu'elle était couverte d'un liquide rouge vif. Pris de panique, il retourna brusquement son meilleur ami. L'image horrible et terrifiante devant lui allait malheureusement rester gravée dans sa mémoire pour le reste de ses jours. Son estomac se serra tellement qu'il se mit à vomir sur le coup. En effet, le visage de Raymond était complètement déchiqueté. Sa joue droite était arrachée, laissant voir l'os de sa mâchoire ainsi qu'une rangée de ses dents inférieures. Son œil gauche mastiqué pendait hors de son orbite. Son oreille droite était manquante, laissant place à un petit amas de chair. Et pour en rajouter, les traces de quatre griffes lui traversaient profondément le front et le cuir chevelu.

En s'approchant de plus en plus, Robert commençait à distinguer cette horrible vision. À sa vue, l'image de son ami Georges gisant au fond de la chaloupe revint aussitôt le hanter. Un atroce frisson lui traversa le corps. Puis, il remarqua le jeune homme qui finissait de vomir. Il alla vite le rejoindre. Au même instant, l'idée de voir le cadavre se relever lui traversa l'esprit. Et ce qu'il trouvait le pire, c'est qu'il ne serait même pas surpris. Alors, tout en gardant le regard et son fusil pointé sur les restes de Raymond, il ouvrit la bouche et laissa s'échapper quelques mots de réconforts. « Hey, ça va aller ? » Sur ces quelques mots, qui eurent un impact surprenant, Max se retourna tout en hochant la tête affirmativement, même s'il savait très bien que ça n'allait pas du tout. C'est alors que ce dernier leva les yeux vers Robert qui se tenait dans l'éclairage du garage. Il remarqua soudain que l'habillement de ce dernier, déchiré à plusieurs endroits et couvert de terre, ne concordait pas du tout avec celui d'un policier. De plus, le fait que son pistolet était retenu entre sa ceinture et son ventre et non dans un étui appuya son hypothèse. Et pour en rajouter, une légère coupure ornait son front en laissant s'écouler une mince ligne de sang. « Vous n'êtes pas un flic ! l'accusa Max. Vous n'êtes pas de la police ! » Sous les accusions, Robert quitta le cadavre des yeux et se tourna vers Max pour lui répondre.

Mais avant même qu'il ne puisse ouvrir la bouche, une lumière de voiture éclaira soudainement la route derrière eux. Robert se retourna rapidement pour percevoir les phares d'un véhicule qui entreprenait la courbe qu'il avait précédemment empruntée. Ce dernier continua à toute vitesse malgré les gyrophares encore en fonction la voiture de police. Et lorsqu'il passa devant les phares encore allumés de l'automobile dans le fossé, Robert, qui devenait de plus en plus nerveux, remarqua qu'il s'agissait d'un véhicule utilitaire bleu quatre-quatre. Ses peurs se concrétisèrent lorsqu'il remarqua la silhouette d'un homme à demi sorti par la vitre du passager, tenant une arme de chasse entre les mains.

D'un geste instinctif, il se tourna vers Max et plongea dans sa direction. Tout en tombant, il enveloppa le jeune de ses bras et le poussa brutalement au sol. Au même instant, un coup de feu retentit, suivi d'un sifflement sourd produit par le passage de la balle juste au-dessus d'eux. Robert se releva aussitôt en position assise et pointa son fusil à pompe en direction du camion qui était maintenant tout près. « Vite ! Sauve-toi ! » ordonna-t-il à Max. Mais ce dernier, complètement abasourdi, resta figé sur place. Tout en terminant sa phrase, Robert pressa la détente et le coup partit aussitôt. Un bruit de vitre cassée suivit celui de la détonation, mais le véhicule ne s'arrêta pas.

L'homme actionna alors la pompe afin d'éjecter la cartouche vide pour en remettre une nouvelle dans la chambre. Tout en s'exécutant, il répéta : « Sauve-toi, vite ! » Voyant que le jeune ne réagissait pas, il se releva tout en restant légèrement accroupi et le saisit par le bras. Puis il le tira rudement, le forçant ainsi à bouger.

Dès qu'il sentit une pression sur son bras, Max détourna son attention du véhicule bleu et se releva enfin. En même temps, un autre coup de fusil provenant de la route se fit entendre. Un morceau du coin du garage juste devant eux s'arracha. Cette nouvelle attaque donna enfin des ailes au jeune homme qui fonça se réfugier à l'intérieur du garage.

Robert, qui le suivait de près, se retourna avant d'entrer et tira à nouveau en direction du véhicule bleu. Puis, ne prenant pas même le temps de voir si son coup avait touché la cible, il se précipita à l'abri.

Tout en entrant, il entendit le quatre-quatre freiner sec, suivi immédiatement d'un autre coup de fusil dans leur direction. Plusieurs petits trous apparurent alors sur le mur, à seulement quelques centimètres de Robert. Dès l'impact, ce dernier se jeta au sol et chercha un endroit où il serait plus en sécurité. Il remarqua alors que le jeune s'était réfugié derrière un véhicule tout-terrain. Sans se poser davantage de questions, il alla tout de suite le rejoindre en rampant.

Max le regarda s'installer à côté de lui. Aussitôt,

le jeune homme, n'ayant aucune confiance en l'inconnu qui était sorti de la voiture de police habillé en pêcheur, attrapa le canon encore chaud du fusil de ce dernier. Et sans lui laisser le temps de réagir, il arracha carrément l'arme de ses mains. Par la suite, il appuya agressivement son avant-bras gauche contre la gorge de Robert et lui saisit son pistolet de son autre main. Puis, le retenant entre son bras et la roue du VTT, il colla le canon de l'arme de poing contre son front couvert de sueur.

« Là, tu vas me dire qui tu es et qui sont ces gars-là ! Tu vas me dire tout ce que tu sais ! C'était quoi cette chose qui nous a attaquée et qui a tuée mon ami ?

— Je ne sais pas ! se contenta de répondre Robert, le souffle coupé par l'attaque violente du jeune.

— Mauvaise réponse ! Je te repose la question. Dis-moi qui sont ces types et pourquoi ils veulent te tuer !

— Écoute-moi bien, je ne sais pas ce qui se passe ! Pas plus que toi, apparemment. Je ne sais pas qui ils sont ! Mais je sais une chose, c'est qu'ils veulent probablement nous tuer parce qu'on a vu la bête qui a attaqué ton ami et que si tu ne me lâches pas immédiatement, ils vont entrer ici d'une seconde à l'autre et nous descendre tous les deux ! »

Max resta immobile un instant, réfléchissant aux mots qu'il venait d'entendre. Il regarda directement Robert dans les yeux. N'y décelant aucun mensonge, il décida de lâcher prise.

« Alors, qu'est-ce qu'on fait ? » interrogea le jeune.

Robert ne répondit pas et se releva légèrement afin de voir à travers la fenêtre en face de lui et ainsi évaluer la progression des hommes armés. Il aperçut alors la jeep se retourner et faire face au garage. Il remarqua également que la personne qui sortait par la vitre de la portière était vêtue de noir et portait une cagoule du même ton. Espérant ne pas se faire voir, il se dissimula à nouveau derrière le VTT.

« Ils vont bientôt foncer sur nous. Il faut trouver un moyen de s'échapper.

— Ils vont nous tuer, je vais mourir ! Mais qu'est-ce qu'ils veulent ? Mon Dieu, je ne veux pas mourir !

— Comment t'appelles-tu ?

— Max. Max Gunnar !

— Écoute-moi bien, Max. On a des armes nous aussi. On peut s'en sortir. Regarde le trou dans le mur, c'est une balle de calibre douze. C'est un douze qu'ils utilisent pour nous tirer dessus. Et ça n'a pas une longue portée ce calibre-là. Si on s'éloigne assez, ils ne pourront plus nous tirer dessus. Je n'ai pas envie de mourir moi non plus. J'ai une famille qui m'attend. Mais j'ai besoin de toi si je veux m'en sortir. À deux, on a bien plus de chances. Tu dois te ressaisir ! On va s'en sortir. »

Robert s'étonna lui-même de voir à quel point il gardait son sang-froid. Le fait d'être avec un homme plus jeune faisait ressortir son côté paternel et protecteur.

Les paroles sages de l'homme redonnèrent du courage et de l'espoir à Max, qui se calma un peu. Alors, voyant qu'il ne restait plus beaucoup de temps, il se força à réfléchir afin de trouver un plan pour s'évader. Il regarda autour de lui et ses yeux s'arrêtèrent sur un bidon d'essence tout près de lui. Du coup, une idée lui traversa l'esprit et il s'empressa de la partager.

« J'ai une idée. On va se sauver en quatre roues. Ils ne pourront pas nous suivre dans les pistes. Embarque en arrière et je vais essayer de faire une diversion. Si ça fonctionne, je vais sauter à l'avant du VTT. Quand nous sortirons du garage, tu videras ton chargeur sur eux, ça devrait nous laisser une chance de sortir », dit-il en lui redonnant le pistolet.

Trouvant que Max semblait vraiment confiant en son plan, Robert s'installa à cheval sur le VTT que le jeune lui pointait sans poser de questions. Il posa ensuite le long fusil dans le compartiment à l'arrière dans lequel se trouvait déjà la scie à chaîne de Max. Une fois ceci fait, il se positionna prêt à faire feu avec le pistolet semi-automatique.

Durant ce temps, Max mit le moteur en marche et embraya la marche avant pour être prêt à partir. Par la suite, il saisit le bidon d'essence encore plein et se déplaça furtivement vers le quad de Ray placé à côté. Une fois arrivé, il le posa sur le siège. Il dévissa le bouchon et le lança derrière lui. Rapidement, il mit également le moteur en marche du VTT rouge, mais n'embraya pas. Ne perdant pas de temps, il rampa vers l'établi non loin et saisit un rouleau de ruban adhésif ainsi qu'un carton d'allumettes. Au même instant, une voix interrompit ses pensées. « Vite, ils arrivent ! » Confirmant ses dires, les phares du VUS pénétrant dans l'entrée éclairèrent le visage de Max. Alors, laissant de côté l'idée de ramper, celui-ci revint rapidement au VTT de Ray, avec ses accessoires, afin de mettre son plan à exécution. Il utilisa un morceau de ruban afin de coller l'accélérateur à haut régime. Le moteur, toujours au neutre, se mit aussitôt à gronder dangereusement. Au même moment, Max leva les yeux pour repérer l'avance du véhicule de l'ennemi. Comme il le craignait, ce dernier arrivait à vive allure vers le garage. C'était beaucoup trop rapide pour qu'il puisse mettre son plan à exécution.

Robert, devinant que Max n'était pas encore prêt avec sa diversion, jugea qu'il devait agir pour gagner du temps. Il commença alors à décharger son arme vers les poursuivants avant qu'ils en fassent autant. Malgré qu'il tirait un peu à l'aveuglette, les balles frappèrent bruyamment le capot ainsi que la partie du côté passager du pare-brise. Son but fut alors atteint puisque le véhicule freina.

Max, soulagé que son nouvel acolyte le couvre, se dépêcha de continuer son plan. Il versa hâtivement un peu de gaz sur le siège du quad. Sans perdre une seconde, il gratta une allumette et la posa contre la partie imbibée d'essence, qui s'enflamma instantanément. Il posa ensuite le bidon au milieu du feu qui envahissait le siège. Puis, il pressa sur l'embrayage afin de le mettre en première vitesse.

Comme le moteur tournait à plein régime, il eut de la difficulté à exécuter la manœuvre. Mais après plusieurs bruits suspects, le VTT se mit enfin en marche. Ce dernier fonça directement vers le VUS bleu stationné. Dès l'impact qui fut plutôt brutal, le bidon d'essence se renversa et son liquide hautement inflammable attisa le feu allumé par Max. Le résultat fut encore meilleur que ce que le jeune homme eut espéré. Une énorme boule de feu enveloppa le devant du VUS, bloquant ainsi la vue des traqueurs.

Max profita sans attendre de ce bouclier improvisé et sauta aux commandes de son quad, sur lequel Robert prenait toujours place. Il pressa l'accélérateur et sortit en vitesse du garage. Il évita les véhicules accidentés et enflammés et se dirigea rapidement vers le sentier derrière la maison. Tout en passant à côté du VUS, Robert, installé à l'arrière de Max, vida toutes les munitions restantes de son pistolet dans le pare-brise, même s'il ne distinguait pas l'impact de ses balles.

Et sans aucune réponse de coups de feu, les deux hommes, soulagés d'avoir réussi à s'évader, s'enfoncèrent à vive allure dans la forêt.

Chapitre 5

Samedi, 14 août, 22h30

Cela faisait maintenant presque cinq minutes que les deux fugitifs roulaient à toute vitesse à travers les sentiers tortueux sans aucun signe de leurs agresseurs. Le jeune casse-cou donna la frousse à son passager à quelques reprises avant de lui prouver qu'il était très expérimenté dans la conduite. De toute façon, Robert préférait de loin risquer un accident que d'arrêter leur course.

Max fila donc à vive allure, sans demander l'opinion de son passager, sachant très bien quel itinéraire il devait emprunter. Robert se contenta donc de se laisser emporter, trop vide d'énergie pour dire quoi que ce soit de toute façon.

Comme prévu, Max passa le nouveau pont qu'il avait construit plus tôt avec Raymond. Une fois de l'autre côté, il arrêta son véhicule et en descendit rapidement. « Qu'est-ce que tu fais ? » questionna aussitôt Robert. Mais le jeune ne prit pas le temps de répondre. Il se dirigea sans attendre vers l'arrière du VTT et empoigna sa scie à chaîne. Ensuite, il la mit en marche et s'approcha de la passerelle. Sans hésitation, il coupa les billots de support et l'unique passage s'effondra dans le ruisseau. Une fois terminé, il rebroussa chemin vers Robert sans perdre de temps. « C'est le seul accès possible pour traverser le ruisseau », l'informa-t-il finalement en remettant la scie à sa place. Sans en rajouter davantage, il remonta sur son quad et repartit à toute vitesse.

Quelques minutes plus tard, après s'être éloigné suffisamment, Max fit halte de nouveau et cette fois, il coupa le moteur du véhicule. Il redescendit et fixa agressivement Robert.

« Maintenant, tu vas me dire qui tu es, qui sont ces types, qu'est-ce que c'était que ce monstre ? Et merde, qu'est-ce qui se passe ici ?

— Écoute-moi ! Je te l'ai dit, je n'ai aucune idée de ce qui se passe. Je m'appelle Robert Longuet. J'ai une famille. Je suis un ambulancier à la retraite. Je ne viens même pas du coin ! Je suis juste venu en voyage de pêche. Et voilà que mon ami Georges et moi, on est tombé sur cette fille morte qui flottait sur la berge. On la remonté dans notre chaloupe. Et c'est là que…

— Là que quoi ?

— Là qu'elle est revenue à la vie ! Elle a mordu Georges et… et… après m'en être débarrassée, Georges… Il était mort ! Il était mort et il s'est réveillé ! Il était devenu comme elle…

— Comment ?

— Des morts-vivants ! Comme dans les vues ! Des saloperies de zombies comme dans les putains de films d'horreur que mon fils regarde !

— Des zombies ?

— Je te jure que c'est vrai ! Cette fille était morte et elle a ressuscité. Et par une simple morsure, elle a transformé mon meilleur ami en bête sauvage comme elle !

— C'est… Non… Je… Non… Mais alors, qui sont ces types qui nous ont tirés dessus ?

— Je n'en sais rien. Quand Georges s'est transformé, je me suis enfui pour chercher du secours. Je suis tombé sur une voiture de police qui était stationnée dans le cimetière tout près. Il y avait plusieurs trous au pied des pierres tombales, ce qui laisse croire que… Que certains autres morts s'étaient réveillés également… Et c'est là que j'ai vu le policier mort, avec une balle dans la tête. Ensuite, on m'a tiré dessus. Apparemment, un tireur isolé surveillait le cimetière. Pour quelle raison, je n'en ai aucune idée ! Tout ce que je savais, c'est qu'il voulait ma peau. J'ai réussi à m'enfuir par miracle avec la voiture de police et voilà comment je suis tombé sur toi et cette bête immense... Mais qu'est-ce que c'était au juste ?

— Je... Un loup ! Un loup énorme... Je suis entré dans la maison pour téléphoner et en ressortant, il était là... Sur Raymond. Il était là...

— Comment est-ce possible ? Des morts-vivants, un loup géant et ces types qui nous courent après... Et quoi encore !

— C'est un cauchemar ! Ça ne peut pas être vrai. Je suis dans un mauvais rêve et...

— Je me suis posé la même question. Mais c'est réel. C'est insensé, mais réel...

— Je... Non... Impossible... Un loup énorme, peut-être. Mais des morts qui sortent de leurs tombes... Non, impossible !

— Je... Je sais... Je te dis juste ce que j'ai vu. Mais je te jure que je n'ai aucune idée de ce qui se passe ici ! Chose certaine, ces types nous courent après parce qu'on a vu ces choses insensées. Ils ne nous laisseront pas filer. On va devoir se serrer les coudes. On va devoir se faire confiance et s'entraider si on veut s'en sortir... »

Soudain, à peine Robert eut-il fini sa phrase qu'un terrifiant hurlement de loup retentit dans la forêt. Les deux hommes encore confus sentirent inévitablement l'effroi s'emparer à nouveau de leurs cœurs. « Il ne faut plus traîner ici, proposa aussitôt Robert. Nous devrions partir ! » Sans même répliquer, Max grimpa sur le VTT, remit le moteur en marche et repartit rapidement sur le chemin boueux.

Le sentier finit par déboucher sur le bord d'un champ. Afin de ne pas attirer l'attention, le conducteur ferma ses lumières, ce qui l'obligea à diminuer considérablement sa vitesse. Ils aperçurent alors à l'autre bout de la prairie une lueur provenant d'une maison. Sans même se poser de question, Max dirigea son véhicule dans cette direction afin d'aller chercher refuge et secours auprès de la résidence.

Soudain, comme ils traversaient le pré, la conduite du VTT commença à se détériorer considérablement. Contre toute attente, le moteur poussa un dernier souffle avant de s'éteindre.

Max vérifia rapidement d'où pouvait venir le problème et, comme il le craignait, ils venaient d'être victimes d'une panne sèche. En effet, Max s'était déjà mis sur la réserve pour revenir de randonnée plus tôt avec Ray et n'avait pas refait le plein une fois chez lui.

Comme il n'était plus qu'à quelques centaines de mètres de la maison illuminée, les deux hommes ne s'en firent pas trop avec le problème de véhicule. De toute façon, ils allaient davantage passer inaperçus à pied qu'en quad. Bien que leur espoir était de trouver un refuge dans cette maison, tous deux redoutaient ce qu'ils allaient y trouver.

Après une brève pause, ils entreprirent nerveusement leur randonnée dans la sombre nuit. Robert emporta le fusil de calibre douze et, avec tout ce qu'il avait vécu ce soir, suggéra fortement à Max d'emporter sa scie à chaîne.

À peine venaient-ils de quitter le VTT qu'à nouveau, leurs oreilles perçurent une plainte effroyable de loup provenant de la forêt derrière eux. Les deux fugitifs s'immobilisèrent et se regardèrent un instant. La peur pouvait se lire dans leurs yeux. Puis, sans avoir à se dire le moindre mot, tous deux comprirent qu'il n'y avait aucun intérêt à traîner plus longtemps dans cet endroit où ils étaient plus que vulnérables pour une nouvelle attaque de la bête. C'est pourquoi ils se mirent à courir à toute vitesse.

Alors qu'ils s'approchaient sérieusement de leur but, ils aperçurent une clôture barbelée se dresser devant eux. Robert suggéra au jeune de s'arrêter un peu pour reprendre leur souffle. Ce qu'ils firent brièvement avant de franchir aisément l'obstacle.

À mesure qu'ils se rapprochaient, ils distinguèrent aux côtés de la maison la silhouette d'une imposante bâtisse se dessiner. Ils en déduisirent facilement qu'il s'agissait là d'une grange et qu'ils se trouvaient présentement dans un enclos à animaux quelconques.

Ne perdant pas de temps, ils continuèrent à jogger rapidement vers la lumière. Seul le bruit de leurs pas sur l'herbe courte ainsi que celui de leur respiration haletante se faisait entendre autour d'eux.

Robert commençait dangereusement à manquer de souffle, mais il était trop orgueilleux et avait beaucoup trop peur de ce qui pourrait les suivre pour ralentir. Max, lui, savait que l'homme plus âgé commençait à tirer de la patte et s'efforça malgré l'adrénaline qui l'envahissait à ralentir un peu le pas.

Soudain, Max sursauta en remarquant à moins d'une quinzaine de mètres de lui une grosse masse noire au sol. Il s'arrêta dès qu'il l'aperçut.

« Quoi, qu'est-ce… qu'il… y a ? demanda difficilement Robert entre deux souffles.

— Là, il y a quelque chose, chuchota le jeune tout en pointant devant lui.

— C'est quoi ?

— Je n'en sais rien, c'est peut-être juste une vache qui est couchée. Où c'est peut-être… je ne sais pas. »

Robert leva son fusil vers la masse sombre. Le canon bougeait de haut en bas en suivant sa respiration haletante. Puis, après avoir observé la silhouette un bon moment, ce dernier posa un pied devant et s'engagea dans une avance lente tout en tentant toujours de discerner de quoi il s'agissait. Tout en le suivant de près, Max remarqua une autre boule noire semblable se dessiner un peu plus loin. Il la montra immédiatement à son acolyte, qui acquiesça en signe de compréhension.

Soudain, un petit bruit inquiétant parvint à leurs oreilles. Un genre de claquement qui se répétait sans cesse.

Les deux hommes continuèrent malgré tout leur avance, toujours en quête d'informations sur ce qui se trouvait tout près d'eux. Alors qu'ils n'étaient maintenant plus qu'à quelques pas, Robert s'arrêta d'un coup. Max le fixa aussitôt et lut dans son regard que ce dernier venait d'interpréter ce qu'ils avaient devant les yeux. Le retraité se tourna vers Max tout en bougeant la tête de gauche à droite en signe de négation. « Quoi ? questionna Max à voix basse. Qu'est-ce que c'est ? » Robert ne répondit pas et se contenta de reculer tranquillement, pas à pas. Tout en se repliant, il fit signe au jeune homme, qui semblait complètement confus, de le suivre. Max hocha la tête pour lui faire signe qu'il avait compris. Il jeta tout de même un dernier coup d'œil avant de s'exécuter quand tout à coup, la silhouette d'une tête humaine apparut de derrière la chose brune qui traînait par terre. Max sursauta, puis figea net. Il resta ainsi, attendant que quelque chose se passe, mais rien ne se produisit. Peu importe ce que c'était, ça ne semblait pas l'avoir vu. Par peur de se faire détecter, il resta immobile, sans lâcher la scène des yeux.

Plus il observait et plus il commençait à distinguer des détails à travers la pénombre. Il confirma alors que ce qui s'était dressé tout à coup était bien une tête humaine. Il distingua également que de tout le contour de la bouche dégoulinait un étrange liquide qui ressemblait affreusement à du sang. Mais c'est en voyant la chose ouvrir et fermer sa mâchoire sans arrêt que la vérité lui sauta aux yeux. Il saisit enfin de quoi il était question. La masse brune gisant au sol devant eux était en fait une carcasse d'animal, qu'il identifia comme une vache ou un cheval. Et le claquement répétitif se trouvait être un bruit répugnant de mastication. Il comprit alors que sous son regard se trouvait quelque chose qui ressemblait étrangement à un humain qui était en train de se nourrir de la chair de la pauvre bête.

Cette vision lui leva le cœur. Il regarda à nouveau Robert, qui était maintenant à une bonne distance de lui. Ce dernier continuait à lui faire signe de le suivre. Doucement, tout en gardant les yeux sur le carnivore devant lui, Max entama à son tour son repli. La chose, qui semblait fortement apprécier son repas, ne réagit aucunement.

Lorsque les deux hommes furent assez éloignés, Max ne put s'empêcher d'ouvrir la bouche et de murmurer : « Mais c'est quoi ça ? Est-ce que c'est…

— Je crois que oui. C'est comme la fille… Un zombie !

Max, qui espérait encore que son nouvel associé se soit trompé avec son histoire de morts-vivants, n'eut d'autre choix que de se rendre à l'évidence. Que ce soit bien un zombie ou un maniaque du cannibalisme, quelque chose ressemblant à un homme était bel et bien en train de se nourrir sauvagement de la chair fraîche d'un animal dans ce pré. Et avec tout ce qu'il avait vu ce soir, y compris l'affreux spectacle devant eux, il se dit que plus rien n'était impossible. Il devait maintenant faire face à cette nouvelle menace. Il posa alors sa main sur l'épaule de Robert et laissa s'échapper quelques mots : « Et maintenant, qu'est-ce qu'on fait ? On fonce vers le bois ou on tente d'éviter ce... Ça ? »

Mais avant même qu'ils ne prennent une décision, le puissant hurlement de loup retentit une fois de plus, traversant toute la prairie.

« C'est encore lui, argumenta le jeune. Il nous a suivis. Mais, c'est impossible qu'il soit encore en vie. Je lui ai lancé une fusée éclairante au fond de la gorge et toi, tu lui as tiré dessus. Comment peut-il encore nous poursuivre ?

— Les loups se tiennent en meute, non ? Il n'était probablement pas seul. C'est peut-être le reste de la bande qui nous attend dans la forêt. Je ne crois pas qu'on devrait rebrousser chemin. La chose qui a tué ton ami semblait largement plus puissante et considérablement plus rapide que le mort-vivant devant. On n'aura pas la moindre chance de les battre, surtout s'ils sont en meute et dans la noirceur totale de la forêt. Tandis que le danger qui nous attend devant... enfin... je crois... est moins menaçant.

— Tu as raison, on est mieux d'essayer de contourner ce carnivore devant nous. En plus, il a l'air beaucoup plus intéressé à son steak qu'à nous. »

Convaincus que c'était le meilleur plan, les deux fugitifs se mirent en marche afin de contourner les carcasses de ce qu'ils confirmèrent finalement être des chevaux. Ils constatèrent rapidement que dans l'enclos, qui n'était pas extrêmement large, traînaient plusieurs autres cadavres d'animaux ici et là. C'était un vrai carnage. Max en compta au moins dix. Il fut alors horrifié de constater que derrière chacun d'entre eux s'acharnait un mangeur de viande, et parfois même deux.

Ils décidèrent donc de se frayer un chemin entre deux carcasses assez éloignées l'une de l'autre. Tout en s'approchant furtivement, les deux hommes gardèrent l'œil fixé chacun sur un cheval de chaque côté. De son bord, Robert ne vit qu'une silhouette humaine accroupie sur la bête, mais Max, quant à lui, distingua davantage de détails horribles. Deux choses s'acharnaient sur son flanc, dont la première semblait être en sévère état de décomposition. Le jeune homme s'aperçut que le crâne s'exposait sur la moitié du visage et qu'aucune lèvre ne recouvrait ses dents pourries. La peau qui lui restait paraissait grisâtre et sèche. L'autre mort-vivant était quant à lui trop dissimulé dans la pénombre pour en distinguer les détails terrifiants.

Tous deux continuèrent ainsi leur avance, un pas à la fois, s'efforçant de faire le moins de bruit possible, en scrutant chacun leur arc d'observation attribué. Pour l'instant, tout allait pour le mieux. Les affreux zombies dévoraient leurs repas comme des affamés sans se soucier des deux hommes qui se déplaçaient tout près. Lorsque soudain, une imposante masse noire apparut devant et fonça dans leur direction avec un vacarme fou. Le son des pas de la chose qui frappait violemment le sol attira aussitôt l'attention des deux fugitifs. La créature devant eux, de deux fois leur grosseur, allait leur bondir dessus d'un instant à l'autre. « Il est là, craint aussitôt Max. Le loup géant ! Il est là ! » Instinctivement, les deux hommes se jetèrent chacun de leurs côtés pour éviter la bête de justesse. Cette dernière passa à toute vitesse entre eux sans s'arrêter. Puis, peu de temps après, elle poussa un étonnant hennissement.

Grâce à cette plainte, les deux hommes reconnurent alors avec soulagement la silhouette d'un cheval. « Ouf ! Merci, Seigneur ! raisonna Robert. Ce n'était pas un monstre, mais juste un cheval apeuré. »

Malheureusement, ce spectacle attira l'attention des zombies aux alentours, qui levèrent alors la tête et se tournèrent dans leurs directions. Le cheval, lui, toujours au galop, disparut dans la nuit, les laissant seuls au milieu de trois charognards qui commencèrent dangereusement à les fixer de leurs yeux sans âmes.

Les morts-vivants abandonnèrent alors leur repas, semblant tout à coup plus intéressés à des proies vivantes. Ils les reniflèrent en relevant leur nez dans les airs comme un chien qui sent un bon repas tout près.

Les deux hommes se redressèrent aussitôt, tout en regardant les trois choses qui les observaient avec appétit. Ces derniers ne s'avançaient toujours pas, se contentant d'ouvrir leurs hideuses bouches pétrifiées en laissant échapper un terrifiant bruit sifflant. Soudain, l'un d'eux se mit en mouvement. Sans aucune hésitation, il fonça directement vers Robert. Il ne marcha pas en titubant comme dans les vieux films de zombies. Au contraire, il courut à toute vitesse tel un prédateur voulant attraper une prise difficile. Impressionné par la vitesse dont l'homme à moitié décomposé le chargeait, l'aîné ne tenta pas de s'échapper. Au lieu de cela, il leva son arme et tira, sans même viser, en direction de son agresseur. Les plombs atterrirent en plein centre de sa poitrine qui éclata en morceaux. Des bouts de chair putréfiée et d'os desséchés volèrent tout autour. La puissance de l'impact projeta durement le zombie au sol. Mais ce dernier se releva aussitôt sans aucun signe de douleur.

Au même instant, les deux autres monstres commencèrent également leur assaut. Robert arma à nouveau son fusil à pompe et, se rappelant comment il avait neutralisé la fille du lac, s'épaula et visa la tête cette fois. Le coup partit à nouveau et la moitié du crâne de sa cible se détacha du reste du corps. Le mort-vivant retourna une fois de plus au sol. Mais cette fois, il y resta pour de bon.

Alors que Robert regardait sa cible s'effondrer, le cadavre ayant la moitié du visage en squelette bondit sur lui, ne lui laissant pas le temps de recharger. Il lui sauta directement dessus, le projetant brusquement par terre. Puis il embarqua dessus, ouvrit sa gueule béante et se pencha vers sa gorge. Mais comme les dents allaient atteindre leur but, Robert plaça le côté du fusil perpendiculairement sur le cou de l'agresseur et le repoussa fermement. Il réussit ainsi à freiner l'assaut de la chose juste à temps. Témoin de la scène, Max fonça vers le cadavre qui s'attaquait à son partenaire et lui lança un violent coup de pied en pleine figure. Le monstre roula sur le côté. Alors, ayant été témoin du spectacle plus tôt, il leva sa tronçonneuse à deux mains et rabattit puissamment la partie du moteur directement sur la tête. Comme le premier coup ne semblait pas fatal, Max s'exécuta à nouveau. Puis une troisième fois. Ses coups devenaient de plus en plus violents, défoulant enfin ces émotions qui fourmillaient en lui. Le crâne de son adversaire commençait à être dangereusement endommagé lorsqu'il s'arrêta finalement.

Mais au même instant, le troisième zombie se rua sur lui lorsque sa course fut brusquement freinée par une dizaine de plombs qui allèrent se loger profondément derrière sa tête. Max se tourna et aperçut son sauveur qui se tenait assis, son fusil épaulé, dont une légère fumée s'échappait encore de la bouche du canon.

Mais contrairement à ce qu'ils croyaient, ils n'étaient pas au bout de leurs peines, car les coups de fusil avaient non seulement alerté les autres cadavres cannibales, mais aussi quelque chose que les deux hommes croyaient avoir laissé beaucoup plus loin.

En effet, comme Max aidait encore son compagnon à se relever, une lumière illumina le champ. Provenant de la route non loin de la maison, deux phares de véhicule utilitaire, semblable à celui des hommes qui les avait attaqués plus tôt, entamèrent une avance rapide vers eux.

« Les types en noirs ! Comment nous ont-ils retrouvés ? lança Robert, abasourdi.

— C'est impossible ! Comment ont-ils pu ?

— Ce n'est peut-être pas eux ?

— Ou alors ceux qui nous ont attaqués n'étaient pas seuls à patrouiller dans le coin. Ils sont peut-être nombreux à chercher les survivants. Si en effet ils cherchent à réduire au silence tous ceux qui ont vu quelque chose d'étrange ce soir, alors ils sont peut-être toute une équipe. Il s'agit peut-être même de l'armée.

— Chose certaine, je n'ai pas envie de rester ici à attendre de voir si les occupants de ce Jeep sont ici pour nous aider ou nous tuer ! »

Sur ces mots, le véhicule se rapprocha considérablement, éclairant ainsi de plus en plus le pré. Les deux survivants sentirent inévitablement leur estomac se nouer affreusement lorsqu'à la lumière des phares, ils s'aperçurent qu'ils étaient encerclés par plus d'une dizaine de morts-vivants tous différents les uns des autres. Parmi eux se trouvaient des femmes zombies, et même des enfants. Certains souffraient d'une sévère décomposition, tandis que d'autres semblaient encore frais. Mais tous avaient un point commun : un effrayant regard dévastateur.

« Seigneur, qu'est-ce qu'on fait ? questionna Max d'une voix tremblante. Il y en a partout. Et le quatre-quatre qui arrive. Nous sommes foutus !

— Il faut foncer vers l'étable ! Il faut essayer d'aller se cacher là-dedans. Si on reste ici, on est mort ! Il faut y aller, maintenant ! »

Sans attendre de réponse, Robert se tourna en direction de la grange qui se trouvait à une centaine de mètres et commença aussitôt une course pour la survie. Max se dépêcha de le suivre. Au passage, l'aîné tira ses deux dernières cartouches qui lui restaient afin de se frayer un chemin au travers des cadavres cannibales. Son premier tir atteignit l'épaule d'un vieil homme qui s'arracha complètement. Le second termina sa course en plein sur la poitrine d'une morte-vivante. Par la suite, le pêcheur saisit son arme par le canon encore chaud et, toujours sans s'arrêter, frappa avec la crosse un troisième mort-vivant qui lui barrait la route. Max se contenta de le suivre, le regardant exhiber toute sa détermination pour survivre. Puisqu'aucun autre zombie ne semblait s'interposer sur leur route, ils coururent aussi rapidement qu'ils le purent, sans se retourner, gardant en vue leur objectif qui se rapprochait de plus en plus. Une porte en bois se dessina sur la vieille grange devant eux.

Alors qu'ils arrivaient, Max remarqua que le véhicule était maintenant entré dans la cour et passait à vive allure sur le côté de la maison. Sous l'éclairage, il se rendit compte qu'il ne s'agissait pas du même VUS, dû à l'absence de trous de balle dans le pare-brise.

Lorsqu'ils ne se trouvèrent plus qu'à quelques bonds de l'entrée de la ferme devant eux, Robert prépara son épaule sans ralentir le moindrement. Puis, il plaqua durement la porte, mais, contre toute attente, cette dernière ne broncha qu'à peine. Malgré la douleur, il essaya de nouveau, mais sans succès. Il tenta donc de saisir une poignée, mais s'aperçut rapidement que la porte, servant normalement à sortir les chevaux dans les prairies, n'en avait aucune. Désespéré, il tenta à nouveau sa chance sur la solide porte qui ne céda point. « Non ! désespéra-t-il. Non ! Seigneur, non ! Elle est fermée de l'intérieur. Impossible de l'ouvrir ! Nous sommes pris au piège ! »

Max se retourna aussitôt et remarqua qu'au moins, les zombies avaient été moins rapides qu'eux. Mais la distance qui les séparait n'était pas très grande et ils devaient vite trouver un plan pour entrer ou ils finiraient en viande hachée. De plus, le VUS suspect se rapprochait dangereusement de leur position.

Une idée frappa soudainement Max. Il poussa Robert, se colla contre la porte et plaça sa tronçonneuse en position de départ. Puis il saisit la poignée et tira rapidement sur la corde. Le moteur fit deux ou trois sons, puis s'éteignit. Il tira à nouveau, puis encore et encore. Les morts-vivants se rapprochaient maintenant de plus en plus. Ils rattrapaient plus vite que prévu l'avance que les hommes avaient si durement gagnée. Tout à coup, ceux qui se trouvaient le plus près d'eux se firent éclairer par le quatre-quatre qui, lui aussi, gagnait du terrain dangereusement. « Allez, démarre ! Saleté de scie ! S'il vous plaît mon Dieu, faites qu'elle démarre ! Allez saleté ! Démarre ! »

La panique s'empara totalement du jeune homme. Il tremblait comme une feuille. La sueur coulait à grosses gouttes sur son front en voyant du coin de l'œil ses ennemis s'approcher de plus en plus. Ils allaient bientôt tous deux être totalement pris au piège. Si sa tronçonneuse ne démarrait pas, le même sort que les pauvres chevaux leur serait réservé. Il tira une dernière fois contre tout espoir sur la corde. Soudainement, par le plus grand des miracles, le moteur de la scie se mit en marche. Immédiatement, il poussa ce dernier à pleine capacité et enfonça la lame qui tournait à toute allure dans le bois de la porte. Elle pénétra comme dans du beurre. Max poussa ensuite sur sa scie afin qu'elle descende rapidement. Heureusement, sa lame coupait parfaitement. Durant ce temps, Robert couvrit son partenaire en frappant violemment de sa crosse un premier zombie comme s'il frappait un coup de circuit au baseball.

Seulement quelques secondes plus tard, le bûcheron était déjà rendu aux trois quarts. Mais sous la pression de la situation, Robert ne put attendre qu'il finisse et donna un violent coup de pied contre la porte. Le reste du bois qui la retenait se fracassa et elle s'ouvrit enfin, laissant à sa place une entrée totalement noire. Au même instant, un zombie encore fraîchement transformé agrippa Max par son chandail.

Celui-ci se retourna rapidement et lança sa scie à chaîne directement à la hauteur de visage. La lame lui pénétra la tempe et scia le premier œil qui éclaboussa sur lui. En un instant, il décapita le cadavre animé qui s'effondra aussitôt au sol. N'ayant pas d'autre choix, Max lança à nouveau son arme improvisée vers la tête d'un second ennemi redoutablement près. L'ayant attaqué verticalement cette fois, il dut s'arrêter à mi-chemin du visage lorsque le cannibale d'outre-tombe s'affaissât, la tronçonneuse encore prise dans sa tête.

Avant même que les deux hommes eurent le temps d'entrer, le VUS de couleur foncée frappa la clôture de bois sur le côté de la grange, qui vola dans les airs. Par la suite, le véhicule entra en collision avec un zombie femelle dont la tête se détacha sous le violent impact. Puis, le conducteur freina juste devant eux. Alors, ne perdant pas une seconde de plus, les deux fugitifs bondirent à l'intérieur et se dissimulèrent dans les ténèbres de la bâtisse. Comme ils disparurent, un coup de feu provenant de la jeep retentit et un morceau du cadre de la porte en bois s'arracha. Robert et Max comprirent alors que l'intention des nouveaux arrivants était, comme ils le craignaient, bel et bien hostile.

Puis, un silence de mort régna pendant un instant, mis à part le bruit du moteur du véhicule qui tournait toujours.

Chapitre 6

Samedi, 14 août, 23h15

Cinq coups de feu se firent entendre. À chacun d'entre eux, un zombie tombait au sol, le crâne endommagé. Lorsqu'il n'en resta plus debout à proximité du VUS, les portières s'ouvrirent. Aussitôt, deux hommes vêtus de noir et portant une cagoule du même ton en descendirent. Ces derniers allumèrent aussitôt leurs petites lampes de poche fixées à l'aide de ruban adhésif à leurs fusils de calibre douze. Après s'être fait un signe de tête, ils se dirigèrent vers l'intérieur de la grange à la poursuite des fugitifs.

Dès qu'ils passèrent le pas de la porte, ils se retrouvèrent dans un large corridor dont le sol était en ciment. Tout en balayant de gauche à droite à l'aide de leurs faisceaux lumineux, ils réalisèrent que de chaque côté d'eux se trouvaient des « box » à chevaux dont le bas était fait de bois et le haut de barreaux de fer forgé. Tout en avançant, les deux hommes armés inspectèrent les cellules l'une après l'autre. Mais ils ne trouvèrent aucune trace de ceux qu'ils cherchaient. Alors qu'ils arrivèrent au bout du corridor, l'un d'eux remarqua une autre division isolée sur sa droite, tandis que l'autre distingua une seconde porte de sortie. Ils se séparèrent donc afin d'examiner chacun leur partie de l'écurie. Celui qui se dirigea vers la droite remarqua qu'à pas plus d'un mètre de la porte menant dans la salle isolée se trouvait une fenêtre donnant une vue sur l'intérieur. Il leva donc son arme afin d'inspecter la pièce en question. Il y remarqua alors plusieurs selles posées sur des montures de fer fixées aux murs. Ne voyant aucune silhouette humaine, il pénétra dans la sellerie afin de s'assurer que personne ne se cachait dans un recoin. Il en fit rapidement le tour. Ne trouvant pas ce qu'il cherchait, il en ressortit pour aller rejoindre son partenaire.

Celui-ci, durant ce temps, avançait vers la sortie qu'il venait de repérer. Il constata rapidement que celle-ci était verrouillée de l'intérieur et que les fuyards n'avaient pas pu prendre cette direction. Il rebroussa donc lui aussi chemin vers son collègue.

Les deux hommes se rejoignirent et communiquèrent encore une fois par signes de tête. Ils regardèrent ensuite vers l'avant pour trouver une pièce qu'ils n'avaient pas encore vérifiée. L'un d'eux remarqua alors un escalier en vieilles planches sur la gauche qui menait à un peu plus de deux mètres du sol et qui se terminait par une porte ouverte donnant sur une autre division. Il le pointa à son associé avant de commencer à le gravir lentement. Son partenaire le suivit de près. Les marches craquèrent légèrement à chacun de leurs pas. Bientôt, ils arrivèrent au sommet.

Le premier éclaira rapidement la pièce. Il remarqua alors tout au fond des centaines de balles de foin. Ne voyant toujours pas de traces humaines, il pénétra dans la chambre à foin et tourna immédiatement le coin sur la droite. Tout à coup, comme il s'exécutait, la silhouette d'un homme, sortant de derrière un mur de foin, fonça sur lui. Et avant même qu'il ne puisse tirer, il reçut un violent coup au visage, lui faisant automatiquement plier les genoux et lâcher son arme.

Robert, qui venait juste de lancer une attaque brutale à l'un des assaillants à l'aide de la crosse de son fusil qu'il tenait toujours par le canon, leva immédiatement les yeux vers l'autre qui pénétrait rapidement afin de venir épauler son collègue. Dès que l'autre homme en noir aperçut Robert, il leva son fusil et posa son doigt sur la détente. Mais avant qu'il puisse presser cette dernière, une ombre sur sa droite le saisit à la taille en le soulevant pour finalement le projeter brutalement sur le côté. En atterrissant durement au sol, le doigt de l'homme cagoulé se serra et le coup partit, faisant apparaître une flamme brillante dans la pénombre de la grange. Robert, qui s'attendait à recevoir cette balle qui lui était destinée, sursauta, ferma les yeux et serra les dents. Après un bref instant, il constata avec satisfaction qu'il n'avait pas été touché. Aussitôt, il reconnut la silhouette de Max qui se ruait sans hésitation sur l'homme qu'il venait de plaquer au sol. Alors, sans perdre de temps, il se tourna vers celui qu'il venait de frapper afin de le neutraliser pour de bon. Il remarqua alors avec étonnement que ce dernier gisait déjà par terre inconscient. Il se pencha pour confirmer son état lorsqu'il remarqua une blessure sanglante sur sa poitrine. Rapidement, il en déduisit que ce dernier venait de recevoir l'impact du coup de feu qu'avait tiré involontairement son acolyte. Après s'être rapidement assuré qu'il était vraiment hors combat, il lui vola son arme chargée et se retourna afin d'appuyer son copain qui se battait toujours avec le dernier assassin.

En effet, Max, qui venait de pousser l'homme armé, se jeta littéralement sur lui afin de l'empêcher de recharger son arme à pompe. Il s'agenouilla par-dessus lui et, agressivement, lui arracha le fusil des mains avant de le lancer derrière. Il réunit ensuite toute sa peur, son adrénaline et sa haine envers ces types qui cherchaient désespérément à les faire disparaître et lança un violent coup de poing en direction du visage de l'homme armé. Mais celui-ci se protégea instinctivement et bloqua en grande partie la puissante attaque. Seuls les doigts lui effleurèrent le dessus de la tête. Sans perdre de temps, Max relança son poing en arrière afin de reprendre un élan et le lança à nouveau vers son adversaire. Mais ce dernier para à nouveau le coup porté contre lui. Sans laisser le temps à Max de tenter un autre assaut, l'homme se souleva rapidement et lui attrapa la tête entre ses bras, le limitant ainsi dans ses mouvements. Le jeune homme, prisonnier contre la cage thoracique de son ennemi, tenta désespérément de s'en défaire. Tout en forçant pour se sortir, il lui lança de petits, mais efficaces coups à répétition aux côtes.

Robert regarda impuissamment la scène à l'aide de la lampe fixée à l'arme qu'il tenait, attendant qu'ils se séparent pour pouvoir faire feu. C'est alors qu'un terrifiant râlement venant du premier étage attira son attention. Il se retourna rapidement et scruta entre deux vieilles planches desséchées dont était constitué le mur. Comme il le craignit, il reconnut une dizaine de silhouettes de zombies qui pénétraient à l'intérieur de l'écurie.

« Non ! réagit-il. Encore ! Ce n'est pas vrai ! Mais il y en a combien ? Non, non, non ! Mon Dieu, aidez-nous ! Pas encore eux ! »

Durant ce temps, Max, toujours en prise de bec avec son assaillant, commençait petit à petit à se déprendre. Il sentit alors l'agresseur le lâcher d'un bras et aller fouiller quelque chose de sa main libre. N'ayant maintenant plus qu'un bras qui le retenait, Max réussit à se glisser hors de la prise qui le retenait. Aussitôt, il s'aperçut que la main de son assaillant qui l'avait relâché tenait maintenant un couteau plutôt menaçant. Lorsque ce dernier l'attaqua, Max positionna son avant-bras entre lui et la lame. Cette dernière le frôla légèrement, le coupant à peine. Mais l'agresseur ne s'arrêta pas là, car pendant que Max retenait le couteau, il ferma son autre poing maintenant libre et le lança en plein sur le nez du jeune homme. Le choc ressenti priva ce dernier de ses sens pendant un court instant. L'homme cagoulé en profita pour se défaire de son adversaire et se glisser sur le côté.

Robert, qui observait les nouveaux visiteurs, se retourna à temps, ayant aperçu du coin de l'œil que les deux hommes venaient de se séparer. Il leva son fusil, mais avant même de pouvoir faire feu, l'assassin lança puissamment son couteau dans sa direction. Instinctivement, Robert rentra la tête entre ses bras en guise de protection. Le manche de l'arme blanche lui frappa alors douloureusement le coude.

Profitant du court délai qu'il venait de gagner,

l'homme en noir se leva et se précipita sur son arme à feu qui traînait derrière. Puis, il la leva et pointa hostilement Robert. Mais avant qu'il ne puisse exécuter tout autre mouvement, Max, qui avait repris ses sens, se releva en un éclair et se jeta carrément sur lui. Il le plaqua à nouveau violemment, le soulevant carrément du sol. Les deux hommes volèrent sur une courte distance pour ensuite atterrir avec force contre le mur de vieilles planches qui les séparait du premier étage. Sous le poids de l'impact, le bois sec céda dans un bruyant craquement. Les deux ennemis passèrent au travers du mur et tombèrent dans le vide de l'autre côté.

Max pivota sur lui-même avant de terminer brutalement sa chute sur le dos contre le ciment. Le coup lui coupa automatiquement le souffle, l'obligeant à rester étendu un moment au sol.

Soudain, une voix familière le ramena à la réalité : « Vite ! Lève-toi Max ! Ils arrivent ! Les morts-vivants arrivent ! Allez ! Debout ! » Malgré la douleur, le jeune homme réussit à distinguer les silhouettes qui s'approchaient rapidement dans sa direction. Il tenta de se relever, mais rien à faire. Sa respiration ne voulait pas revenir, le clouant littéralement au sol. La bouche grande ouverte, il tentait désespérément de reprendre son souffle. De plus, la souffrance qu'il ressentait était atroce. Mais il savait qu'il devait se remettre debout ou il finirait en repas pour ces cannibales. Il réussit finalement, en rassemblant toutes ses forces, à se mettre à genoux. Il leva alors les yeux pour voir la progression des zombies. Il fut horrifié de voir que l'un d'eux se trouvait à moins d'un mètre de lui. Il figea de nouveau, trop terrifié pour faire quoi que ce soit. Et comme la chose allait bondir sur lui, son abominable visage fut tout à coup éclairé par une lampe avant de voler en éclats sous le précis coup de fusil que lui administra Robert juste à temps.

Profitant de ce bref sursis, Max réussit enfin à prendre une bouffée d'air. Sans perdre une seconde de plus, il se remit difficilement sur ses deux jambes. Aussitôt, un autre coup de feu retentit derrière. Espérant que Robert venait d'abattre le dernier qui restait, le jeune homme scruta devant. Il discerna avec désespoir, sous l'éclairage de la lampe, que tout autour de lui se trouvait une horde de zombies. Se sentant prisonnier, il recula lentement, mais fut aussitôt freiné par le mur derrière lui. Pris au piège, il regarda, terrorisé, les créatures se ruer sauvagement sur lui. « Fonce sur ta gauche ! lui ordonna soudainement Robert. Va vers la pièce à gauche Max ! » N'ayant plus le temps de réfléchir, ce dernier réagit immédiatement à la voix de son collègue posté plus haut. Il fonça aveuglément sur sa gauche. Au même instant, la calotte crânienne du cadavre marchant devant lui vola en éclat sous l'impact des plombs envoyés par l'aîné qui tentait de lui frayer un chemin. Le jeune poussa la chose sur le côté avant même qu'elle ne tombe d'elle-même. Puis, il se précipita vers la sellerie. Un zombie se plaça soudainement entre lui et la porte, bloquant l'accès. Ne ralentissant pas sa fuite, il bifurqua légèrement à gauche et s'enligna en direction de la fenêtre sur le côté qu'il venait juste d'apercevoir. Entendant les pas des monstres qui le suivaient de près, il chargea à vive allure. Il ne quitta pas la vitre des yeux et plongea directement dedans. Il passa aisément au travers de cette dernière, qui éclata en morceaux. Il alla atterrir sur le sol de la petite division au milieu d'une centaine d'éclats de verre. En se relevant, il posa la main gauche sur quelques-uns d'entre eux, ce qui lui fit une légère et indolore incision sur la paume.

Aussitôt debout, un cri de souffrance attira son attention. Il se retourna et reconnut l'homme en noir, qui avait chuté avec lui, en train de se faire dévorer vivant. L'un des morts-vivants le mordait férocement à la gorge, lui arrachant un bout de chair à l'aide de ses dents pourries, tandis que d'autres s'attaquaient aux épaules, aux bras et aux jambes. La pauvre victime tentait désespérément de se défaire de ses adversaires, mais en vain.

La scène horrifia totalement Max qui, sans perdre une seconde de plus, commença à chercher une façon de sortir. Il réalisa rapidement qu'il était coincé dans un cul-de-sac. Aucune voie d'évasion n'était accessible. La porte de la pièce se brisa soudainement et des zombies commencèrent à pénétrer. Il fallait qu'il sorte de cette chambre. Il se tourna alors vers le mur du fond donnant sur l'extérieur et remarqua qu'il était également constitué de vieilles planches. Il fonça donc dans sa direction dans le but d'en briser juste assez pour pouvoir se faufiler hors de la pièce. Il ressortit son épaule et l'utilisa pour frapper le mur qui le séparait du dehors. Il fut contrarié par la résistance que le mur offrit. Sans perdre de temps, il essaya à nouveau, mais toujours sans succès. Il se retourna et vit les morts-vivants qui approchaient dangereusement. L'image de l'homme en noir se faisant dévorer traversa alors son esprit. Il n'était aucunement question qu'il subisse le même sort. Il frappa alors encore, et encore. Puis, il donna un puissant coup de pied. Puis un autre.

Tout en tentant désespérément de percer un trou, il s'écria d'une voix affolée : « S'il vous plaît, mon Dieu ! Aidez-moi ! Je vous en supplie ! Aidez-moi ! Je ne veux pas mourir, sauvez-moi ! Aller, mon Dieu ! Allez Seigneur, aidez-moi ! » Ses appels à l'aide se transformaient presque en pleurs. Il frappait de plus belle. Plus il entendait les cannibales approcher et plus ses attaques étaient violentes.

Tout à coup, l'une des planches céda. Immédiatement, il se pencha et se positionna afin de se faufiler par l'ouverture. Mais avant qu'il ne puisse passer la tête, un visage en décomposition apparut de l'autre côté. Max sursauta affreusement et recula d'un pas. Puis, un autre zombie se dessina non loin derrière. « Non ! Non ! » s'écria-t-il.

Complètement pris au piège entre les zombies qui entraient dans la pièce et ceux dehors de l'autre côté des planches, Max fut envahi par la panique. Sans réfléchir, il saisit une selle sur le « rack » au côté de lui et la lança furieusement sur le premier mort-vivant, qui était maintenant à moins d'un mètre. Puis, il s'empara d'une autre et la projeta également vers les autres assaillants. « Saletés ! hurla-t-il. Vous ne m'aurez pas, espèces de saletés ! Je vous emmerde ! » N'ayant plus rien sous la main à leur envoyer, il resta planté debout, et leva les poings, prêt à se défendre. « Vous ne m'aurez pas aussi facilement ! Si vous me voulez, venez me chercher, espèces de saloperies ! » leur gueula-t-il à tout rompre.

Alors que plus aucune solution ne semblait possible pour Max, la voix de Robert retentit de nouveau : « Le plafond ! Max ! Le plafond ! Monte vers les poutres ! »

L'ASSAUT DU MAL

Max leva aussitôt les yeux et aperçut le faisceau lumineux que son partenaire dirigeait au-dessus de sa tête, lui permettant de distinguer qu'aucun plafond isolait la division, où il se trouvait, du reste de l'écurie. La lumière lui indiqua également qu'à environ trois mètres, une poutre de bois traversait de part en part de la pièce. Il sauta donc le plus haut qu'il put, mais sans succès. Elle était bien trop haute. Cherchant désespérément une solution, il scruta du regard quelque chose à proximité sur laquelle il pourrait grimper. Il devait vite trouver une solution. Le temps pressait de plus en plus. Il remarqua alors les supports à selle vissés au mur. Voyant le premier zombie, qui avait reculé de quelques pas sous le choc de la selle lancée avec rudesse plus tôt, foncer à nouveau sur lui, il monta sans perdre une seconde sur le support. Ce dernier plia un peu, mais supporta fort heureusement le poids du jeune homme. Max se hissa ensuite sur un autre support situé un peu plus haut. Même à cette hauteur, le premier monstre putréfié pouvait encore l'atteindre. Il devait faire vite, car celui-ci pouvait presque le toucher. Il leva les yeux et regarda la poutre, qui lui sembla tout de même encore dangereusement loin. Il n'avait plus le choix maintenant. Il devait sauter. Et il ne pouvait se permettre qu'une seule tentative. C'était sa dernière chance pour s'en sortir en vie. S'il devait chuter, il atterrirait sur l'armée de morts en dessous et finirait à coup sûr dévoré par les effroyables choses qui s'accumulaient de plus en plus dans la pièce. Il fixa la poutre un bref instant, incertain qu'il réussirait à l'attraper. « Mon Dieu, je vous en prie, aidez-moi ! » supplia-t-il. Il réunit toutes ses forces et, alors que le premier monstre allait l'attraper, il bondit férocement dans le vide. Il lança ses bras devant lui et prépara ses mains à saisir le bout de bois. Ses doigts le touchèrent. Il les referma aussitôt pour tenter de rester agrippé. Ses pieds se balancèrent vers l'avant. L'élan le fit glisser légèrement. Il s'efforça de se serrer les mains et de rester accroché. Il donna tout ce qu'il put pour tenir. Il poussa même un gémissement tant il tentait de s'accrocher à la poutre, et également à la vie. Soudain, un fort soulagement l'envahit lorsqu'il constata que la gravité ne le tirait pas vers le sol. Il avait réussi. Ses doigts avaient agrippé sa bouée de sauvetage. Immédiatement, il se souleva et passa la jambe gauche par-dessus la poutre. Il s'en servit ensuite pour s'aider à monter complètement. Il s'y installa alors à cheval et regarda en dessous de lui.

Au même instant, une goutte de sang coula de sa coupure à la main et alla atterrir sur le front d'un des morts-vivants qui le regardaient avec appétit d'en bas. Un de ces monstres, qui se trouvait à côté de lui, sembla tout à coup se mettre à le renifler. Il sauta ensuite agressivement sur son confrère et lui mordit férocement l'endroit où le sang avait atterri. Les autres se mirent aussitôt de la partie, se disputant le prix.

Max, tremblotant et complètement en sueur, resta un moment suspendu à reprendre son souffle, regardant avec effroi les créatures se battre pour une goutte de sang frais.

De son côté, Robert, témoin impuissant de la scène, poussa un énorme soupir de soulagement en voyant son confrère réussir à s'échapper de la horde de créatures affamées. N'ayant plus de munitions, il se contentait d'éclairer une voie de sortie à son compagnon, qui pour l'instant, tentait encore de reprendre ses esprits.

Tout à coup, le retraité fut contraint de changer de plan lorsqu'il entendit les premières marches de l'escalier menant à son étage craquer sous le poids de quelque chose. Il braqua rapidement sa lampe pour découvrir deux zombies grimper en sa direction. Il remarqua alors une porte qui séparait la chambre à foin où il se trouvait, de l'escalier. Sans hésiter, il se précipita vers celle-ci et la ferma juste à temps. Il éclaira ensuite cette dernière afin d'y trouver une serrure. Il fut alors ravi d'y repérer un solide crochet en fer rouillé. Il l'accrocha donc et se recula légèrement.

Le premier assaillant se fracassa alors avec rigueur contre l'obstacle qui le séparait de son repas. Robert se demanda alors si le crochet allait suffire à les retenir. Ne prenant pas de risque, il empila rapidement une dizaine de balles de foin. À peine avait-il fini que le deuxième zombie arriva au sommet afin d'aider son confrère. Ils se mirent alors à frapper encore et encore. Les balles de foin au-dessus tombèrent au sol, mais Robert les replaça rapidement. La porte commençait tranquillement à céder. « Ce n'est pas vrai ! Allez ! Tiens le coup ! Allez ! » Le crochet semblait vouloir lâcher. Robert se plaqua l'épaule contre le foin pour offrir encore plus de résistance. Soudain, un féroce grognement se fit entendre, suivi par le bruit de quelque chose se fracassant au sol. Les attaques devinrent alors beaucoup moins violentes. Robert en conclut que les zombies avaient dû se bousculer dans cet étroit escalier et que l'un d'eux avait fini en bas des marches. Et ce fut avec satisfaction que l'homme entendit alors l'autre mort-vivant maladroit dégringoler à son tour les marches. Puis soudain, le silence. Plus personne ne sembla pousser contre la porte. Robert resta tout de même dans sa position, s'attendant à tout moment à ressentir une nouvelle attaque. Après un instant, il recula de quelques pas, gardant les yeux fixés sur le mur de foin, prêt à intervenir.

De son côté, encore tremblant et tout en sueurs, Max rampa le long de la poutre. Il se dirigea vers la division servant à entreposer le foin où s'était réfugié son confrère. Lorsqu'il arriva au-dessus de lui, le jeune homme se jeta dans un tas de balles de foin qui amortit sa chute. Aussitôt qu'il eut touché le sol, il sentit une main saisir la sienne et le tirer, l'aidant ainsi à se relever. « Ça va aller ? » lança l'aîné devant lui. Ne prenant pas vraiment le temps d'y réfléchir, il hocha positivement la tête. Robert lui donna alors une tape sur l'épaule en signe d'encouragement. « Je crois bien qu'on est en sécurité ici ! » Encore sous le choc, Max ne répondit pas. Il se contenta de se laisser tomber sur une botte de foin, échappant un long soupir. Robert, tout aussi chamboulé, s'installa à côté de lui.

Les deux hommes s'échangèrent alors un regard qui en disait long. Puis, ils se retournèrent vers la porte toujours dissimulée derrière les balles de foin et la fixèrent silencieusement, sans passer le moindre commentaire pendant plusieurs minutes. Alors que leurs pulsations cardiaques commençaient lentement à se stabiliser, l'un d'eux ouvrit la bouche :

« Merci ! Merci, Robert… Merci de m'avoir couvert tout à l'heure…

— Je… Je n'ai rien fait de si…

— Tu m'as sauvé la vie ! Sans toi, j'aurais fini comme ce type… Complètement dévoré !

— Eh bien, si toi tu n'avais pas été là, je me serais pris un coup de fusil en plein visage, alors je crois que si on commence les remerciements, nous n'avons pas terminé !

— En tout cas, désolé… Désolé d'avoir douté de toi.

— Ne t'en fais pas avec ça. À dire vrai, j'ai douté de toi, moi aussi.

— En tout cas, chose certaine, si on veut se sortir de ce merdier, il va falloir continuer à se serrer les coudes comme tu l'as dit plus tôt.

— En effet, mon ami. En effet…

— Et si seulement j'avais emporté mon cellulaire, nous aurions pu… »

Un bref silence plana à nouveau dans l'écurie. Il fut soudainement troublé par une longue lamentation venant d'un des zombies toujours présents au rez-de-chaussée.

« Qu'est-ce qui se passe ici ? C'est quoi ce cauchemar !

— Je ne sais pas, Max. Je… Je n'ai aucune réponse.

— Et si on recommençait du début. Raconte-moi en détail ce qui s'est passé avec la fille qui est revenue à la vie. »

Robert hésita alors un instant, ne sachant plus trop par où commencer. Puis, il débuta sa péripétie à partir du début. Une fois qu'il eut terminé, ce fut au tour de Max de raconter son histoire avec le loup humanoïde.

Tout en gesticulant pendant ses explications, le jeune homme remarqua que ses blessures à la main et au poignet perdaient encore beaucoup de sang. Il l'examina alors de plus près et réalisa que la coupure occasionnée par le verre cassé était plutôt profonde.

L'ambulancier à la retraite le regarda inspecter son membre ensanglanté. L'instinct paternel de ce dernier refit aussitôt surface. Il déchira sa manche de chemise, la séparant en deux. Il attacha un premier morceau autour de la main de Max afin de laisser une pression constante et ainsi favoriser la coagulation. Il utilisa le second pansement improvisé pour soigner le coup de couteau à l'avant-bras. Le jeune homme se laissa faire, se contentant de remercier.

« Peu importe ce qui se passera, je crois que nous sommes à l'abri pour la nuit, exprima l'aîné, tout en s'exécutant. Le soleil se lèvera dans moins de cinq heures. Je crois que demain nous aurons des réponses. »

Même si Max savait très bien que Robert ne faisait que spéculer, ses paroles le réconfortèrent grandement.

Soudain, en relevant sa tête, Max distingua du coin de l'œil la silhouette d'un des agresseurs, qui gisait toujours au sol après avoir pris une balle plus tôt.

« Peut-être qu'on pourrait avoir des réponses ce soir, répondit-il en pointant le cadavre. On devrait le fouiller ! Peut-être qu'il contient des renseignements.

— Bien sûr ! Avec toute cette aventure, je l'avais oublié celui-là ! »

Les deux hommes se levèrent lentement et s'approchèrent prudemment, ayant un grand espoir d'apprendre enfin la vérité. « Fais attention ! lança soudainement le retraité. Je ne serais pas surpris de le voir se relever tout à coup. » Max fit un signe de compréhension et se pencha ensuite sur le mort. Robert, quant à lui, empoigna son fusil par le canon et se prépara à intervenir en cas de besoin. Alors, nerveusement, le jeune commença à tâter. Il ne trouva qu'un couteau de chasse semblable à celui que l'autre possédait. Il le retourna ensuite doucement et lui retira sa cagoule. Le visage d'un blanc d'une vingtaine d'années fut alors révélé. « Ah, Seigneur, il est si jeune », soupira le père de famille en fermant les yeux.

Après un bref instant à l'observer, ils continuèrent leur fouille, mais sans succès. Aucun renseignement potable ne fut révélé par la dépouille. Un peu déçus, ils se relevèrent en fixant le cadavre.

« Rien ! en conclut Max. Il n'y a rien sur lui… Qu'est-ce qu'on fait de lui. Je n'ai pas envie de le voir se lever d'une seconde à l'autre.

— Non, moi non plus.

— Il faut le lancer par le trou par lequel j'ai fait un vol plané plus tôt.

— Je ne sais pas ! Il est si… Je ne crois pas qu'on devrait le donner à ces affamés.

— Et moi, je n'ai pas envie de le voir se relever et nous attaquer. N'oublie pas qu'il a voulu nous tuer plus tôt ! »

Voyant que Robert semblait complètement déboussolé, Max décida que la discussion avait assez duré et qu'il était temps d'agir. Il agrippa donc les épaules du cadavre et le traîna jusqu'à l'ouverture. Soudain, Robert empoigna aussi les jambes afin d'appuyer Max dans sa démarche. Ils soulevèrent le cadavre jusqu'au passage laissé par les planches cassées et le balancèrent de l'autre côté. Ils l'entendirent une seconde plus tard se fracasser sur le sol. S'en suivit peu après le bruit répugnant des cannibales plus bas se ruant comme des animaux affamés sur leur nouveau festin. Ils reculèrent aussitôt pour en entendre le moins possible et retournèrent se rasseoir.

Ils restèrent ainsi le reste de la nuit à guetter la porte encore solide et à écouter les lamentations des zombies qui semblaient s'éloigner de plus en plus. Après plus d'une demi-heure sans dire le moindre mot, ils commencèrent à s'inventer des hypothèses possibles pour expliquer la situation. Robert sortit l'idée des tests sur les morts par des scientifiques et de tueurs à gages engagés pour réduire les témoins au silence. Max lui fit alors remarquer que pour des professionnels, ils n'étaient pas très bien équipés. Premièrement, ils n'avaient que des fusils de chasse et de simples couteaux. De plus, leurs lampes de poche ordinaires étaient fixées à leurs armes avec du ruban adhésif.

Et ils discutèrent ainsi, trouvant quelques hypothèses logiques. Après un moment, la discussion bifurqua vers la vie de chacun. Robert parla de sa famille. Max de sa nouvelle maison et de ses projets. Tous deux se questionnèrent ensuite sur la suite. Robert s'inquiétait de savoir jusqu'où ces évènements étranges s'étaient répandus, priant le ciel pour que sa femme et ses enfants soient toujours sains et saufs.

L'ASSAUT DU MAL

Après près de deux heures de discussion, une envie d'uriner se fit sentir dans le ventre de Max. Le jeune homme alla donc se soulager dans le foin derrière. À son retour, il surprit Robert à bâiller. Le niveau de stress commençait à redescendre et la fatigue d'une incroyable journée lui avait totalement volé toutes ses énergies. « Je vais rester éveillé. Tu peux te coucher un peu, suggéra le jeune.

— Non, je ne crois pas que j'arriverai à fermer l'œil ce soir. En fait, je ne sais pas si j'y arriverai un jour. Ce n'est pas croyable tout ça... Ce n'est pas... croyable.

— Moi aussi, je me demandais la même chose. »

En effet, le mélange d'émotions, en passant de la peur bleue jusqu'à la tristesse de perdre chacun un ami, leur coupa totalement l'envie de dormir.

Soudain, pendant qu'il réfléchissait, Max pensa à ses deux amis qui devaient venir le rejoindre. Il espéra en silence qu'il ne leur était rien arrivé. Un paquet de scénarios lui passaient par la tête, tous aussi fous les uns que les autres. Malgré tout, il se dit que si lui avait réussi à s'en tirer pour l'instant, ses amis avaient peut-être eu la même chance. Peut-être même avaient-ils rebroussé chemin. Toutes ces hypothèses lui rongèrent l'esprit durant une bonne partie de ce qui restait de la nuit.

Chapitre 8

Dimanche, 15 août, 05h50

Les rayons du soleil apparurent peu à peu à travers les planches décrépites qui constituaient la vieille écurie. Aucune lamentation de zombies n'avait retenti depuis près d'une heure. Seul le chant réconfortant d'un oiseau se fit entendre, donnant ainsi un peu d'espoir aux deux hommes un peu somnolents, toujours assis sur leurs bottes de foin. Ils furent fort soulagés de ne pas avoir eu d'autres ennuis durant le reste de la nuit. Ils se surprirent même à ressentir la faim les envahir. En se relevant, les deux rescapés, en particulier Robert, sentirent leurs muscles endoloris par la soirée mouvementée qu'ils avaient passée.

Quand le soleil fut complètement levé, ils se dirigèrent vers les murs et scrutèrent entre les planches afin de détecter un danger quelconque. Ne voyant aucun mouvement, ils vidèrent leurs vessies et se préparèrent à sortir. Leur plan était simple : prendre le VUS des truands, s'il fonctionnait toujours, et s'enfuir vers le poste de police de Winslow.

Robert tenait son arme par le canon, prêt à frapper avec la crosse, lorsque Max retira d'abord les balles de foin le plus silencieusement possible, pour ensuite enlever le crochet de la porte. Il ouvrit doucement cette dernière. Le grincement les rendit plutôt nerveux. Une fois la porte entrouverte, ils observèrent anxieusement de l'autre côté. Seuls les zombies atteints à la tête par Robert gisaient encore au sol. Max remarqua également ce qui semblait être les restes de l'homme qu'ils avaient lancé par le trou la veille.

« Apparemment, il ne s'est pas relevé, chuchota-t-il.

— Seigneur, ils n'ont laissé que les os, rajouta Robert. Quelle horreur ! »

Puis, ils commencèrent à descendre lentement l'escalier en bois, Robert en avant. Chaque marche laissait échapper un bruyant craquement dans le silence de l'aube. Les hommes grincèrent des dents à chaque pas, craignant à tout moment d'avoir alerté un monstre quelconque.

Ils arrivèrent finalement en bas sans le moindre évènement néfaste. Toujours méfiants, ils se dirigèrent alors vers la sortie en marchant au travers des cadavres en putréfactions. Leur début d'appétit se transforma vite en nausée lorsqu'une odeur terriblement répugnante parvint à leurs narines, les obligeant à retenir leur respiration et à presser le pas.

Bientôt, ils passèrent la porte par laquelle ils étaient entrés plus tôt en enjambant le second mort-vivant que Max avait achevé avec sa tronçonneuse, qui était d'ailleurs toujours logée dans son crâne. Il pensa un instant la reprendre, mais la puanteur lui fit rapidement changer d'avis.

Durant ce temps, une bande de corneilles qui volaient dans le champ à une cinquantaine de mètres attira l'attention du retraité. Il en déduisit rapidement que ces charognards devaient se nourrir des carcasses.

Soudain, les oiseaux s'envolèrent comme s'ils avaient repéré un danger. C'est alors que Robert reconnut avec horreur une silhouette humaine se relever rapidement. Puis, une autre. Et encore une. Il en compta bientôt près d'une dizaine. Les choses commencèrent à renifler l'air comme un chien flairant un steak juteux.

« Des zombies ! hurla Robert tandis que les monstres commençaient à courir dans sa direction. Ils sont encore là ! Vite, Max ! Embarque dans le véhicule ! Il faut partir ! »

Sans hésiter, le jeune homme s'installa du côté conducteur, laissant la place du passager à son confrère. Comme le jeune homme connaissait bien le coin, il allait, comme prévu plus tôt, prendre le volant. Il fut alors soulagé de constater, comme il l'espérait, que la clé se trouvait encore sur le contact. Il la tourna aussitôt en espérant que le moteur démarre. Ce qu'il fit sans hésitation. Mais les morts-vivants étaient rapides. Comme Max embrayait la transmission automatique à reculons, l'un des monstres se jeta littéralement sur le capot. Le conducteur pressa immédiatement l'accélérateur. La chose déboula aussitôt pour aller atterrir au sol. Tout en reculant, le parechoc arrière en frappa un autre qui arrivait à la charge. Ce dernier s'effondra sous l'impact et roula sous les pneus du véhicule. Malgré le choc, Max ne ralentit nullement, éprouvant même un sentiment de satisfaction en sentant les secousses sous les roues.

Une fois sorti de l'enclos, il s'arrêta pour se positionner en marche avant et partit en direction de la route avant qu'un autre mort-vivant ne parvienne à eux.

« Arrête-toi, suggéra Robert lorsqu'ils passèrent devant la maison. Il y a peut-être des survivants à l'intérieur. » Max freina sur-le-champ et poussa le klaxon à fond en le tenant une dizaine de secondes. Puis, ils attendirent un moment, mais pas le moindre signe de vie n'apparut. En remarquant que la lumière à l'intérieur était toujours allumée, Robert comprit que plus personne ne se trouvait encore là.

Lorsque le conducteur aperçut les zombies s'approcher dangereusement dans le rétroviseur, il regarda son partenaire et lui signala qu'ils ne pouvaient rester plus longtemps. Par la suite, le jeune homme pressa à nouveau la pédale des gaz et alla rejoindre le chemin d'asphalte. Il prit ensuite la direction de la ville de Winslow.

Chapitre 9

Dimanche, 15 août, 6h46

Plus ils pénétraient profondément dans la ville et plus ils étaient horrifiés. Ils ne découvrirent tout d'abord que quelques voitures abandonnées sur le bord de la route. Mais plus ils s'enfonçaient et plus les ignobles signes de chaos se dessinaient devant eux. Des hommes, femmes et enfants mutilés gisaient ici et là au travers des véhicules accidentés. Les vitrines des commerces brisées et les trottoirs tâchés de sang donnaient une allure affreusement lugubre à la ville fantôme qui n'affichait plus aucun signe de vie. Aucun mouvement, vivant ou mort-vivant, ne se détectait.

« Ah, Seigneur-Jésus ! laissa échapper Robert. Ils se sont rendus jusqu'ici. Mon Dieu, ce n'est pas vrai. Pas possible !

— Je n'arrive pas à le croire ! Mais qu'est-ce qui se passe ? Toute la ville est entièrement détruite ! »

Complètement dégoûtés par ce spectacle d'horreur, ils continuèrent tout de même leur route silencieusement en direction du poste de police, observant l'affreuse scène autour d'eux. Lorsqu'ils passèrent devant le pub complètement ravagé où Max et Raymond avaient planifié se rendre la veille, l'espoir du jeune homme de revoir ses deux autres amis en vie s'éteignit. Son cœur se serra non seulement en pensant à ses copains d'enfance, mais également en se repassant l'image de la belle Éva dans sa tête. Il n'avait maintenant plus aucune chance de revoir celle qui l'avait fait tant rêver durant tout ce temps.

Soudain, un homme ensanglanté sortit rapidement d'entre deux voitures abîmées, les faisant affreusement sursauter. Il se déplaça rapidement au centre de la rue et leur barra la route. Max freina aussitôt. Robert, quant à lui, baissa sa fenêtre et se sortit la tête. « Hé, ça va aller ? » Mais en guise de réponse, l'homme sanglant poussa un horrible grognement et fonça la bouche ouverte dans leur direction. Au même instant, une femme ayant la moitié du visage fraîchement arrachée apparut à droite et se déplaça agressivement vers eux. « Encore des putains de zombies ! Max, fonce ! »

Aussitôt, ce dernier écrasa l'accélérateur et le

véhicule décolla en faisant crisser les pneus. Il le dirigea ensuite en plein sur le premier mort-vivant et le frappa de plein fouet. Ce dernier fut d'abord propulsé violemment au sol pour ensuite se faire brutalement écraser sous les puissantes roues du quatre-quatre. Encore une fois, le conducteur ressentait un malin plaisir à éliminer une autre de ces saloperies. Tout en passant dessus, il en remarqua d'autres qui sortaient de chaque côté du chemin, ce qui le poussa à prendre de plus en plus de vitesse. Alors qu'ils approchaient du poste de police municipale, Max commença à lever le pied. Il tourna tout de même l'entrée en faisant déraper le derrière du VUS, donnant quelque peu la frousse à son coéquipier.

Une fois dans le stationnement, Robert scruta les alentours pour vérifier si l'endroit était clair. « Tu peux t'arrêter », en informa-t-il le chauffeur. Le jeune homme immobilisa brusquement le véhicule à moins d'un mètre de la porte principale constituée de verre. Confirmant encore une fois qu'il n'y avait pas de danger autour, ils sortirent rapidement et se dirigèrent sans perdre de temps à l'intérieur.

Le peu d'espoir qu'il leur restait de trouver de l'aide s'évanouit complètement lorsqu'ils pénétrèrent dans le poste de police, puisque devant eux gisaient, dans une marre de sang, une dizaine de policiers en uniforme portant d'horribles marques de violence. Certains d'entre eux avaient la tête arrachée et d'autres, un bras. La plupart affichaient d'agressives morsures à la gorge. Pour la majorité, leurs armes de service étaient sorties de leurs étuis. Une cinquantaine de douilles traînant un peu partout confirmaient qu'ils s'en étaient servis. Mais aucun des cadavres mutilés ne semblait montrer de marque de balles.

À première vue, aucun zombie, que ce soit debout ou éliminé au sol, ne fut visible. Seul un silence à donner des frissons régnait dans le poste.

Les deux hommes se figèrent sur le seuil d'entrée et restèrent ainsi à examiner, les yeux grands ouverts, la scène cauchemardesque devant eux. C'était un vrai bain de sang.

« Je crois que je vais vomir, laissa échapper Max.

— Jusqu'où est-ce que ça s'est rendu maintenant ? »

En se retournant pour tenter de calmer sa nausée, Max remarqua le cellulaire d'un défunt traîner au sol. Il le ramassa aussitôt et tenta un appel, mais sans succès.

« Pas de réseau, commenta-t-il.

— C'était à prévoir… Il n'y a rien qui… »

Tout à coup, le son d'une plainte de voix féminine l'interrompit. Robert cessa de parler et tenta de déterminer d'où provenait ce qui semblait être les pleurs d'une femme.

« Tu as entendu ça ? chuchota Robert.

— Oui. Ça vient de ce côté. »

Ils se rapprochèrent avec précaution, enjambant les cadavres, vers l'endroit d'où le bruit semblait venir. Ils l'entendirent à nouveau et en conclurent que ce dernier venait d'un placard sur la gauche. Max se pencha alors et ramassa un pistolet par terre. Tout en se relevant, il fit signe à son confrère d'aller ouvrir la porte. Prudemment, ce dernier se déplaça vers celle-ci et posa lentement sa main sur la poignée, s'attendant à tout instant à voir quelque chose d'horrible sortir pour l'attaquer.

Le jeune homme se plaça de manière à pouvoir couvrir son ami et se prépara nerveusement, le doigt tremblant sur la détente, à faire feu sur ce qui se trouvait à l'intérieur.

L'aîné le regarda alors et lui fit signe de la tête, démontrant qu'il était prêt. Puis, il tourna la poignée avec force et ouvrit rapidement la porte. Max vit alors apparaître une femme en sanglots, recroquevillée sur elle-même, qui brandissait une petite croix au bout d'une chaînette en or.

Au même instant cette dernière s'écria d'une voix tremblotante : « Seigneur, chassez le mal ! Je vous en prie, Seigneur, chassez le mal ! »

Le jeune homme mit immédiatement son arme de côté et enleva son doigt de la détente. Robert se pencha alors vers elle et la saisit par les épaules en lui murmurant d'une voix calme : « Oh ! Doucement. Ça va... On ne vous fera pas de mal. Nous ne sommes pas des monstres... Doucement, ça va aller. » Sous la voix apaisante de l'ancien ambulancier, elle cessa de crier et leva la tête, dévoilant ainsi, sous ses longs cheveux bruns, le beau visage d'une femme dans la quarantaine, dont les yeux foncés étaient entourés de mascara qui avait coulé dû aux nombreuses larmes. La femme, vêtue d'une chemise bleu marin et d'une jupe mi-longue grise, tremblait encore comme une feuille tout en dévisageant les deux hommes devant elle. Elle semblait totalement terrifiée.

« Comment vous appelez-vous ? poursuivit Robert, très heureux d'avoir enfin trouvé un autre survivant.

— Katie... Je... Katie.

— Écoutez-moi bien Katie. On n'est pas ici pour vous faire du mal. Je n'ai aucune idée de ce qui s'est passé ici, mais ceux qui ont fait ça ne sont plus ici. Alors vous n'avez plus rien à craindre. »

Elle abaissa tranquillement la croix qu'elle pointait encore en direction de Robert et éclata littéralement en sanglots tout en disant des phrases n'ayant pas le moindre sens : « Il était tout seul... Il les a tous sauvagement tués. C'était lui. C'était lui, sans nul doute... C'était Nospheus. Il existe vraiment, comme il me l'avait dit. Il avait raison... Tout ce temps, il avait raison... C'est la croix qui m'a sauvé. C'est lui qui m'a dit de m'en servir pour me protéger... Que j'allais bientôt en avoir besoin. Tout ce temps, il avait raison !

— Oh ! Doucement. Qui avait raison ?

— Lui. Nicholas Styles ! Sadman !

— Du calme, ça va. Il faut vous calmer. Je ne comprends rien à ce que vous dites.

— C'était Nospheus sans aucun doute... C'est lui qui a fait ça ! Sadman a réussi à le réveiller. Il a réussi à le faire passer dans notre monde... Oh, mon Dieu, comment est-ce possible ? Il avait raison... Tout ce temps, il avait raison !

— Quoi ? Je ne comprends pas ce que...

— Un vampire ! Il a ressuscité le démon vampire !

— Pardon ?

— Oui, je l'ai vu de mes yeux. Ça ne fait

aucun doute. Il était comme le Sadman me l'avait décrit. C'était lui à coup sûr. C'était Nospheus.

— Mais qu'est-ce qui s'est passé ici ?

— Tout d'abord, il est entré ici sous forme humaine. C'était son véhicule terrestre. Sûrement un des membres de sa secte qui avait offert son corps en sacrifice pour l'accueillir parmi nous. Un grand homme aux cheveux longs et noirs. Il avait un look gothique. Sa peau était extrêmement pâle et ses lèvres d'un rouge éclatant. Puis, lorsqu'un des policiers lui a demandé s'il avait besoin d'aide, il lui a littéralement tordu le cou de ses mains. Ensuite, il s'est changé en cette horrible chose. Moitié homme, moitié chauve-souris... Ah, Seigneur, une véritable horreur... Avec des yeux ignobles et des dents monstrueuses. Il poussait des grognements si terrifiants... Ah, mon Dieu... J'ai eu si peur... Et après, ils ont tenté de l'abattre, mais il bougeait trop vite. Et il les a tous horriblement tués un par un. C'était un vrai carnage. Le sang volait partout. Il les mordait à la gorge, leur arrachait les membres ou encore leur brisait littéralement la nuque. Mes jambes n'arrivaient plus à me tenir debout devant un tel spectacle. Je me suis jeté au sol et j'ai rampé jusqu'ici... C'est lui, le Sadman, qui m'avait dit qu'un signe représentant le Bien, comme la croix au bout de ma chaînette, pourrait les éloigner. Il m'avait dit que j'allais bientôt m'en servir, qu'elle me sauverait la vie. Alors je l'ai prise pour me défendre et j'ai commencé à prier... Ensuite Nospheus a ouvert la porte et m'a regardé. Je sentais son souffle glacé et puant sur mon visage. J'ai demandé à Dieu de l'éloigner de moi. Je pouvais voir le sang frais dégouliner de sa gueule immonde... Et puis il est parti, sans même me toucher. J'ai alors refermé la porte et je suis resté ici toute la nuit. Et j'ai continué à prier... »

Sa voix paniquée était un mélange de pleurs et de cris. Les deux hommes durent se concentrer afin de décoder les mots qui sortaient difficilement de sa bouche. Robert la serra alors contre lui et tenta de la réconforter. Il regarda ensuite son copain, qui haussa les épaules pour lui montrer qu'il n'avait pas tout à fait compris ce qu'elle venait de dire. Alors l'aîné pencha à nouveau la tête vers la femme affolée et reprit de sa voix calme : « OK, ça va aller. On va quitter la ville maintenant. On va vous amener avec nous. On va aller chercher de l'aide maintenant. »

Comme il finissait sa phrase, quelque chose venant de l'extérieur se cogna violemment contre la porte-vitrine qui servait d'entrée. En se retournant pour constater de quoi il s'agissait, les deux hommes virent une femme d'une soixantaine d'années collée contre la vitre. Max remarqua alors que les pupilles de ses grands yeux étaient extrêmement pâles, presque blanches.

La femme se recula de deux pas et fonça tête première à nouveau contre le verre, sans même se protéger avec ses mains. Elle entra brutalement en collision, laissant résonner un bruit sourd. Et lorsqu'aucun signe de douleur ne lui apparut au visage, Max comprit de quoi il s'agissait. « Et merde ! Encore ces saloperies ! »

La survivante s'étira la tête afin de tenter de voir de quoi il s'agissait. Dès qu'elle aperçut la vieille dame qui bavait contre la porte, la gueule grande ouverte, elle poussa un puissant hurlement aigu. « Vite, il faut foutre le camp ! lança Robert. Il risque d'en arriver d'autres, ou encore pire, ceux qui sont ici vont se réveiller ! » Max acquiesça. Mais avant, il se pencha et commença à se remplir les poches de chargeurs de pistolet. « On va avoir besoin de toutes les munitions qu'on peut trouver », suggéra-t-il tout en s'exécutant. Trouvant l'idée de très bon goût, l'aîné se courba à son tour et fit de même. Puis, il ramassa également un pistolet pas trop taché de sang et s'assura qu'il était bien chargé. Alors qu'il passait près du cadavre d'une policière, il lui enleva ses bottines et les lança à la survivante, qui était pieds nus. « J'espère qu'elles vous iront. » La femme, ne lâchant pas la morte-vivante des yeux, enfila rapidement les bottes, qui étaient légèrement trop grandes.

Puis, elle se releva et s'approcha rapidement

de Robert qui terminait sa cueillette. « Écoutez-moi, vous devez me croire, c'est un zombie, lui lança-t-elle d'un ton convaincant. Un mort revenu à la vie par le pouvoir du Mal ». Robert se redressa et la regarda droit dans les yeux.

« Je sais ! Ce n'est pas le premier que l'on croise… C'est un zombie comme ça qui vous a attaqué hier soir ?

— Non, je vous l'ai dit. C'était carrément autre chose. Hier, soir, c'était un démon.

— Comment savez-vous tout ça ?

— Je n'ai pas le temps de vous expliquer tout ça pour l'instant, parce que si elle vous a senti, d'autres vont le faire et nous serons bientôt consignés ici. Il faut partir. Les croix n'arrêtent pas ceux-là. Il faut se réfugier dans une église. Il n'y a que là qu'on sera à l'abri.

— Il faut quitter la ville, voilà ce qu'il faut faire ! répliqua Max.

— Non ! coupa la femme. Ils vont surveiller toutes les routes. C'était dans son plan. Vous devez me croire. Je vous en supplie, vous ne comprenez pas. S'ils nous attrapent, on ne perdra pas seulement nos vies. C'est notre âme qui est en jeu maintenant.

— Quoi ?

— Menez-moi à une église. Là, on sera en sécurité et je pourrai alors vous dire tout ce que je sais, OK ? »

La sincérité que dégageait son regard réussit à convaincre l'aîné. Ce dernier était vraiment prêt à tout pour connaître la vérité et il pensa sérieusement que la femme devant lui en savait long sur cette histoire tordue. Il se tourna alors vers son guide et lui demanda :

« Max, il y a une église près d'ici ?

— Oui, à deux rues seulement !

— OK, on va y aller ! dit-il en se retournant vers Katie.

— Oh merci, mon Dieu ! Merci, Seigneur ! Croyez-moi, c'est le seul endroit où nous serons en sécurité.

— Max, ça marche pour toi ?

— Est-ce que j'ai le choix ? »

Sur ce, les deux hommes se placèrent côte à côte et se préparèrent à sortir. Comme la porte ouvrait vers l'extérieur, Robert s'avança et se prépara à la pousser à l'aide de son pied. Le jeune, quant à lui, s'adossa au mur et leva son arme, prêt à faire feu. « Visez la tête, informa alors la femme, ignorant qu'ils connaissaient déjà ce détail. C'est le seul moyen de les neutraliser. Il faut détruire leur cerveau. »

Alors, le pêcheur lança un violent coup de pied contre bouton pressoir qui retenait la porte fermée et elle s'ouvrit avec puissance, projetant la dame zombie au sol. Avant que l'ouverture se referme, Max réussit à presser cinq fois la détente. Seule la première balle alla se loger au fond de son crâne, lui faisant gicler le cerveau. Les autres terminèrent leur course soit à la mâchoire, la faisant décrocher, ou allèrent ricocher contre l'asphalte sur le côté. La morte-vivante s'immobilisa sur le coup. Ils en profitèrent donc pour sortir à toute vitesse en direction du VUS. Tout en pénétrant à l'intérieur du véhicule, Max aperçut un autre zombie à moins d'une centaine de mètres devant, ce qui le poussa à mettre rapidement le contact et à quitter l'endroit le plus vite possible.

Connaissant bien le chemin, le conducteur roula à plus de quatre-vingt-dix kilomètres à l'heure à travers la ville. Tout en roulant, Robert remarqua sur le côté un mort-vivant en train de dévorer les intestins d'une jeune femme étendue, sans vie. Il se surprit alors de ne réagir aucunement face à ce spectacle apocalyptique.

Comme Max ralentissait un peu afin de tourner sur la prochaine rue, il remarqua une voiture dangereusement accidentée qui était renversée sur le toit au beau milieu du chemin, perpendiculairement à eux, leur barrant la route. Profitant du fait d'être en quatre-quatre, le conducteur évita de justesse le barrage en fonçant vers le trottoir, renversant ainsi un parcomètre au passage. De l'autre côté, ils réussirent à distinguer une petite chapelle blanche à environ un demi-kilomètre.

Plus ils avancèrent et plus ils remarquèrent qu'une dizaine de silhouettes humaines se tenait devant l'église, bloquant l'accès aux escaliers qui menaient à l'entrée de la maison de Dieu.

« Mauvaise idée ! lança le jeune homme, très mauvaise idée. Ils sont trop nombreux.

— Non, rétorqua la femme assise derrière. Ils ne peuvent accéder aux terres saintes. Puisque c'est le pouvoir du Mal qui les anime, les terres saintes leur sont interdites. Il faut se rendre jusqu'aux marches. Faites-moi confiance ! »

N'ayant plus le temps de discuter, Max suivit son instinct et écouta la nouvelle. « Accrochez-vous ! » les avertit-il. Au même instant, il frappa de plein fouet le mur de morts-vivants debout devant, qui volèrent de chaque côté. Le choc freina quelque peu le véhicule, mais Max ne lâcha pas l'accélérateur. Les roues avant grimpèrent agressivement sur les premières marches de ciment. Lorsque les roues arrière grimpèrent aussi, il arrêta brusquement le véhicule avant que ce dernier ne chavire.

Aussitôt, les passagers ouvrirent leurs portières et s'en éjectèrent rapidement. Tous se retournèrent ensuite vers la menace qu'ils venaient de franchir afin d'évaluer leur avance. Ceux qui avaient été brusquement renversés se relevèrent sans mal et allèrent rejoindre les autres, qui fixaient les mortels debout dans l'escalier aux côtés du véhicule. Mais comme les créatures tentaient désespérément d'avancer, un mur invisible semblait se dresser devant eux, les obligeant à rester au pied des marches. Les zombies frappaient dans le vide et marchaient sur place sans pouvoir avancer le moindrement.

Max regarda alors la dame à ses côtés d'un regard étonné. « Elle avait bien raison, pensa-t-il. Elle détient donc la réponse à tout ce chaos cauchemardesque. Enfin, une lueur d'espoir. »

Cette dernière leur suggéra alors de se diriger vers la porte plus haut. « Entrons avant qu'ils ne nous voient. Je vous expliquerai tous ce que je sais à l'intérieur. En espérant que d'autres aient eu la même idée de venir se réfugier ici. »

Écoutant la femme qui semblait savoir exactement de quoi elle parlait, ils gravirent les marches de béton restantes et tentèrent d'ouvrir la grande porte de bois. Mais cette dernière était verrouillée. Ils frappèrent alors à tour de rôle en suppliant de vive voix de venir ouvrir.

Mais aucune réponse ne se fit entendre. « C'est barré ! lança Max. Il n'y a personne ici. On peut peut-être casser une vitre pour entrer. Qu'en dites-vous ? Qu'est-ce qu'on fait ?

— Il faut entrer ! répondit la femme.

— Bien, je vais… »

Mais avant même qu'il ne puisse finir sa phrase, un bruit de déverrouillage retentit de l'intérieur et la porte s'ouvrit…

Chapitre 10

Dimanche, 15 août, 08h09

Un vieil homme avec une couronne de cheveux gris et vêtu d'un habit de prêtre apparut de l'autre côté de la porte. Il leur fit aussitôt signe de pénétrer tout en leur lançant d'une voix sécurisante : « Vite, mes enfants ! Ne perdez pas de temps ! Entrez ! »

Comme il dégageait la confiance, les trois nouveaux réfugiés pénétrèrent sans hésiter à l'intérieur de la chapelle. Dès qu'ils traversèrent le seuil de la porte, le vieillard referma celle-ci rapidement et la verrouilla solidement à l'aide non seulement de la serrure, mais également d'une planche de bois qu'il accota contre le sol en diagonale. Puis, il se retourna vers les nouveaux arrivants qui le regardaient solidifier la porte.

« Ça va mes enfants ? Vous êtes blessés ?

— Non, ça va ! répondit l'aîné des trois tout

en reprenant son souffle.

— Seigneur, je ne croyais plus en voir arriver d'autres. Alors, vous avez réussi à passer la nuit dernière dehors ?

— Par miracle ! Je préfère ne pas en parler pour l'instant. »

Tout en finissant sa phrase, Robert regarda autour et constata que rien ne semblait avoir été endommagé à l'intérieur de la petite église. Il remarqua également quelques autres personnes assises sur les bancs devant, qui étaient retournées vers eux et les regardaient craintivement.

« Alors, c'est vrai que ces monstres ne peuvent pas pénétrer ici, apparemment ! en conclut-il.

— Non, ces démons semblent effectivement être bloqués aux alentours du terrain de Notre-Seigneur Jésus-Christ, répondit le prêtre.

— Ils ne peuvent pas s'approcher d'une terre sainte. Le pouvoir du Bien les repousse », ajouta Katie d'un ton assuré.

Les trois hommes autour d'elle la regardèrent un instant avec étonnement. Elle semblait totalement en confiance avec ce qu'elle affirmait. Ce n'était pas une supposition, mais bien une affirmation.

Un bref silence s'imposa, brisé par la suite par le vieil homme qui se présenta : « Je suis Henri. Je suis le curé de la paroisse de Winslow.

— Je m'appelle Robert.

— Moi, c'est Max.

— Et moi, Katie. Il semble que nous ne sommes pas les seuls à être venus ici. C'est une bonne chose.

— Nous sommes huit à avoir pu nous réfugier ici hier soir. Vous êtes les derniers survivants qu'on ait vus depuis onze heures hier soir. On croyait bien qu'il n'y avait plus personne en vie avec ses horribles démons dehors. On ne croyait plus en voir arriver avant de revoir des secours. Comment avez-vous réussi à…?

— Disons juste que la chance nous a plutôt souri, répondit Robert.

— Vous avez… Vous avez vu des secours ?

— Je suis désolé.

— Non, c'est moi qui suis désolé avec toutes mes questions. Je vais vous laisser le temps de souffler un peu, mes pauvres amis, leur lança le prêtre en remarquant les vêtements déchirés, les visages crottés et les yeux cernés des nouveaux réfugiés. Ce que vous avez dû endurer…

Seigneur !... Allez, venez ! Je vais vous présenter aux autres. »

Tout en leur faisant signe de le suivre, il s'avança vers l'allée centrale. Puis, il jeta un regard par-dessus son épaule pour voir si les trois nouveaux le suivaient. Tout en marchant, il leur manifesta un peu de compassion : « Vous pourrez vous reposer ici. Vous me semblez totalement épuisés. Vous êtes sûr que vous n'êtes pas blessés ?

— Ça va, merci ! » confirma à nouveau Robert.

Alors qu'ils arrivaient près des autres réfugiés, qui les regardaient silencieusement, Max ressentit soudainement un sentiment qu'il croyait avoir enterré au fond de lui-même : de la joie. Une joie intense qui envahit tout son cœur lorsqu'il remarqua parmi les autres survivants la belle serveuse qui l'avait fait tant rêver. Elle était toujours en vie. Cette dernière le regarda la dévisager sans la moindre expression sur le visage, comme si elle ne le reconnaissait pas du tout.

Robert, quant à lui, remarqua en premier un homme de race noire d'une trentaine d'années qui tenait deux fillettes contre lui. L'image de ses enfants lui envahit alors la tête et son cœur se serra par la suite. Comme il aimerait être avec eux en ce moment, et les serrer fort contre lui en leur disant à quel point il les aimait.

« Asseyez-vous le temps de reprendre votre souffle un peu, leur suggéra le prêtre. Je vais vous apporter un peu d'eau, vous devez être mort de soif. Vous êtes tout en sueur. On n'a pas de nourriture, mais on a de l'eau. »

Sur ces mots, ce dernier se dirigea vers une porte à gauche de l'autel et y disparut un moment. Le bruit du robinet ouvert se fit par la suite entendre pendant quelques instants. Durant ce temps, les autres réfugiés restèrent assis en silence à fixer les nouveaux arrivants. Puis, le curé ressortit avec trois verres d'eau qu'il leur apporta aussitôt. Les trois le remercièrent et les deux hommes assoiffés n'en firent qu'une gorgée. La femme quant à elle, n'en but qu'un peu. Son verre tremblait dans ses mains.

« Avez-vous été mordu ? lança soudainement un homme d'une trentaine d'années, aux longs cheveux blonds qui lui descendaient aux épaules et portant une petite barbiche sur le menton de même couleur.

— Pardon ? répondit Max

— Ma question est claire ! Avez-vous été mordus ?

— Ricky, laisse-leur un peu le temps de souffler ! interrompit Henri, le prêtre.

— Non, il faut le savoir. J'ai vu de mes yeux ce qui arrivait quand quelqu'un se faisait mordre ! Et c'est dans tous les films. Alors, je repose ma question et vous avez besoin d'y répondre ! Avez-vous été mordu ?

— Tu ferais mieux de baisser le ton, toi ! répondit Max, se sentant agressé.

— Non ! coupa aussitôt Robert. Je comprends ton inquiétude et non, nous n'avons pas été mordus !

— Qu'est-ce qui nous le prouve ? Déshabillez-vous !

— Si on avait été contaminé par le Mal, nous n'aurions pas pu entrer ici, répliqua soudainement Katie.

— Qu'est-ce que t'en sais toi ! Tu sais peut-être ce qui se passe ici ?

— Assez le blondinet, le coupa tout à coup un homme mince dans la quarantaine, aux cheveux noirs, d'une grande stature, portant une barbe poivre et sel. Ça fait des heures que je prie pour voir quelqu'un d'autre arriver ici. Ce n'est pas vrai que nous allons accueillir d'autres rescapés de la sorte. Ils ont affirmé ne pas avoir été mordus et je les crois sur parole. Et la dame a probablement raison. Aucune de ces choses dehors n'est parvenue jusqu'ici, alors…

— Je vous jure que nous n'avons pas été mordus, rajouta Robert.

— Voilà qui est réglé… Je m'appelle Jack, j'ai été le premier à me réfugier ici.

— Robert, lui répondit-il tout en lui serrant la main.

— Moi, Max.

— Katie.

— Eh bien, je suis vraiment content de vous voir. J'avais perdu espoir de voir d'autres survivants à ce… je-ne-sais-quoi! Laissez-moi vous présenter le reste du groupe. »

Il commença par Éva, la jeune serveuse que Max avait reconnue. Il poursuivit avec Marc, un homme plutôt corpulent n'ayant qu'une couronne de cheveux grisâtre et une barbe de trois jours. Par la suite, il pointa Jacob, l'homme que Robert avait remarqué plus tôt, et ses deux fillettes, Lisa et Éveline. Tous hochèrent la tête en signe de salutation lorsque leurs noms furent prononcés. Il finit par Ricky, le blond, qui les fixait toujours d'un regard méfiant.

« Je ne sais pas ce que vous avez vu cette nuit, enchaîna-t-il, mais ici, tous ont des versions plus étranges et terrifiantes les unes que les autres. J'espère que vous en savez davantage, parce que nous, à part que nous sommes au beau milieu d'un vrai merdier…

— La première chose que j'ai vu, avant ces zombies dehors, c'est une créature sortir du lac, interrompit Ricky, analysant leur réaction. C'était une espèce d'homme-reptile, gros comme deux hommes. Je l'ai vu s'attaquer à deux pêcheurs qui étaient en train de sortir leur chaloupe de l'eau. Il est sorti de nulle part et les a sauvagement assassinés avant même que je ne puisse réagir. Je n'ai pas pu voir ce qu'il leur a fait parce qu'il faisait trop noir, mais j'ai entendu les hurlements de douleur qu'ils ont poussés… C'était… Seigneur… si horrible… »

Il s'arrêta un instant, en fixant le vide. Les autres le regardèrent tous aussi terrifiés les uns que les autres. Puis, il hocha la tête négativement et poursuivit : « Lorsque je suis arrivé plus près, je les ai vus, gisant par terre, en lambeaux… un spectacle horrible… il y avait du sang partout… Je ne sais pas ce que cette chose était, mais à voir l'état des cadavres, ce monstre était doté d'une force surhumaine…

— Je ne sais pas ce qui se passe dehors, reprit Jack, mais une chose est sûre, on est en sécurité ici. Et c'est un peu ce qui me fait peur. Chacun d'entre nous a tenté de trouver une explication logique à tout ceci en comparant chacune de nos histoires… Mais il n'y a rien de logique à tout ceci… Moi, j'ai vu ce… ce mort-vivant mordre ma femme. Après, elle est devenue complètement folle. Elle… Ce n'était plus elle… Quelque chose en elle l'a possédé. Elle m'a attaqué. J'ai dû me défendre… Quand je suis sorti dans la rue. C'était le chaos… L'Armageddon… Jacob et ses filles ici se sont fait poursuivre par un loup gigantesque. Et Marc a vu une chose terrifiante, un insecte énorme s'introduire dans les égouts. On a tous des vraies histoires sortant directement du plus horrible et terrifiant cauchemar. Les portes de l'Enfer se sont ouvertes… Notre monde est envahi par des démons… S'ils ne peuvent entrer ici, ce sont forcément des démons.

— Moi, je sais ce qui se passe ! » lança tout à coup Katie en relevant la tête.

Tous, y compris Max et Robert, se retournèrent vers elle, attendant avec impatience la suite. Après un moment, alors que tous semblaient suspendus à ses lèvres, elle poursuivit : « Je ne sais pas trop par où commencer… Disons que ce n'est pas un hasard si je suis ici, dans cette petite ville. Vous avez sûrement tous remarqué l'avis de recherche avec la photo d'un homme au visage brûlé. Ce dernier avait été aperçu dans la région il y a deux jours et le chef de police de la ville avait demandé à me rencontrer afin de le supporter dans l'enquête… »

Tous la regardèrent, se demandant où elle allait en venir et quel était le lien avec le cauchemar à l'extérieur.

« Je suis psychologue dans un grand institut psychiatrique, poursuivit-elle. J'ai rencontré plusieurs patients étranges au cours de ma carrière… mais jamais comme lui. Nicholas Styles, un être répugnant, terrifiant et unique. Accusé du meurtre de son père, il avait été interné après avoir été jugé psychologiquement inapte à suivre un procès. Il démontrait de graves problèmes mentaux, dont la paranoïa et la schizophrénie. C'est à ce moment que j'ai fait sa rencontre. Il émanait de lui quelque chose de vraiment maléfique. Après chaque séance passée avec lui, j'étais totalement angoissé. Son regard était terrifiant. Il me donnait froid dans le dos et j'en faisais même des cauchemars. Les histoires qu'il racontait… Il arrivait presque à me convaincre parfois. Si j'avais su que tout était vrai… Il me disait sans cesse que je devrais le croire et que ces choses existent. Que le monde spirituel existe et que nous sommes tous trop portés sur le matérialisme pour le voir. Que le monde spirituel soit un peu comme l'air, on ne le voit pas, on ne le touche pas, on ne le goûte pas et pourtant, il est bien là… Désolé, je divague un peu.

— Non, ça va, la réconforta Robert. Vous pouvez continuer.

— Je disais donc que j'avais étudié son cas pendant plus de deux ans et que je connaissais son dossier par cœur. Élevé dans un quartier pauvre d'une grande ville, il passa son enfance dans un appartement minable avec deux parents alcooliques et toxicomanes, qui vivaient sur l'aide social. Son frère et seul ami, ainsi que lui, ont dû subir de brutales agressions physiques et verbales. Comme son père devenait violent lorsqu'il était ivre, Nicholas dut à plusieurs reprises le provoquer pour qu'il s'en prenne à lui afin de protéger son petit frère. Il m'a alors avoué qu'à cette époque, il priait tous les soirs pour que Dieu les protège et leur vienne en aide.

Alors qu'il était âgé de 10 ans, sa mère, totalement ivre, s'endormit avec une cigarette à la bouche, causant ainsi un important incendie qui ravagea le trois et demi qu'ils habitaient. Le feu coûta la vie à sa mère, à son frère et brûla grièvement Nicholas, le dévisageant totalement.

Après s'en être difficilement sorti, touché tant par ses blessures physiques que par la perte de son frère, il passa les deux années suivantes dans un hôpital pour grands brûlés. À sa sortie, il retourna vivre avec son père, qui semblait totalement répugné par son fils, ne lui apportant aucunement le support dont il aurait eu besoin. La suite ne fut pas plus encourageante pour l'adolescent. Les gens dans la rue le dévisageaient en tentant de cacher à quel point ils le trouvaient repoussant. Les jeunes de son entourage se moquaient avec méchanceté de sa laideur. Cela développa un côté très sombre de sa personnalité. Entre autres une fois où il ferma le clapet à un jeune qui le ridiculisait. À l'aide d'un coup de cadenas logé dans le fond d'un bas de laine, il infligea à ce dernier une sévère incision au visage. Nicholas en profita pour le ridiculiser devant ses camarades.

N'ayant plus de vraie famille ni d'ami, il se renferma sur lui-même et se trouva d'étranges passe-temps. Il tomba sur un livre de magie noire à la bibliothèque, là où il allait sans cesse se réfugier. Il commença alors à s'y intéresser dangereusement. Il étudia toutes sortes d'autres bouquins et des sites internet parlant du prince des ténèbres et du satanisme.

Un jour, alors qu'une jeune fille qui faisait battre son cœur se moqua sadiquement de lui, il maudit Dieu pour son sort et jura de se venger pour l'avoir abandonné. À ce moment, il affirma avoir commencé à sentir le diable communiquer avec son esprit. Il me confia lors d'une séance que le Prince du Mal voulait le considérer comme son fils et qu'il ferait de lui son prophète. Mais pour prouver son allégeance, Nicholas devait tuer son géniteur biologique pour faire de Satan son seul père. Ce qu'il fit sans hésitation lors d'un rituel qui consistait à envoyer l'âme de ce dernier pour l'éternité dans les flammes de l'enfer. Pour ce faire, il devait entre autres le crucifier la tête en bas avant de lui taillader des symboles démoniaques sur le corps avec un couteau. C'est d'ailleurs ainsi que le propriétaire de son appartement retrouva le cadavre de ce dernier, en décomposition avancée, alors qu'il gisait depuis plus d'une semaine.

Après son effroyable meurtre, juste avant que son père ne soit découvert, Nicholas quitta le pays. Il me raconta alors que son maître avait un grand dessein pour lui... »

Elle s'arrêta un instant, semblant confuse. Après un bref instant de réflexion, qui parut une éternité à son auditoire avide de réponses, elle reprit : « Il me disait souvent que la plupart des ouvrages religieux, tels la Bible ou le Coran, sont hautement faussés par de mauvaises traductions, de mauvaises interprétations ou carrément parce qu'ils sont censurés. Selon ses dires, en vérité, il existe dans le monde spirituel une entité extrêmement puissante imprégnée par la bonté et l'amour. Certains l'appellent Dieu, Yahvé, Allah, Jéhovah, Râ, etc. Peu importe son nom, c'est le même être. C'est le Bien. Et à l'opposé, il y a une seconde entité composée de haine et de colère. Ce n'est pas un ange déchu, mais bien un être spirituel d'une grande puissance n'ayant pour but que la destruction et le chaos. Encore une fois, plusieurs noms lui ont été attribués, tels que Belzébuth, Lucifer, Satan ou même Adès. Nicholas l'appelait tout simplement le Mal. Ce dernier n'avait que pour objectif d'écraser son rival, le Bien. Le meilleur moyen qu'il trouva pour l'atteindre fut de s'attaquer à la créature que son adversaire aimait le plus, les humains.

Il s'y prit de différentes façons, en commençant simplement par les corrompre ou encore implanter du mauvais dans leurs cœurs. Après plusieurs attaques sournoises dans la même veine, il décida de porter un assaut fatal. Il arracha une partie de son être et l'utilisa pour en façonner quatre soldats, que l'on appelle des démons. Aussi connues comme les quatre cavaliers de l'Apocalypse, les créations du Mal furent envoyées dans notre monde pour semer la destruction et le chaos. Une fois qu'ils prirent possession d'un corps humain, ils purent modifier au besoin leurs apparences physiques pour adopter la forme de créatures terrestres effrayantes afin d'inspirer la peur dans le cœur des hommes. Le premier d'entre eux, Nospheus, arpentant les villes et les civilisations, prit la forme de la chauve-souris. Plusieurs noms lui furent donnés, mais nous le connaissons sous le pseudonyme du vampire. Le second, Isigard, brutal et sauvage, erra dans les forêts sous la forme d'un loup gigantesque. Nul besoin de vous mentionner qu'il est à l'origine des mythes sur les loups-garous. Le troisième, Bakkar le Léviathan, arborant les traits d'un serpent, hanta quant à lui les mers et les cours d'eau. Le dernier, un peu moins connu par notre culture, mais non le moindre, Orzel l'Armark, à l'apparence d'une araignée, s'occupa du monde souterrain.

Ensemble, ils répandirent le mal jusqu'à ce que des soldats du Bien, guidés par ce dernier, les repoussèrent hors de notre monde. Dieu réussit ensuite à bloquer l'accès à ces démons, à l'aide de sceaux, afin qu'ils ne reviennent plus jamais attaquer ses protégés. Mais le Mal trouva sournoisement un moyen de renvoyer ses sbires au champ de bataille. Pour ce faire, un humain devait volontairement ouvrir une porte en effectuant un rituel satanique. Durant l'époque médiévale, Satan trouva un moyen de s'introduire, pour un court laps de temps, dans notre monde. Il prit possession du corps d'un puissant sorcier et en profita pour transcrire plusieurs rituels maléfiques avec son sang, dont celui servant à briser les sceaux qui bloquaient ses guerriers. Mais avant que quiconque ne puisse utiliser ces parchemins maudits, des chevaliers réussirent à mettre la main dessus. Mais les pages maudites écrites avec le sang du Diable étaient indestructibles. Les hommes du Bien tentèrent tout ce qui était en leur pouvoir, du feu jusqu'à l'eau en passant par la lame, mais il n'y avait rien à faire. Ces derniers décidèrent donc de les séparer et de les cacher partout autour du monde.

C'est donc guidé par le Mal que Nicholas partit à la recherche de ces pages infernales. Il commença son pèlerinage satanique à Jérusalem où il se rebaptisa, selon les rites noirs, sous le nom de Sadman le Sorcier. Il entreprit ensuite ses fouilles à travers le monde. Au bout de six ans, il revint au pays avec toutes les écritures maléfiques. Dès son arrivée, il fonda une secte qu'il nomma Les Serviteurs du Mal. Ayant hérité du don de manipulation et d'influence de son maître Satan, il enrôla rapidement plusieurs adeptes. Il les dénicha sur internet ou dans les rues. Des adolescents délaissés, des femmes battues, des drogués, des itinérants, d'anciens soldats ayant des troubles psychologiques suite à la guerre et des hommes assoiffés de pouvoir. Il n'eut aucun mal à convertir tous ces gens fragiles sentimentalement ou carrément volontaires. Il recruta des gens de toutes les classes sociales, et ce, à travers le monde.

Dès qu'il eut fondé sa petite armée, il se prépara pour le grand jour : celui de l'Armageddon. Il monta son plan afin qu'il soit parfait pour faire revenir les quatre cavaliers de l'Apocalypse parmi nous.

Tout d'abord, il devait trouver un endroit isolé, une petite ville loin des grandes agglomérations, comme ici. Par la suite, certains des membres de sa secte bloqueraient l'accès à la ville pour contrôler les allers et venues, empêchant ainsi les survivants d'aller chercher de l'aide. Puis, avant de commencer le rituel fatidique, le sorcier utiliserait une autre des nombreuses formules sataniques sur les parchemins maudits. La formule servirait à réveiller les morts. Animé par la force du Mal, le cerveau rachidien de ces zombies, soit la partie animale du cerveau de l'homme, reprendrait vie. Poussés par une faim insatiable, ces morts-vivants traqueraient leurs proies comme des bêtes sauvages. Transmettant leurs malédictions par des morsures, ils occasionneraient la confusion et le chaos total. Cela servirait à la fois de premier assaut, comme les pions d'un échiquier, mais également de couverture.

En effet, à leur arrivée dans notre monde, les démons seraient apparemment faibles et vulnérables tant qu'ils n'auraient pas gagné en puissance. C'est en capturant des âmes que ces derniers gagneraient en force. Pour ce faire, chaque démon, après avoir pris possession des corps des quatre volontaires de la secte prêts à les accueillir, devait transmettre leurs malédictions par la morsure, comme les zombies. Une fois contaminé, le monstre s'approprierait l'âme de sa victime qui deviendrait une créature infernale semblable à son maître. De ce fait, chaque démon pourrait gagner en puissance dans cette petite ville déjà ravagée par les morts-vivants en se nourrissant des survivants. Une fois que chacun d'entre eux aurait formé leur propre armée de serviteurs, ils pourraient s'aventurer sans risque hors du secteur protégé par les hommes du Sadman jusqu'à la conquête du monde.

Mais avant qu'il ne puisse mettre son plan à exécution, Nicholas, ayant un avis de recherche pour le meurtre de son père, fut arrêté par la gendarmerie, qui l'avait retracé. C'est à ce moment que je fis sa connaissance… »

Elle arrêta alors son monologue et regarda autour d'elle. Le silence total régnait dans l'église. Tous l'écoutaient religieusement, attendant de voir si elle allait poursuivre son récit. Autant son histoire aurait semblé absurde en temps normal, autant à ce moment, elle sembla totalement logique. Voyant que tous voulaient en savoir davantage, elle prit une grande respiration et continua.

« Il y a un mois environ, le Sadman, comme il tenait absolument à ce que je l'appelle, s'est évadé de l'hôpital psychiatrique, forcément aidé par les membres de sa secte. Suite à un avis de recherche lancé dans tout le pays, quelqu'un du coin l'a reconnu et a prévenu les autorités. Afin de les aider dans leurs recherches, on m'a demandé de venir ici afin de divulguer toutes les informations que je possédais à son sujet. Je... » Elle s'arrêta soudainement, fixant le sol d'un regard vide. Sa lèvre inférieure commença alors à trembler, emportée par les émotions. Puis, elle poursuivit difficilement, d'une voix sanglotante : « Je leur ai dit... à quel point il était dangereux et psychologiquement atteint... C'est un maniaque duquel ne se dégage aucun bien. Il est sombre et totalement terrifiant... Je ne l'ai pas cru... J'aurais dû, mais je... je n'ai jamais cru un traître mot de ce qu'il racontait... Qui aurait pu croire... J'aurais pu prévenir tout le monde... Tous ces morts... J'aurais pu... »

Elle éclata en sanglots. Robert la prit alors dans ses bras et lui flatta légèrement le dos pour la consoler un peu. « Allons, personne ne vous aurait cru de toute façon. En tout cas, moi je n'aurais jamais cru une histoire pareille. »

Les mots toujours aussi réconfortants de l'ancien ambulancier l'apaisèrent un peu. Un long moment de silence régna à nouveau dans la maison du Seigneur, comme si tout le monde tentait de digérer cette histoire. Soudain, Jack, l'homme à la barbe grisonnante, se leva et regarda Katie, qui était encore en larme.

« Si je comprends bien, questionna-t-il, ce Sadman aurait fait entrer dans notre monde de mortels les quatre cavaliers de l'Apocalypse, qui auraient la forme d'un homme-loup, d'un homme-serpent, d'un homme-chauve-souris et d'un homme-araignée. Et ces saletés n'auraient qu'à nous mordre pour nous contaminer du Mal et voler notre âme. Et après on se transformerait en un de ces sales monstres, c'est ça ?

— C'est... Oui, répondit-elle tout en hochant la tête. C'est ce qu'il m'a dit en tout cas.

— Donc, plusieurs des policiers du poste de police deviendront sans doute des vampires, répliqua alors Robert.

— Oui, au coucher du soleil.

— On se croirait dans un film d'horreur, commenta d'une voix rauque Marc, le gros barbu, qui n'avait pas dit un mot de la matinée.

— C'est exactement ce que je lui disais parfois, répondit-elle. Et à chaque fois, il me répondait la même chose : "Les premiers films se sont inspirés de livres. Leurs auteurs se sont à leur tour inspirés des légendes et des mythes qu'ils avaient entendus." Quelques-unes de ces histoires, apparemment, s'inspiraient de faits véridiques. Puisqu'en fait, il est arrivé quelques fois dans l'histoire que d'autres sorciers, à l'aide de copies du livre unique du Diable, aient tenté de réveiller les quatre. Mais pour que cela fonctionne, il fallait posséder les écritures originales écrites avec le sang de Lucifer. De plus, le rituel devait être exécuté avec précision par un sorcier possédant un pouvoir spirituel très élevé, un peu comme un pape pour le Bien. Cependant, sans être capables de rompre les quatre sceaux servant de bouclier à notre monde, certains réussirent à en briser un ici et là à travers les époques, laissant pénétrer un démon parmi nous. De là l'origine des légendes sur les vampires et les loups-garous. Heureusement, à chaque fois, des soldats guidés par Dieu réussirent à les chasser de notre univers.

Mais apparemment, cette fois, il a réussi. D'après tous les témoignages que j'ai entendus ici, il a brisé les quatre sceaux. Ensemble, ils seront indestructibles. Le Sadman vient de jeter notre monde dans le Mal absolu… »

Sur ces sombres paroles, elle s'arrêta, à la foi épuisée et terrorisée, mais également soulagée de pouvoir se libérer du lourd fardeau d'être la seule à connaître la vérité. Sa pause fut très brève puisque Jacob, l'homme de couleur et le père des deux fillettes, lui adressa la parole à son tour. « Madame, questionna-t-il calmement, je sais que vous êtes épuisée, mais j'ai besoin de savoir. Vous avez mentionné que des soldats guidés par Dieu ont réussi à chasser les démons qui avaient pénétrés notre monde. Il y a donc un moyen de les vaincre. Comme dans les films, si on veut.

— Je crois que oui, mais je n'en suis pas certaine. Il y a cependant une chose que je sais. Ils sont consignés à l'obscurité et aux ténèbres. Ils ne peuvent donc pas s'exposer à lumière du jour. C'est un peu pour cela que le Sadman voulait former une armée de zombies pour les protéger durant la journée, le temps qu'ils deviennent plus puissants. Apparemment, les morts-vivants, qui ne sont pas des démons, mais seulement des cadavres ressuscités, peuvent hanter la terre même pendant le jour.

— Mais, reprit Jacob, a-t-il mentionné quelque chose que l'on puisse utiliser pour se défendre ?

— Et bien, une fois, lors d'une rencontre avec lui, la chaînette que je porte toujours avec ma croix en or était sortie de mon chemisier. Il m'a alors dit que je devrais la garder près de moi et que j'allais bientôt avoir à m'en servir. En tout cas, je sais une chose, ça a marché contre le vampire…

— A-t-il parlé des pieux dans le cœur, l'interrompit soudainement Ricky ? Ou d'autres trucs qu'on retrouve dans les films ?

— Malheureusement, non. Et je ne l'ai jamais questionné là-dessus. Non, je n'arrive pas à me souvenir… Désolé, je n'ai rien d'autre… Seulement que ma croix repousserait les démons, car elle représentait le Bien. J'en ai évidemment déduit qu'elle serait inefficace contre les zombies, tout comme la lumière du jour… Ah, et aussi qu'aucun Mal ne peut pénétrer en terre sainte. Je me souviens qu'il m'ait mentionné ceci. Que l'accès aux terres consacrées au Bien, comme le terrain de cette église, leur était interdit. Il m'avait également dit que ça valait aussi pour les morts-vivants. C'est d'ailleurs pour cela que nous sommes venus ici… Mais c'est tout. Je ne sais pas si on peut détruire les démons. Comme je vous l'ai dit, avant aujourd'hui, je ne faisais qu'étudier le cas de Nicholas. J'aurais dû porter plus attention à ce qu'il disait plutôt que de l'analyser…

— Vous êtes certaine qu'il ne vous revient pas un petit quelque chose, insista soudainement la voix douce d'Éva.

— Non, je suis désolée! Il ne m'a que très rarement parlé d'un moyen de les combattre. En fait, je ne crois pas qu'il tenait à ce que je le sache.

— En tout cas, moi je sais que j'ai brûlé le loup-garou avec la fusée éclairante, commenta Max. C'est ce qui m'a sauvé la vie. Et quand Robert lui a tiré dessus, ça l'a blessé.

— C'est logique, suggéra Marc, grand adepte de films d'épouvantes. D'après ce que la dame a dit, les démons sont encore faibles le temps qu'ils s'amassent des âmes. Mais lorsqu'ils auront dévoré nos âmes, ils seront probablement indestructibles ! »

Sur ces sombres paroles, tous se rassirent en silence, sachant dans le fond d'eux-mêmes que cette hypothèse était probablement vraie. Une dure vérité venait de les frapper, dont entre autres Robert qui ne croyait avoir à faire face qu'à des expériences scientifiques et non à des forces surnaturelles. Et Max qui croyait en avoir bavé avec les morts-vivants alors qu'ils n'étaient que des pions. Il se considéra chanceux d'avoir affronté l'un des démons alors que ce dernier était encore faible, car il n'aurait pas survécu, à coup sûr. Puis, ses pensées se tournèrent vers son ami Raymond. Si toute cette histoire était vraie, alors cela voulait dire que le loup-garou s'était emparé de l'âme de son meilleur ami. Cette idée lui donna une intense nausée.

Par respect envers la psychiatre qui semblait totalement épuisée, personne ne rajouta de question.

Chapitre 11

Dimanche, 15 août, 10h02

Cela faisait une dizaine de minutes que personne n'avait encore ouvert la bouche depuis que Katie avait terminé, lorsque Max demanda au prêtre où se trouvait la toilette. Ce dernier lui expliqua le chemin plutôt simple. Le jeune homme se leva donc et se déplaça lentement vers la pièce. Puis, il y pénétra, referma la porte et la verrouilla. Dans la petite pièce se trouvaient une toilette blanche et un petit lavabo surplombé d'un léger miroir. Max se déplaça donc vers le lavabo et défit son bandage improvisé à la main afin de vérifier l'état de sa blessure. Sa main tremblait encore pendant qu'il s'exécutait, démontrant un état de choc. L'adrénaline, qui le forçait à avancer pour survivre, commençait lentement à baisser. Il réussit tout de même à dévoiler sa plaie qui semblait s'être coagulée. Il ouvrit le robinet et passa sa coupure sous l'eau afin de nettoyer le sang séché autour. Puis, il positionna sa main en coupe, ramassa un peu d'eau froide et s'aspergea le visage. L'eau rafraîchit non seulement son œil un peu enflé suite à sa bagarre avec l'un des membres de la secte de Sadman, mais aussi ses idées. Puis, sentant ses jambes s'affaiblir, il s'assit sur le couvercle fermé de la toilette. Une crampe, provoquée par toute cette tension qu'il n'arrivait plus à soutenir, lui traversa le ventre, suivie d'une forte nausée. Sentant que quelque chose n'allait pas avec son estomac, il se releva légèrement, souleva le couvercle de toilette, et se tourna face à celle-ci. Et comme il le sentait venir, un liquide chaud lui monta dans la gorge. Alors, cessant de lutter, il se laissa aller et se mit à vomir. Le bruit du liquide tombant dans l'eau de la cuvette ainsi que les grondements de sa gorge traversèrent la mince porte de bois avant de retentir aux oreilles des autres rescapés.

Son acolyte se leva aussitôt et se dirigea dans sa direction. Le bruit cessa alors que ce dernier était presque arrivé à la porte fermée. Il lui demanda si tout allait bien, mais Max, qui s'essuyait la bouche, ne répondit pas. Robert répéta sa question. Soudain, sans prévenir, le jeune homme éclata en sanglots. Malgré le fait qu'il tentait de s'exécuter en silence, son ami, de l'autre côté de la porte, parvint à deviner ce qui se passait. Mais celui-ci resta silencieux, laissant son confrère évacuer toute cette tension. Il se contenta de fixer le sol, pensant à sa famille, à son ami George, et à ces horribles évènements. Lui aussi sentait une immense boule dans son estomac, mais contrairement à Max, elle ne semblait pas vouloir sortir. Et ils restèrent ainsi un moment, jusqu'à ce que Max actionne la chasse d'eau et ouvre la porte, les yeux encore rouges. Robert releva alors la tête et regarda le jeune homme. Puis, il posa sa main droite sur son épaule en signe d'encouragement et lui lança : « Lâche pas mon vieux ! Il ne faut pas que tu craques. J'ai besoin de toi. On va s'en sortir. Des secours vont venir nous chercher. Il ne faut pas que tu craques !

— Ça va aller, lui répondit-il sincèrement. Ça a juste fait du bien. Il fallait que ça sorte.

— Je sais… »

Voyant qu'il semblait effectivement aller mieux, Robert invita son ami à venir prier avec lui. Il lui expliqua pendant qu'ils se déplaçaient que c'est ainsi que lui arrivait à tenir le coup.

« Si effectivement il y a des créatures du diable là dehors, il y a donc forcément un Bon Dieu de l'autre côté qui nous viendra en aide. Face au Mal, le Bien l'emporte toujours.

— Vous avez raison ! rajouta Henri, ayant surpris la conversation. Dieu ne nous abandonnera pas. J'en ai la certitude. De plus, comme l'a mentionné Katie plus tôt, il y a eu par le passé des soldats guidés par Dieu qui ont chassé le Mal. S'il y en a eu par le passé, il y en aura certainement aujourd'hui ! »

Max apprécia cette idée, même s'il savait très bien que malheureusement dans ce monde, les choses fonctionnent rarement de la sorte. Il alla donc jusqu'à son banc pour ensuite s'agenouiller, comme le faisaient déjà la plupart des autres survivants. Puis, il demanda au Seigneur de lui venir en aide. Il lui demanda de lui donner la force de passer au travers. Comme ses parents étaient des pratiquants, il connaissait bien sa catéchèse et termina sa prière avec le Notre Père. Il mit l'accent sur la partie qui parle de délivrer du Mal. Étonnament, prier le réconforta grandement et il sentit une force grandir en lui. Une force qui se transforma bientôt en espoir. Et pendant un bref instant, l'idée qu'il pourrait peut-être survivre à tout ceci lui traversa l'esprit.

« Ça y est, je te reconnais, dit soudain une voix douce. Je le savais. Je savais que je t'avais déjà vu quelque part. Michel, c'est ça ?

— Max.

— Max ! Oui, Max ! reprit la jeune femme. Désolée. Mais je n'étais pas loin. Je me souviens de toi. Tu étais venu au bar avec tes amis. Vous étiez en voyage de pêche.

— Oui, c'est bien ça. L'un des plus beaux moments de ma vie...

— Alors, ça n'a pas dû être facile hier soir ?

— Disons que je suis passé à un poil de me faire dévorer par un loup-garou et une armée de morts-vivants... Mais le pire, c'est que mon meilleur ami n'a pas eu la chance que j'ai eue. Et je n'ai eu aucune nouvelle de mes deux autres amis qui devaient venir nous rejoindre. Ce sont les mêmes gars qui étaient avec moi le soir où on s'est rencontré au bar. C'est... Enfin...

— Je suis désolé, lui répondit-elle après un bref moment de silence. Tu es blessé ? lui demanda-t-elle ensuite en regardant ses deux coupures.

— Ça va ! Des blessures mineures. Ça aurait pu être bien pire.

— Comment avez-vous réussi à survivre toute la nuit en dehors de cette église ? Avec tout ce que la dame vient de nous dire, la situation est encore plus catastrophique que je ne le pensais. C'est presque impossible que vous ayez survécu à tout ceci. »

Max commença à lui raconter son récit, en détail cette fois. Tous, curieux, prêtèrent l'oreille afin d'écouter les aventures des nouveaux arrivants. Il n'épargna pas beaucoup de détails et termina son histoire avec la rencontre d'Henri le prêtre. Les yeux ronds de la belle trahissaient son étonnement face à ces péripéties.

« Wow, quelle aventure !

— Disons que la chance nous a vraiment souri. Et toi ? Comment es-tu arrivée jusqu'ici ?

— Oh ! C'est loin de ressembler à votre histoire ! Moi qui croyais avoir vécu toute une expérience. Je me suis rendue ici beaucoup plus facilement. En fait, je travaillais au bar quand ce que je croyais être une bagarre a éclatée. Puis, l'un des deux hommes a littéralement… Seigneur… sauté à la gorge de l'autre. On a essayé d'appeler la police, mais toutes les lignes étaient hors d'usage. C'est là qu'un homme est entré en panique dans le bar et nous a avertis de nous sauver. Il disait que la ville se faisait envahir par des zombies. Je ne l'ai d'abord pas cru, mais lorsque je suis sorti, j'ai bien dû me rendre à l'évidence. Partout, les morts-vivants… c'était un vrai carnage. Totalement horrible. Des gens se faisaient attaquer à gauche et à droite. Puis, mon patron m'a dit d'embarquer dans sa voiture pour pouvoir nous enfuir de ce cauchemar. Mais comme on passait devant l'église, un chauffard, qui roulait en panique, a foncé sur nous, du côté de Greg. Il s'est frappé la tête… Il n'a pas… enfin, tu comprends. C'était affreux. Aussitôt, un de ces monstres a attrapé le chauffard. Alors je n'ai pas attendu que mon tour arrive. Je me suis précipité hors de la voiture et j'ai commencé à courir. C'est là que j'ai aperçu Jacob, que j'avais bien connu étant plus jeune quand il était mon voisin. Il était dans l'escalier menant à la porte d'entrée de l'église avec ses filles et me hurlait de venir le rejoindre. Il me disait que les morts-vivants ne semblaient pas pouvoir les attaquer là où il se trouvait. J'ai aussitôt couru dans sa direction. J'étais hystérique. Il a fallu deux heures pour me calmer. Je ne réalisais pas ce qui s'était passé, que ce que j'avais vu était réel, que je n'avais pas rêvé.

— Je crois qu'on ressent tous la même chose. Disons que c'est plutôt difficile à digérer tout ça...

— Mais que fais-tu ici en fait ? questionna-t-elle après une pause. Je me souviens que tu avais dit que tu venais de loin.

— J'ai emménagé ici il y a un mois environ. Je m'étais trouvé un emploi. J'étais en train de me bâtir un rêve. Ouais... Un rêve qui s'est vite transformé en cauchemar.

— Pourrons-nous avoir de nouveau un rêve un jour... »

Cette phrase conclut la conversation. Éva se recala dans son banc. Max, malgré les circonstances, fût ravi de constater qu'elle se souvenait encore de lui. Cela réchauffa un peu son cœur dans cette atmosphère glaciale.

Chapitre 12

Dimanche, 15 août, 13h24

Tout le monde était resté ainsi, assis ou à genoux, au pied de leur banc, à fixer une énorme statue représentant Jésus sur la croix, priant en attente d'un miracle qui tardait toujours à venir. La pression commençait à baisser et le calme revenait peu à peu dans l'esprit de tous.

Puis, soudainement, un chuchotement brisa le silence. L'une des deux fillettes de Jacob se tourna vers son père pour lui avouer : « Papa, j'ai vraiment très faim.

— Moi aussi, papa! appuya sa sœur.

— Je sais, mes puces, je sais! se contenta de répondre calmement l'homme en leur caressant le dos.

— Ouais! rajouta Jack. Moi aussi, je mangerais

bien un dernier repas. Je prendrais un bon gros steak avec des crevettes.

— Plutôt des côtes levées et crevettes, suggéra Max en souriant.

— Ha! Ha! Bon choix, mais je préfère mon steak!

— Une lasagne, choisit à son tour Éva. J'adore la lasagne.

— Eh bien moi, je prendrais une assiette de sushis, répliqua Katie.

— Ah oui, j'approuve, l'appuya Éva.

— C'est ça, continuez de parler de bouffe, qu'on ait deux fois plus faim, lança sarcastiquement Ricky.

— En effet, je crois qu'on devrait changer de sujet », termina Jacob.

Puis, le silence plana à nouveau après cette courte, mais chaleureuse discussion qui redonna du moral aux réfugiés. Soudain, Robert, qui n'avait pas participé à la conversation, se leva et prit à son tour la parole : « Elles ont raison! Les fillettes ont raison! Moi aussi, j'ai faim! On a tous faim, comme on vient de le mentionner.

Il faut regarder la réalité en face. On ne pourra pas tenir éternellement ici sans manger. Ça peut prendre des jours avant que quelqu'un vienne nous secourir. Il nous faut de la nourriture pour tenir jusque là. Et si nous devons sortir, mieux vaut le faire de jour.

— T'es sérieux là ? questionna Jack.

— Oui, je suis sérieux. Il va nous falloir des vivres si on ne veut pas s'affaiblir. »

Les survivants se regardèrent alors entre eux. Bien qu'hésitants, ils durent admettre qu'il avait tout à fait raison. La plupart d'entre eux n'avaient rien avalé depuis plus de vingt heures. Ils allaient devoir tôt ou tard se trouver de la nourriture s'ils voulaient survivre. Ils hochèrent donc tous la tête pour lui signaler qu'ils étaient en accord avec sa dernière affirmation. Tous, sauf Ricky, le blond, qui se leva en secouant la tête de gauche à droite : « C'est bien beau, mais qui va sortir pour aller en chercher ? Les rues grouillent de zombies et il n'est pas question que je sorte d'ici pour leur servir de repas et devenir une de ces choses. Non merci ! Je préfère mourir de faim que de perdre mon âme ! »

Le silence plana à nouveau. Tous

réfléchissaient à ce que venait de dire Ricky. En effet, ils ne pourraient pas durer très longtemps sans nourriture, mais qui serait assez fou pour retourner dehors risquer son âme ? Soudain, même si la raison lui disait de ne pas bouger, le courage de son cœur poussa Max à se lever.

« Moi j'irai ! lança-t-il en fixant Ricky dans les yeux. Je vais prendre le VUS et je vais foncer au marché à trois coins de rue d'ici. Là, il y a une épicerie.

— C'est une excellente idée ! appuya Robert, satisfait de voir que son partenaire ne l'avait pas abandonné. Je pars avec toi.

— J'irai avec vous, lança alors Jacob. Mes filles ont besoin de manger.

— Moi aussi », termina le gros Marc, d'un ton un peu incertain.

Ricky les regarda se lever autour de lui, insulté que son opinion n'ait pas porté fruit. Son orgueil prit soudain un dur coup lorsqu'il vit Éva se redresser également et annoncer qu'elle voulait participer elle aussi à l'excursion. Mais Jack la coupa avant qu'elle ne puisse terminer sa phrase : « Non ! Il ne reste qu'une place dans la jeep et je vais la prendre. C'est très courageux de ta part, jeune fille, mais je vais y aller. C'est mieux ainsi. Et très honnêtement, j'ai déjà perdu mon âme lorsque ces choses ont attaqué ma femme. J'ai beaucoup moins à perdre que toi.

— Mais vous êtes complètement cinglé, répliqua Ricky. Ce n'est pas du courage, c'est de la folie.

— C'est un risque que je suis prêt à prendre, répondit Max. Si on n'y va pas, on va s'affaiblir de plus en plus pendant que nos ennemis dehors prendront des forces. Comme Katie l'a mentionné plus tôt, ces démons sont encore faibles, mais ils se renforceront de jour en jour. Mieux vaut faire des provisions maintenant. Et les fillettes ne pourront pas tenir si on ne leur donne pas quelque chose à manger bien vite. »

Voyant que tous appuyaient les dires de ce dernier, le blond se rassit en marmonnant : « Je vous aurai averti ! Ne comptez pas sur moi pour venir vous chercher quand ces monstres seront en train de vous dévorer.

— Ça, je m'en doute bien ! » lui répondit Max d'un ton sarcastique.

Ricky se releva alors pour lui faire face et tenter ainsi de défendre le peu de dignité qui lui restait.

« Quoi ? Qu'est-ce que tu veux insinuer, le jeune ? Tu te crois meilleur que moi ? Tu te crois plus courageux que moi ?

— Toi, si tu me cherches, tu vas me trouver ! Je te conseille de te rasseoir !

— Vous allez crever si vous sortez d'ici ! Ils vont vous dévorer. Il faut attendre les renforts ici. Ils vont venir. Ce n'est pas le moment de jouer aux héros.

— Oui, ils vont sûrement venir nous chercher, mais quand ?... Quand ? Je n'attendrai pas de crever de faim !

— Eh bien, allez-y, les cowboys ! Mais n'entraînez pas d'autres personnes dans vos plans de fou… Tout allait si bien avant que vous n'arriviez. Pour qui vous prenez-vous pour venir ici et décider ?

— Maintenant, c'est assez ! Tu la fermes ! Je ne force personne à venir avec moi. Ils sont tous volontaires. Il n'y a que toi qui n'aies pas assez de couilles pour lever ta main. Mais je suis certain que tu seras le premier à sauter dans les provisions que nous allons rapporter !

— Vous ne reviendrez pas ! C'est une idée de merde et ton plan est un plan de merde ! On n'est pas dans un film, le brave ! Sors un peu de ton petit monde. Ces choses sont réellement là dehors et ils n'attendent que vous pour se faire un festin, espèce de petit con ! »

Ces dernières insultes poussèrent Max hors de lui. Ce dernier se précipita hors de l'allée et fonça vers le blond, qui se raidit, prêt à le recevoir. Max sauta sur ce dernier en plaçant un coup de poing. Ricky l'évita de justesse et saisit le jeune homme à la taille en tentant de le précipiter au sol. Il resta surpris de la force du jeune fermier et ne réussit pas à lui faire perdre son équilibre. Max se prépara aussitôt à lui lancer un deuxième coup de poing lorsqu'il sentit quelqu'un le saisir et le tirer vers l'arrière. Il se tourna alors et reconnut son partenaire qui tentait de les séparer.

« Garder vos forces, les monstres sont dehors ! cria Robert en tirant sur son coéquipier.

— C'est exactement la volonté du diable, rajouta brusquement Henri. Le Mal est dehors. Je n'accepterai aucune forme du Mal ici, dans la maison du Seigneur. Si vous voulez vous battre, faites-le dehors ! Si vous voulez rester, arrêtez maintenant ! »

L'ASSAUT DU MAL

Ces paroles touchèrent Max. Il lâcha immédiatement son adversaire. Ce dernier, ayant compris qu'il ne faisait pas le poids, en profita pour le lâcher et finir la bagarre le plus dignement qu'il aurait pu.

Robert attendit quelques secondes que la poussière retombe avant de reprendre la parole : « Bon, nous avons tous les nerfs à vif, mais il faut conserver notre calme. On n'arrivera à rien si on se bat entre nous. Alors maintenant, nous avons encore plusieurs heures devant nous avant la tombée de la nuit. Oui, Ricky, je sais que c'est très risqué. Et nous ne forcerons personne à sortir. Mais moi, je n'ai pas l'intention d'attendre ici sans rien faire. Nous allons d'abord nous préparer comme il le faut avant d'aller chercher des vivres. Voyons ce que nous avons comme arme pour nous défendre. Max et moi possédons chacun un pistolet. Quelqu'un d'autre a une arme ?

— J'ai un bâton de baseball ! répondit Jacob, tout en le sortant de sous son banc. Il m'a été très utile pour arriver jusqu'ici.

— Très bien. Quelqu'un d'autre ? »

Tous se regardèrent en espérant que quelqu'un d'autre répondrait, mais ce ne fut pas le cas.

« Personne d'autre ?

— Bien, y'a ça, lança Marc en pointant de son gros doigt dodu un chandelier en fer forgé d'un mètre et demi de haut. On peut s'en servir pour se défendre, rajoute-t-il.

— Bonne idée. Il ne manque plus qu'une arme et nous aurons tous quelque chose pour se défendre. Il y a sûrement quelque chose d'autre ici qui pourrait servir.

— Passe le bâton de baseball », interrompit alors Max.

Le père de famille lui lança alors son arme par-dessus les deux bancs qui les séparaient. Le jeune homme l'attrapa sans difficulté. Tous autour le regardèrent alors s'exécuter, des interrogations dans les yeux. Celui-ci saisit sans perdre de temps le bâton et l'élança de toutes ses forces vers l'extrémité gauche de l'appuie-genou à ses pieds. Ce dernier se détacha sans peine. Il refit exactement la même chose du côté droit et le résultat fut le même. Puis, il saisit ce qui restait de l'appuie-genou de sa main gauche et le souleva à la hauteur de sa tête pour regarder la nouvelle arme qu'il venait de créer.

« Bon, ça règle la question, je crois, continua

alors Robert. Alors Marc, c'est ça… et Jacob… et… heu… Jack, vous êtes toujours partants ? Il n'y a pas de honte à dire non. Car on sait tous ici que cela ne risque pas d'être une promenade de plaisance. »

Tous hochèrent légèrement la tête pour lui signaler qu'ils étaient tous de la partie. Effrayés, mais tout de même prêts à plonger à nouveau dans le cauchemar, les hommes se redressèrent, du courage plein le cœur.

« Max, t'es toujours avec moi ?

— Crois-tu vraiment que je te laisserais aller là-bas tout seul ?

— Bon, à moins que quelqu'un d'autre ait une meilleure idée, le mieux serait de prendre le VUS et de foncer jusqu'au marché. Max au volant et Marc du côté du passager. Nous trois, on se colle à l'arrière. »

Il continua ainsi d'élaborer un plan afin qu'ils ne perdent pas une seconde une fois dehors. Les quatre autres le laissèrent finir avant de rajouter chacun leur petit grain de sel. Seul Marc resta silencieux et se contenta de les écouter finaliser leur mode d'action. Une fois que tous furent d'accord, ils signalèrent à Henri qu'ils étaient prêts à sortir. Ce dernier les bénit avant de déverrouiller la porte et se prépara à l'ouvrir.

Soudain, deux jeunes voix retentirent dans la grande salle. « Papa! Papa! crièrent les fillettes en fonçant vers Jacob. Papa, on ne veut pas que tu partes! Reste avec nous! Je t'en supplie. Reste avec nous!

— Je dois y aller, mes belles, leur répondit-il en les serrant très fort contre lui. Il nous faut cette nourriture. Je dois aller chercher à manger.

— Mais le monsieur blond a dit que…

— Oublie ce que le monsieur a dit. Ne vous inquiétez pas. Je vais revenir. Je vous aime beaucoup trop pour vous abandonner. Ça va bien aller. Je vais vite revenir.

— Venez me voir les filles, lança alors la douce voix d'Éva. Votre papa va vite revenir. Allez, venez près de moi.

— Merci, Éva.

— Je vais prendre bien soin d'elles durant votre absence. Ne vous inquiétez pas. »

Elle saisit au même instant leurs mains et les sépara de leur père, qui avait les yeux pleins d'eau.

Ce dernier n'espérait maintenant plus qu'une seule chose : revenir de cette excursion afin de serrer ses filles encore une fois contre lui.

Tout en reculant avec les deux fillettes, Éva jeta un profond regard dans les yeux de Max.

« Faites attention ! lança-t-elle tout en fixant toujours le jeune homme. Revenez-nous vite !

— Ne jouez pas aux héros, rajouta soudainement Katie, qui semblait porter son attention vers Robert. Si vous voyez que ça ne marche pas, n'hésitez pas à faire demi-tour. »

Sur ces mots, les cinq hommes se retournèrent vers Henri. « Dieu sera avec vous, encouragea ce dernier. Il vous protégera. »

Jack lui fit alors signe d'ouvrir la porte. C'est à ce moment que le cœur de tous et chacun tripla de rythme. Ils pouvaient aisément l'entendre battre. Leurs bouches devinrent sèches. Leurs mains moites et tremblantes serrèrent de toutes leurs forces les armes, trahissant la nervosité et la peur face à l'inconnu qui les attendaient de l'autre côté.

Une fois que la porte fut grande ouverte, ce fut Robert qui envoya le coup d'envoi : « Ça y est, on y va ! »

Chapitre 13

Dimanche, 14 août, 14h39

Le VUS fonça à toute allure à travers le stationnement encore occupé par de nombreux véhicules abandonnés. Sans même ralentir, le quatre-quatre évita deux voitures entrées en collision, laissées en plein milieu de l'allée entre les autres automobiles stationnées. Puis, le VUS s'immobilisa brusquement devant l'entrée principale du marché, laissant entendre un crissement de pneu. Par la suite, les cinq occupants scrutèrent l'horizon dans le but d'y repérer un ennemi qui pourrait les attaquer à leur sortie. Ces derniers furent agréablement surpris de n'en trouver aucun. Pas la moindre trace de zombies. Aucun mouvement n'était visible dans le stationnement. Seul le son du moteur pouvait se faire entendre. Le conducteur, Max, coupa alors le contact. Les cinq passagers se regardèrent, silencieux, un peu méfiant de cette situation trop parfaite.

Tout allait trop bien. À partir du moment où ils avaient renversé le mur de zombies au bas des marches de l'église jusqu'à leur arrivée au stationnement, aucun évènement majeur ne s'était produit. Max et Robert, qui en avaient bavé la veille, n'arrivaient pas à croire que ce serait si facile.

Robert rompit alors le silence angoissant. « Tout le monde est prêt ? Alors on fait comme on a dit plus tôt. Max et moi, on marchera devant avec nos pistolets et vous trois derrière. N'oubliez pas de jeter un coup d'œil assez souvent à l'arrière. Je n'ai pas envie qu'une de ces saletés nous saute dans le dos. »

Sur ces mots, les cinq hommes sortirent rapidement du véhicule et se positionnèrent selon le plan. Marc se tenait plus à gauche, son chandelier en fer dans les mains. Ensuite venait Jack plus au centre avec le banc de bois et Jacob à droite avec le bâton de baseball. Tous trois tenaient leurs armes improvisées de leurs deux mains, prêts à frapper au besoin. Max et Robert se tenaient à quelques mètres devant eux, pointant leurs pistolets à l'avant, prêts à faire feu. Leurs poches devaient contenir environ sept chargeurs par homme en comptant ceux déjà installés sur les armes.

Puis, constatant que rien ne leur avait encore

sauté à la figure, ils commencèrent à avancer lentement vers l'entrée, tout en scrutant partout autour, s'attendant à tout moment à voir une de ces créatures surgir brusquement. Mais toujours rien. Seul le bruit de leurs pas sur l'asphalte brisait le silence qui régnait sur l'endroit. Aucun cadavre, que ce soit debout ou gisant par terre, ne se fit voir sur des centaines de mètres aux alentours. Ils furent tous surpris de mettre la main sur la porte d'entrée aussi facilement.

Ce fut Max qui ouvrit cette dernière. Comme cela paraissait aussi tranquille à l'intérieur qu'à l'extérieur, les cinq téméraires pénétrèrent à l'intérieur. Une odeur nauséabonde planait dans les couloirs principaux du marché de Winslow. La vue était beaucoup plus horrifiante à l'intérieur, puisqu'une bonne vingtaine de cadavres gisaient un peu partout, tant dans le corridor principal que dans les boutiques. Des hommes, des femmes et des enfants étaient étendus sans vie, dont la plupart semblaient avoir été violentés et mutilés. Des morceaux de chair et du sang séché entouraient la plupart des morts.

Les cinq survivants restèrent figés quelques instants à regarder contre leur gré le répugnant décor devant eux, conscients que ces images hanteraient probablement leurs nuits pour le restant de leurs jours.

« Regardez ! pointa tout à coup Max. Sur l'affiche à gauche, c'est lui ! C'est le Sadman ! »

Tous jetèrent un coup d'œil à l'avis de recherche du grand brûlé, au regard macabre, qui était apparemment à l'origine de ce cauchemar.

« Je comprends pourquoi il donnait des frissons à Katie, argumenta Robert. Il a l'air si… sombre.

— Si je pouvais lui mettre la main dessus… », lança le jeune casse-cou.

Puis, sans en rajouter, Max et Robert se remirent en route. Jack et Marc bougèrent par la suite derrière les deux hommes armés qui tentaient de se faire un chemin au travers des trépassés. Après une dizaine de pas, Marc regarda autour de lui et remarqua qu'un d'entre eux était toujours derrière. « Attendez, dit-il de sa grosse voix grave. Jacob est encore à l'entrée. » Les trois autres se retournèrent pour constater qu'en effet, l'un de leurs confrères était toujours à leur point d'entrée, inactif, fixant l'horizon. Robert jeta alors un coup d'œil dans la direction vers laquelle Jacob regardait afin de voir ce qui le figeait à ce point. Ses yeux s'arrêtèrent finalement sur la cause de cette halte soudaine. Au sol, à leur droite, dans une boutique de chaussures, gisait le corps d'une fillette noire. Cette dernière avait le ventre ouvert d'où sortaient atrocement ses intestins.

En tant que père de famille, Robert comprit immédiatement quel sentiment venait de faire bloquer Jacob.

Le père des fillettes, ne pouvant plus supporter davantage cette vision affreuse, se couvrit les yeux de sa main libre. Ses genoux perdirent ensuite leurs forces et se plièrent contre son gré pour aller atterrir brutalement sur le ciment du hall. Une fois à genou, il ne put s'empêcher d'éclater en sanglots.

« Je la connaissais. C'était l'ami de Lisa… Ça aurait pu être ma petite Lisa… ou ma petite Éveline, gémit-il soudainement, sans retenue. Oh Seigneur, quelle horreur! cria-t-il. Seigneur, aidez-nous!

— Chut! Ne crie pas comme ça! lança instinctivement Jack à voix basse. Tu risques d'attirer quelque chose! »

Bien conscient que ce dernier avait raison, Jacob tenta de reprendre le dessus sur lui-même et s'efforça de garder à l'intérieur de lui cette énorme boule d'émotion entremêlée de colère, de tristesse, de peur et de sentiments pour lesquels il n'y a pas de mots assez affreux pour les décrire. Il se contenta de baisser la tête et de pleurer la pauvre fillette mutilée. Il sentit soudain une grosse main se poser doucement sur son épaule gauche. Ce dernier leva alors la tête pour reconnaître Marc se tenant à ses côtés.

« Les choses qui se sont passées ici sont horribles, compatit-il de sa grosse voix. Je ne suis peut-être pas un père de famille, mais j'arrive tout de même à comprendre ce que tu ressens. C'est vraiment terrible. C'est même impensable et illogique. J'ai l'impression d'être dans un très mauvais rêve et que je vais me réveiller d'un moment à l'autre. Mais là, on est en plein milieu de notre cauchemar et tant qu'on ne se réveillera pas, il faudra tout faire pour survivre. Cette fillette est morte, mais tes filles sont toujours en vie et elles ont besoin de toi. Et nous aussi on a besoin de toi. On a besoin que chacun de nous reste fort dans cette histoire ou on va tous craquer. Quand j'ai décidé d'aller avec vous, j'étais certain que c'était la fin, qu'on allait tous crever ici. Mais là je dois dire que ça va plutôt bien. Et j'ai vraiment envie que ça reste ainsi. J'ai vu ces choses aller dans mon appartement avant de réussir à m'enfuir et je n'ai vraiment pas le goût de voir ça se reproduire aujourd'hui. Ce que je crois, c'est qu'il faut se grouiller à ramasser ce dont nous avons de besoin pour retourner au plus vite à l'église. Là, on aura tout le temps de se morfondre en attendant les secours. »

Les mots de ce gros bonhomme sympathique n'eurent pas que de l'effet sur Jacob, mais sur les autres également. Max fut vraiment surpris de ce discours, lui qui croyait que Marc était un timide pas très bavard. Jacob se releva alors, aidé de son nouvel ami. Il essuya les larmes sur ses joues et s'excusa : « Désolé de vous avoir retardé. Allons-y qu'on en finisse. »

Max et Robert se retournèrent donc sans perdre trop de temps en direction du supermarché et continuèrent lentement leur avance. Soudain, un frisson traversa Max lorsqu'il remarqua un mouvement devant. Il pointa aussitôt la direction à son partenaire qui remarqua également une silhouette humaine debout devant eux. Celui-ci se retourna pour avertir les autres derrière de se tenir prêts.

Bientôt, ils réussirent à reconnaître les traits d'un vieil homme portant une longue barbe grisâtre, vêtu d'une chemise à carreaux bleus et d'un vieux jeans. L'homme avança directement vers eux. Tout portait à croire qu'il s'agissait d'un zombie.

« Ça y est ! pensa Max. Ça avait été trop facile ! Nous allons maintenant faire face à ces créatures. »

Les deux hommes de devant pointèrent leur pistolet, le doigt sur la détente, prêts à faire feu. Les autres derrières se tenaient prêts à frapper. Et comme Max trouva que sa cible devenait à portée de tir, une voix rauque de fumeur de longue date s'échappa de la bouche du vieillard devant eux : « Vous êtes des secours ? Je vous ai entendu parler ! Êtes-vous de la police ?... De l'armée ?... La GRC ? »

Un soulagement intense envahit les cinq hommes en constatant qu'il ne s'agissait pas d'un mort-vivant. Max et Robert abaissèrent leurs armes et Jack crut bon de lui répondre :

« Nous sommes des survivants. Nous nous sommes réfugiés cette nuit. Vous êtes seul ?

— Oui ! Comme c'est bon de voir enfin quelqu'un ! Je croyais que j'étais le seul survivant de cette Bon Dieu de ville. Vous avez une putain d'idée de ce qui se passe ici, bordel ?

— Qu'est-ce que vous avez vu au juste ? poursuivit Jack, curieux non seulement de savoir quelle créature avait fait le carnage ici, mais aussi de savoir comment il avait survécu.

— J'étais venu hier soir pour m'acheter un truc quand une bande de salopards est entrée comme un putain de coup de vent. Je ne sais pas ce que c'était, mais ce n'était pas des hommes. On aurait dit des morts… des morts qui marchent. Ces saletés se sont jetées sur tout le monde, les tuant sauvagement. C'était des putains de cannibales… Écoutez, je ne suis pas sûr de ce que j'ai vu, mais une chose était certaine, il ne fallait pas que je reste là. Je me suis caché dans les conduits d'aération et je suis resté planqué là, écoutant les cris des femmes… des enfants, impuissant… s'arrêta-t-il un bref instant. Et puis le silence… Pendant des heures, pas le moindre bruit. Je suis resté là, à attendre, toute la putain de nuit. Jusqu'à ce que je vous entende parler. Je viens juste de sortir de ma cachette. Voilà, c'est tout. Et vous, c'est quoi votre histoire ? Qu'est-ce que vous venez foutre ici ?

— Nous sommes venus chercher des vivres. Nous sommes un petit groupe qui avons réussi à nous réfugier dans l'église. Là-bas, ces choses ne peuvent pas y accéder.

— Ils ne peuvent pas y accéder ?

— Écoutez, nous ne voulons pas perdre trop de temps. Venez avec nous. Nous vous expliquerons toute l'histoire une fois là-bas.

— Alors, vous savez ce qui se passe ici ? Vous savez qui sont ces enfoirés de cannibales ?

— Oui, pour faire vite, ce sont des morts ressuscités par un sorcier satanique.

— Quoi ?

— Ils ne sont que la pointe de l'iceberg, rajouta Marc. Ils n'ont été réveillés que pour couvrir les démons pendant qu'ils augmentaient leurs puissances.

— Les démons ? Vous êtes complètement cinglés, ou quoi ?

— Écoutez-moi, monsieur ! reprit Robert. Que vous nous croyiez ou pas, deux choix s'offrent à vous. Ou vous nous suivez pour que nous vous expliquions tout en détail une fois à l'église, ou vous restez ici !

— Ça va, ça va, se contenta de répondre le vieil homme à l'allure de clochard. Je n'ai pas vraiment le choix de toute façon. Je vais vous suivre.

— Et si c'était l'un des membres de la fameuse secte ? chuchota soudainement Max à l'oreille de Robert.

— Vous aviez de la famille dans le marché ? interrogea alors ce dernier afin d'en savoir davantage sur le nouveau rescapé. Ou ailleurs dans la ville ?

— Non, je vis seul. Ma femme est morte il y a plus de dix ans. Mes enfants vivent à l'extérieur.

— Alors voilà une raison de moins de vous en faire. Les évènements n'ont apparemment pas encore quitté la ville.

— Vraiment ? Ça, c'est une bonne chose.

— Je veux voir votre portefeuille ! lança brusquement Max, trouvant le vieil homme vraiment suspect.

— Pardon ?

— Vous dites que vous êtes du coin. Alors je veux voir l'adresse sur votre permis de conduire.

— Qu'est-ce que tu me veux, le jeune ?

— Assez ! coupa Jacob. J'ai déjà vu ce vieil ivrogne dans le coin. Il s'appelle Louis Masseur. Je ne crois vraiment pas qu'il soit l'un d'entre eux.

— Oui, c'est bien mon nom. Bien sûr, je te connais. Bou… Bousquet ! Jacob Bousquet, bien sûr. Sans te vexer, il faut dire que des blacks, il n'en pleut pas dans le coin !

— Je confirme, rajouta Jack. C'est bien ce bon vieux monsieur Masseur.

— Ah toi… Désolé, ton visage me dit quelque chose, mais…

— Jack, Jack Herbier.

— Ah… oui…

— Voilà qui met fin à l'interrogatoire, enchaîna sans attendre Robert. Satisfait Max ?

— C'est bon !

— Excellent. Donc, monsieur Masseur, vous nous accompagnez ou pas ?

— Vous, vous me semblez être un homme bon. Et ça, Dieu le sait. Il vous protégera de ces saletés. Ça, c'est sûr. Du coup, je crois que je vais me tenir près de vous mon ami. »

Un sourire apparut soudain sur le visage de Robert. Non seulement ce dernier commentaire était plutôt humoristique, mais il était également rassurant. Ce fut la première fois qu'un tel sentiment de joie envahit son cœur depuis qu'il avait vu son vieux copain mourir sous ses yeux dans la chaloupe. Et cela lui redonna une parcelle d'espoir.

« Assez perdu de temps, commenta Max. Allons faire nos emplettes ! »

Chapitre 14

Dimanche, 14 août, 15h10

Le décor à l'intérieur de l'épicerie n'était pas beaucoup plus rassurant que dans les corridors du marché. En effet, une dizaine de cadavres gisaient ici et là, dont celui d'une caissière égorgée sur le comptoir de la première caisse. Malgré le fait qu'ils n'avaient rien mangé depuis plusieurs heures, l'affreux spectacle leur coupa à tous l'appétit. Ils durent se concentrer d'autant plus afin d'accomplir leur mission.

Leurs emplettes étaient maintenant presque terminées. Cela faisait quinze minutes que les six hommes tentaient de remplir leurs paniers d'épicerie. Comme l'espace serait plutôt restreint dans le VUS, surtout depuis l'arrivée d'un nouveau survivant, ils devaient choisir avec soin des aliments plus compacts, et qui se garderaient plus longtemps. Les conserves furent donc très populaires. Pour accélérer le processus, la bande s'était séparé en deux groupes de trois, soit Jack, Marc et Max d'un côté et Jacob, Robert et Louis de l'autre. Alors que les deux groupes avaient fini de faire le tour de leurs moitiés de l'épicerie, ils se déplacèrent vers le centre pour comparer le contenu de leurs provisions.

Quand soudain, alors qu'ils étaient presque réunis, Max remarqua un mouvement du coin de l'œil. Il eut aussitôt le réflexe de se tourner afin d'analyser ce qui avait attiré son attention. À peine eut-il jeté un regard, qu'il sentit son cœur faire deux tours et à nouveau la panique l'envahir. À l'entrée de l'épicerie, il aperçut deux hommes vêtus de cuir noir et armés de fusils de calibre 12 à pompe, dont les crosses étaient faites en bois, pénétrer à toute vitesse.

L'un, ressemblant à un motard, était plutôt bedonnant et portait une grosse barbe noire. Il avait les cheveux rasés et un tatouage de l'étoile du diable ornait son front. L'autre, plus mince, portait un foulard de couleur camouflage qui lui couvrait entièrement la tête. Une longue queue de cheval foncée en ressortait derrière et une repousse de barbe de trois jours laissait des traces sombres sur son visage.

Leurs airs hostiles alarmèrent aussitôt Max, qui tenta d'avertir ses compagnons de l'arrivée des hommes du Sadman. Mais avant même qu'il puisse ouvrir la bouche, le plus gros des deux étrangers se plaça en position de tir en direction de Marc, qui ne s'était pas encore rendu compte de leur présence. Un seul mot eut le temps de s'échapper de la bouche du jeune homme : « Marc ! » lui cria-t-il désespérément. Il était trop tard, le coup était déjà parti. Le bruit puissant de la mise à feu résonna à travers les allées. Au même instant, la grosse bedaine de Marc se déchira en plein centre en laissant s'échapper une quantité abondante de sang accompagnée de plusieurs petits morceaux de chair et d'intestins. Une expression de douleur atroce se dessina aussitôt sur son visage. Incapable d'en supporter davantage, ses genoux plièrent et il alla s'effondrer violemment au sol.

Pendant que tous restèrent stupéfaits devant l'horrible spectacle, le plus petit se dépêcha de tirer également une cartouche afin de faire une nouvelle victime. Celui-ci visa Robert et pressa la détente. À nouveau, un coup de feu bourdonna. Fort heureusement, il rata son tir et les plombs passèrent à droite de la cible en émettant un claquement sourd.

Constatant que personne d'autre n'avait été touché et profitant du fait que leurs deux assaillants devaient recharger leurs armes, tous se dispersèrent comme un troupeau d'animaux en détresse afin de se trouver rapidement un abri.

Jacob et Louis se réfugièrent derrière une allée sur leur droite. Max et Jack tentèrent de faire la même chose sur leur gauche. Mais avant qu'ils ne puissent l'atteindre, le gros barbu fit feu à nouveau. Le fait qu'ils aient été en mouvement leur sauva la vie, car le projectile les rata de peu. Ils réussirent par la suite à se cacher derrière une allée de cannage de légumes. Mais à peine étaient-ils dissimulés, qu'un autre coup retentit et plusieurs cannes de conserves devant eux volèrent en morceaux. Conscients que le mur qui les dissimulait n'était pas à l'épreuve des balles, ils poursuivirent leurs courses à travers le corridor devant eux. À nouveau, un coup de feu retentit, suivi par des cannages projetés hors de leurs tablettes. Jack se jeta aussitôt au sol. S'apercevant que celui-ci ne le suivait plus, Max en fit autant, ce qui lui permit d'éviter de justesse un nouveau tir qui passa juste au-dessus de lui. Il se retourna alors pour vérifier si son confrère avait été touché. Il aperçut alors ce dernier recroquevillé sur lui-même au sol. Le jeune homme sortit alors le pistolet de son pantalon et l'arma, prêt à faire feu. Puis il rampa rapidement en direction de Jack. Il fut alors soulagé de constater qu'il était toujours en vie.

« T'es touché ? lui demanda-t-il.

— Non, je… je… ne crois pas. »

Pendant ce temps, Robert fonça aussi vite qu'il put se réfugier derrière la première caisse. Il enjamba le comptoir, ainsi que la jeune femme qui y gisait, et se laissa tomber de l'autre côté. Au même instant, un projectile alla s'écraser contre l'écran de l'ordinateur, faisant voler partout des morceaux de verres. Dès qu'il toucha le sol, l'homme dégaina lui aussi son pistolet et fit glisser une balle dans la chambre. Puis il se positionna à genoux derrière le comptoir, prêt à se défendre. Il prêta l'oreille pour entendre si son ennemi approchait. Il entendit d'abord le son de la cartouche éjectée qui chuta sur le plancher, suivie de celui des parties de l'arme qui revenaient brusquement vers l'avant. Ensuite, ce fut le son de pas lent se rapprochant de plus en plus. Pris au piège derrière le comptoir, Robert sentit en lui-même que cette histoire se finirait en violente fusillade où il n'en sortirait sûrement pas gagnant. Il resta derrière le comptoir, attendant le bon moment pour bouger.

Soudain, un mouvement plus loin devant lui attira son regard. Il reconnut alors Jacob, dissimulé du tueur derrière une allée, mais visible pour lui. Ce dernier tentait désespérément d'attirer l'attention de Robert, pris dans un guet-apens, en bougeant rapidement ses bras au-dessus de sa tête. Dès que Robert leva les yeux vers lui, celui-ci lui pointa un panier d'épicerie vide devant lui.

Puis, il leva le pouce pour savoir si son ami avait bien compris son plan. Robert lui renvoya un signe de la main pour démontrer sa compréhension. Puis il se prépara à réagir. Il n'eut pas même le temps de réaliser à quel point il était nerveux que déjà Jacob poussait de toutes ses forces le panier, qui alla se river bruyamment contre une autre étagère de biscuits. Ce stratagème eut l'effet voulu, car le malfaiteur, qui tenait le comptoir en joue, détourna le regard un instant, attiré par le bruit. Ne perdant pas une seule seconde, Robert se leva, pointa son adversaire et, sans se poser de questions, ouvrit le feu. Ne voyant pas l'impact de ses balles, il pressa la gâchette encore et encore. Après les trois premiers coups de feu, l'homme au bandeau échappa son arme, mais il en fallut encore quatre autres avant qu'il ne s'effondre au sol.

Dès que ce dernier tomba, Robert déplaça le bout de son canon en direction du gros barbu, qui fit la même chose de son côté. Il devait être plus rapide. Il devait faire feu avant lui. C'était un duel digne du « Far West ».

Une fois qu'il fut plus ou moins enligné, Robert commença à presser la détente quand tout à coup, le crispant littéralement de frayeur, le cadavre de la jeune femme égorgée devant lui se leva d'un coup sec en poussant un énorme soupir ressemblant à un grognement. Puis, avant même qu'il ne puisse faire feu sur elle, cette dernière se jeta sur lui, le propulsant au sol. À son atterrissage, Robert échappa son pistolet qui glissa à quelques mètres derrière lui. N'ayant plus d'arme, il utilisa ses mains pour retenir la mâchoire de la morte-vivante, qui venait de se réveiller et qui était maintenant embarquée sur lui. Cette dernière, dégoulinante de sang et de bave, tentait désespérément de le mordre. Robert essaya du mieux qu'il put de l'en empêcher, ignorant combien de temps encore il pourrait la retenir.

Pendant ce temps, Max se fraya un trou entre les cannes de conserves et pointa de son arme le gros tatoué qui lui faisait maintenant dos. Il se concentra pour bien viser quand soudain, l'hésitation l'envahit. Tuer des zombies, c'était une chose, mais tirer sur un homme dans le dos était beaucoup moins évident. Il se ferma alors les yeux et demanda au Seigneur de lui pardonner. Puis, venant à la conclusion qu'il n'y avait pas d'autre solution possible pour l'instant, il ouvrit ses yeux et fit feu. La balle frappa le crâne nu de son adversaire, qui s'écroula mollement au sol. Il sut alors qu'il ne pourrait plus jamais plus effacer cette image de sa mémoire.

Dès que Jacob vit le gros chauve s'effondrer au sol, il fonça avec son bâton de baseball pour venir en aide à son ami Robert qui luttait toujours contre la femme zombie. Il courut à toute vitesse, éleva son arme et s'élança de toutes ses forces. Le bout du bâton s'enfonça profondément derrière la tête de la créature qui devint totalement inanimée.

Robert la jeta alors sur sa droite et se releva rapidement. Il s'essuya le visage avec sa manche gauche. Puis, il remercia Jacob du fond du cœur. Par la suite, tout en récupérant son pistolet, il regarda Max s'approcher de sa victime.

« C'est étrange… de tirer sur homme, hein ? » commenta-t-il. Max hocha la tête en signe de réponse, ne quittant pas le cadavre des yeux.

Jack, quant à lui, se précipita pour vérifier l'état de Marc. Et son cœur se serra lorsqu'il confirma sa mort. Il leva alors la tête vers les autres et leur fit signe que s'en était fini pour lui. Un étrange sentiment à mi-chemin entre la tristesse et la colère s'imprégna dans le cœur de tous. Ils se réunirent alors autour du défunt pour lui rendre un dernier hommage. Jacob, le regard affreusement triste, s'agenouilla à côté de celui qui venait de tomber au combat.

« Repose en paix, mon ami, laissa-t-il échapper.

— Écoutez les gars, reprit ensuite Louis après une dizaine de secondes de silence. Je sais que c'est affreux, mais je crois que nous ne devrions pas… enfin…

— Il a raison, coupa Max. Ne restons pas une minute de plus ici. Ils n'étaient peut-être pas seuls. Prenons leurs armes et partons !

— T'as raison, allons-y ! rajouta Robert. »

Jack offrit une dernière prière au pauvre Marc en se disant que la prochaine fois, ce serait sûrement son tour.

« Qu'est-ce qu'on fait de lui ? demanda Robert.

— Est-ce qu'on le laisse là ? rajouta Jack

— Il est très lourd ! raisonna alors Max. C'est dommage, mais il faut le laisser. Si on ne veut pas finir comme lui, il ne faut plus traîner ici.

— Repose en paix, mon ami, termina Jacob. Au moins, ton âme vient de mériter son paradis. Tu ne seras pas sous l'emprise d'un quelconque démon. »

Sur ces mots, Max retourna vers l'assassin à qui il venait d'ôter la vie pour le désarmer. En se penchant pour ramasser le fusil par terre, il remarqua une radio « Walkie-talkie » à la ceinture du cadavre. Curieux, il le sortit de sa pochette et remarqua que celle-ci était en fonction.

« Équipe 15, ici équipe 1, appela au même

instant, par l'émetteur, une voix masculine. Avez-vous intercepté le groupe parti ramasser des vivres ?

— Comment sont-ils au courant ? pensa aussitôt Max. Ils peuvent avoir placé un observateur sur l'église comme ils l'avaient fait pour le cimetière, mais comment aurait-il pu savoir que nous sommes venus pour des vivres ?

— Équipe 15, répondez ! reprit la voix à la radio. N'oubliez pas qu'ils sont armés.

— Ça, ce n'est pas un hasard, raisonna Max. Quelqu'un les a avertis. Il y a un membre de la secte des Serviteurs du Mal parmi le groupe !

— Avez-vous besoin de renfort ? Équipe 15, répondez !

— Non ! répliqua Max, en espérant que sa ruse fonctionne. Ici équipe 15. Nous avons intercepté le petit groupe. Ils sont tous morts !

— Équipe 1, bien reçu, terminé.

— Qu'est-ce qui se passe ? interrogea tout à coup Jacob.

— C'est une radio. C'est comme ça qu'ils communiquent puisqu'ils ont coupé les lignes téléphoniques et brouillé les ondes satellites.

— Tu viens de leur parler ?

— Oui, et ils ont eu l'air de marcher. Je leur ai dit que nous étions morts. Ces deux types sont venus expressément pour nous.

— Comment ? Comment ont-ils su ?

— C'est bien ce qui m'inquiète. Dites-moi Jacob, vous connaissez bien les gens de cette ville ?

— J'en connais quelques-uns.

— Ricky, vous l'aviez déjà vu avant ?

— Heu… En fait, non. Mais je ne connais pas tous les habitants de Winslow. Robert, Katie et toi, je ne vous avais jamais vu avant. Et Henri est le nouveau curé de la paroisse. Il n'est ici que depuis quelques mois. Pourquoi ? Tu crois que…

— Je n'en sais rien pour l'instant. Gardons cette radio, elle nous sera sûrement utile. »

Pendant ce temps, Robert pilla sa victime de tout ce qui pouvait lui être utile. Mais il ne trouva rien d'autre d'intéressant que le fusil de chasse et une vingtaine de cartouches.

Après avoir mis leurs provisions dans des sacs de plastique, les cinq hommes se dirigèrent vers la sortie. Comme ils passèrent les détecteurs de vol, une sonnerie résonna à travers le magasin. Tous se regardèrent, voyant que la même idée avait traversé leurs esprits. Comme si le fait de sortir

L'ASSAUT DU MAL

sans payer démontrait à quel point la situation allait mal et à quel point rien ne serait plus jamais comme avant.

Poursuivant leur route, ils arrivèrent bientôt à l'endroit où Jacob avait remarqué le cadavre de la petite fille. Ce dernier se serra les dents et se prépara mentalement à affronter à nouveau cet affreux spectacle. Sa pensée retourna alors vers ce pauvre Marc, qui avait tenté tant bien que mal de le consoler plus tôt. Et maintenant, il gisait sur le sol d'une épicerie. Comme s'il avait pensé un jour finir comme ça.

Tout en continuant d'avancer, Jacob jeta, bien malgré lui, un difficile coup d'œil vers la fillette. Il fut alors stupéfait de ne pas la voir. Elle n'était plus là. « Mais elle était bien là, il n'y a pas de doute », se dit-il. Sûr de lui, il en avertit aussitôt les autres : « Vite, il faut sortir, y'a quelque chose qui ne va pas... » Mais avant même qu'il ne puisse finir sa phrase, un homme, qui gisait inerte devant eux, se leva d'un coup sec, comme l'avait fait préalablement la caissière, faisant ainsi sursauter tous les membres de la bande. Puis, avant même qu'ils ne puissent réagir, un autre se releva, puis un autre. En moins d'une minute, les cinq hommes, complètement paniqués, se firent encercler de zombies, bloquant toutes les issues.

« Non, ce n'est pas possible ! cria Jack. Ils nous

encerclent! Ils nous encerclent ces enfoirés! On est fait comme des rats. Il y en a trop entre nous et la porte de sortie. On n'y arrivera jamais. Cette fois, nous sommes foutus!

— Bon Dieu de saloperies, lança alors Louis. Allons vers le magasin médiéval. Il est tout prêt! Vite! C'est là que j'étais caché. Y'a un conduit d'aération qui mène à la porte de derrière! »

Ne voyant pas de meilleur plan, les hommes se positionnèrent en demi-cercle et se préparèrent à se défendre. Rapidement, ils se distribuèrent les quatre armes à feu de manière équitable. Seul Louis, qui n'en reçut pas, alla au centre en agrippant le plus de sacs de provisions qu'il put porter.

Par la suite, en cette position de combat, face à une véritable armée de morts-vivants qui se dressaient entre eux et cette fameuse boutique, ils engagèrent leur avance en tentant de se frayer un chemin. « Visez la tête! » spécifia Max, avant de commencer la bataille d'un coup de feu. Il réussit à abattre le zombie le plus près avec sa deuxième balle, l'ayant atteint à l'épaule la première fois. Robert ouvrit également le feu, prenant pour sa part cinq coups pour atteindre le cerveau de sa cible. Et les deux hommes aux pistolets continuèrent ainsi, tentant, malgré la nervosité, de descendre le plus de ces saletés en utilisant le moins de munitions possible. Jacob, bon chasseur, fit tomber un zombie presque à chaque coup de son fusil de calibre 12. Mais la panique s'empara de Jack, armé de l'autre arme à feu confisquée plus tôt. Ce dernier tira, cartouche après cartouche, complètement à l'aveuglette, sans même prendre le temps de viser. Prématurément, son arme fut vide, diminuant ainsi les chances d'atteindre l'objectif. Jacob, qui s'aperçut que son partenaire n'avait plus de munitions, tenta de couvrir également la partie de ce dernier. Mais les zombies étaient maintenant trop nombreux. À chaque cannibale en décomposition qui tombait, deux autres apparaissaient. Malgré tout, ils réussirent à approcher de l'entrée de la boutique qui, grâce à Dieu, n'était pas très loin de leur point de départ.

Robert, qui tirait sans arrêt, sauf pour recharger son arme, fut à son tour presque à court de munitions. Il utilisa donc ses dernières balles pour tuer les deux zombies qui erraient dans le commerce du moyen-âge.

Les cinq hommes, les oreilles bourdonnantes dues aux coups de feu, pénétrèrent dans le magasin. Max et Jacob, les deux seuls détenteurs d'armes à feu encore fonctionnelles, utilisèrent leurs dernières balles pour ralentir l'avance des cannibales assoiffés de sang qui s'accumulaient de plus en plus devant eux, cherchant à pénétrer pour les rejoindre dans la petite boutique.

Louis fonça aussitôt vers le fond de la pièce et pointa la trappe au plafond menant aux conduits d'aération. « Par ici ! » hurla-t-il. Il grimpa ensuite sur le comptoir de la caisse afin de l'atteindre comme il l'avait fait auparavant. Robert et Jack, qui le suivaient, l'aidèrent à escalader et lui passèrent rapidement toutes les rations afin que leur quête n'ait pas été vaine.

Max, tremblotant, inséra difficilement son dernier chargeur dans la poignée de son pistolet. Jacob, au même instant, introduit les cinq cartouches restantes. Puis, alors que les deux hommes se préparèrent à ouvrir le feu à nouveau pour repousser leurs ennemis, qui prenaient dangereusement du terrain, la petite fille noire, que Jacob connaissait, apparut devant eux. Ce dernier figea soudainement, incapable de tirer. Il baissa alors son arme, regardant la fillette, qui avait le ventre ouvert, marcher vers eux, le Mal dans le regard. Max la pointa aussitôt, conscient que c'était un zombie comme les autres, et pressa la détente. Mais aucun coup de feu ne se fit entendre. Il pressa à nouveau, mais toujours rien. Il regarda alors son arme et remarqua que son chargeur était mal inséré, causant ainsi un enrayage.

Robert, témoin de la scène, cria de toutes ses

forces : « Jacob, viens ! Allez, viens ! Ne reste pas là ! Viens, vite ! » Mais ce dernier ne broncha pas. Il resta les yeux fixés sur la fillette zombie, qui fonçait sur lui la gueule ouverte.

Durant ce temps, Max tenta de remédier à son enrayage, mais avant qu'il ne puisse insérer une balle dans la chambre de son pistolet, un gros mort-vivant costaud lui sauta dessus, le projetant sur un petit comptoir dont la vitrine contenait de grosses dagues. Sous le poids des deux hommes, la vitre éclata et Max atterrit à côté des couteaux médiévaux. Le gros zombie se jeta alors vers son cou, la bouche ouverte, prêt à passer à table. Le jeune homme réussit à le bloquer en plaçant son avant-bras gauche sur la gorge de la chose.

Au même instant, la petite morte-vivante arriva dangereusement près de Jacob, complètement déconnecté, qui la regardait se préparer à le contaminer du Mal d'un instant à l'autre. Et comme elle allait l'atteindre, Robert saisit au mur une lance ornée d'une pointe en fer forgé et la lança de toutes ses forces vers elle. L'arme d'époque la transperça de part en part à la poitrine, ce qui stoppa l'attaque. Sans perdre de temps, Robert saisit à nouveau une nouvelle arme au mur. Cette fois, son choix s'arrêta sur une masse d'arme. Puis il fonça vers la fillette et la frappa en plein crâne de sa boule d'épines. Elle alla voler au moins deux mètres plus loin.

Durant ce temps, Max, qui luttait toujours contre le gros zombie, lâcha son pistolet au sol et chercha de sa main droite quelque chose pour se défendre. Ses doigts se refermèrent sur une grosse dague. Il la releva sans perdre de temps et l'enfonça furieusement sous le menton de son assaillant. La lame se fraya un chemin jusqu'au cerveau, le neutralisant aussitôt.

Ce ne fut que lorsqu'un autre mort-vivant enjamba la dépouille de la fillette que Robert se ressaisit. Ce dernier leva alors sa massue, prêt à attaquer à nouveau. Dès que le monstre arriva à une distance de combat, il élança sa boule d'épines qui fracassa atrocement le crâne de celui-ci. Il se tourna ensuite vers Jacob dont l'esprit n'était toujours pas revenu. Ce dernier, tenant le fusil au niveau de sa taille, fixait toujours celle qui ressemblait à ses filles et qui maintenant gisait au sol, le crâne éclaté. « Jacob ! dit alors Robert. Il ne faut pas rester ici ! Il faut grimper dans le conduit ! » Comme un robot, l'homme répondit à l'appel. Sans dire le moindre mot, il se retourna et fonça rejoindre Jack. Celui-ci l'aida aussitôt à passer par la trappe.

Max, ayant repoussé son assaillant sur le côté, se releva et jeta un coup d'œil par terre pour retrouver son pistolet. Mais ce dernier échappa à son regard. Il tenta de se pencher pour le voir lorsque soudain, il aperçut du coin de l'œil un autre zombie qui entrait dans le périmètre de sécurité. Il se releva alors rapidement, saisit un bouclier en métal sur lequel était gravé l'emblème d'un lion, et l'utilisa pour frapper son nouvel adversaire. Bien que ce dernier s'écroula au sol, le jeune homme ne prit aucun risque et lui écrasa la tête de sa nouvelle arme.

Pendant que Max et Robert tentaient tant bien que mal de gagner du temps, Jack, qui était sur le point de monter à son tour dans la trappe, remarqua le pistolet de Max par terre. Voulant aider ses deux confrères, il se jeta au sol et ramassa l'arme à feu. Mais avant même qu'il ne puisse relever la tête, un homme zombie se faufila entre les deux gardiens de l'entrée et se jeta sur le barbu. D'un réflexe de défense, Jack leva son bras gauche devant son visage. Le mort-vivant referma sauvagement sa mâchoire sur son avant-bras, le faisant hurler de douleur. Celui-ci tenta de tirer la chose avec le pistolet, mais comme aucune balle ne se trouvait dans la chambre, l'arme fut totalement inefficace. Il la lâcha donc et poussa puissamment sur le front de son adversaire qui ne voulait pas du tout lâcher prise, tel un chien enragé. Jack sentit les dents lui perforer la chair jusqu'à l'os. Déboussolé, l'homme réussit tout de même à remarquer une hachette ornée d'un crâne sur le mur. Il la saisit aussitôt et l'utilisa violemment contre son assaillant. Le tranchant de la hache traversa le front du mort-vivant jusqu'aux yeux. La chose lâcha finalement prise et s'affaissa. Jack regarda aussitôt sa blessure qui était très profonde. Les paroles de Katie lui vinrent immédiatement en tête : « … ils peuvent transmettre la malédiction par la morsure, comme la rage… » Pris de panique, une seule solution lui vint en tête. Il posa rapidement son avant-bras sur le comptoir et, sans prendre le temps de réfléchir, il le frappa juste en dessous du coude de sa hachette. Une douleur comme jamais il n'en avait jamais ressenti l'envahi. Ses genoux plièrent et un puissant cri de douleur s'échappa de sa bouche, attirant l'attention de Robert. Ce dernier se retourna et regarda avec stupéfaction le pauvre Jack, au sol, le bras à moitié coupé, se tordant de douleur. Il fonça alors vers lui et l'aida à se relever.

« Vite, grimpe dans le conduit d'aération, lui ordonna-t-il.

— Non, hurla-t-il. Il faut le couper complètement. Je ne veux pas que le Mal se propage dans mes veines. »

C'est alors que, comme si ses propres paroles l'avaient encouragé, Jack lança un deuxième assaut à son avant-bras de toutes ses forces. Cette fois, son membre se détacha complètement en laissant échapper une quantité impressionnante de sang. Robert, trop occupé à retenir les zombies pour l'aider à se relever, se contenta de répéter : « Jack, grimpe ! Vite ! » Le pauvre, n'étant plus vraiment conscient des choses qui l'entouraient, s'exécuta difficilement sans poser de question. Heureusement, Jacob, plus haut, le tira pour l'aider.

Pendant que Robert s'inquiétait du nouveau manchot, Max glissa son bras gauche dans le bouclier qu'il tenait et attrapa de son autre main une longue épée dont la poignée était ornée d'un dragon sculpté. Ainsi armé, une dose de courage regagna le cœur du jeune homme, qui arborait l'allure d'un chevalier. Pendant qu'il s'arma, une pensée pour son ami Raymond, avec qui il se trouvait ici la veille, traversa son esprit. « C'est pour toi mon Ray, s'encouragea-t-il. C'est l'heure de rendre des comptes. »

Par la suite, il se plaça au centre de la pièce et tenta de retenir les monstres pendant que Robert grimpait à son tour dans le tunnel. Aidé par l'adrénaline, il frappa si fort le premier qui s'approchait que, même si la lame de son épée n'était pas très coupante, la tête de celui-ci se détacha en laissant jaillir un impressionnant jet de sang noirâtre. Il en frappa ensuite un autre, puis un autre. Les cadavres des zombies s'acculaient rapidement à ses pieds. Puis, tout en combattant, il recula jusqu'à la hauteur de la trappe. Il entendit alors la voix de son partenaire l'appeler :

« Viens, Max ! Allez, viens ! » Mais avant qu'il ne puisse faire quoi que ce soit, un mort sauta sur le comptoir, lui barrant la route. Max s'élança avec son glaive à nouveau, mais cette fois sur la jambe du monstre. Celle-ci se brisa et le monstre s'écroula au sol. Le jeune guerrier l'acheva par la suite en lui plantant sa lame en plein front. Puis, il jeta brusquement son bouclier au visage d'un zombie, mais garda son épée, qu'il trouvait très efficace. Avant de grimper, il aperçut son pistolet du coin de l'œil. Il le ramassa rapidement et l'inséra dans son pantalon. Puis, avant qu'un autre mort-vivant ne se jette sur lui, il lança son épée dans la trappe et monta à l'intérieur. En s'exécutant, il sentit la radio, qu'il avait saisie plus tôt, glisser de sa poche et aller s'écraser au sol. L'idée de retourner la chercher lui traversa l'esprit, mais il changea vite son plan en voyant la pièce se remplir de zombies.

Robert, qui venait d'aider son ami à escalader, se retourna et tenta de ramper dans le conduit devant lui. Max s'exécuta également et rattrapa bientôt son ami.

Un large corridor de sang laissé par Jack rendait l'aluminium du mince tunnel encore plus glissant et l'expérience encore plus traumatisante.

Tout à coup, un claquement sur la taule résonna derrière le jeune. Max s'arrêta soudainement et tenta de jeter un coup d'œil derrière, espérant n'y voir que le vide. Malheureusement, comme il le craignait un zombie avait réussi à s'infiltrer avec eux. En effet, le cadavre animé par le Mal d'une vieille femme aux cheveux longs et gris les suivait désespérément. Il fut horrifié à sa vue, lui trouvant une ignoble ressemblance avec une abominable sorcière. Il tenta de se tourner sur le dos afin d'utiliser son pistolet, ou son épée qu'il traînait toujours, mais le conduit était beaucoup trop étroit pour lui permettre une telle manœuvre. Il se précipita alors à nouveau vers l'avant, mais arriva vite à la hauteur de Robert. « Vite! Robert, vite! On est suivi! » hurla-t-il de terreur.

Ce dernier, entendant les cris de panique de son partenaire derrière, rampa alors le plus rapidement qu'il put. Il sentit son cœur battre à tout rompre. Un point pressa sur ses poumons. L'épreuve était beaucoup trop intense pour un homme de son âge.

Max le suivait de près, poussant son partenaire à aller encore plus vite. Il entendait la sorcière se rapprocher de plus en plus. Il pouvait maintenant sentir son odeur de putréfaction. Il l'entendait grogner tout près de lui. Il s'attendait à tout moment à se faire attaquer. « Plus vite! Elle est juste derrière! Plus vite! » La peur s'était complètement emparée de Max. L'idée de ressentir une main l'agripper hantait maintenant ses pensées. La situation lui semblait totalement désespérée quand soudain il aperçut une lueur par-dessus l'épaule de son compagnon complètement à bout de souffle.

Robert poursuivit tout de même sa course le plus rapidement qu'il put, sachant très bien que son ami derrière se trouvait en mauvaise posture. Plus personne ne se trouvait devant lui, mais une trace de sang trahissait le passage de Jack. Plus que quelques mètres le séparaient maintenant de la trappe. Sentant Max le suivre de près, il donna tout ce qu'il avait pour sauver son confrère. Il sentait que sa poitrine allait exploser d'une seconde à l'autre. Il se sentit complètement étourdi, mais il refusa tout de même de ralentir. Il endura la douleur et continua sa course. Il parvint de peine et de misère à atteindre le cadrage de la trappe. Il posa rapidement une main de chaque côté extérieur de la bouche d'aération et, ne prenant même pas le temps de vérifier ce qui l'attendait de l'autre côté, se tira de toutes ses forces vers l'extérieur.

Voyant Robert disparaître dans la lumière, une lueur d'espoir s'alluma en Max. Il aurait peut-être le temps de sortir avant que la morte-vivante ne l'agrippe. Il glissa alors sa main, qui empoignait toujours son épée, à l'extérieur et alla appuyer le pommeau de la poignée contre le rebord. Sans perdre de temps, il saisit l'autre côté du carré de la trappe et se tira à son tour puissamment vers la sortie. Dès que sa tête passa de l'autre côté, il aperçut le vieux Louis un peu plus bas qui l'attendait les bras en l'air, prêt à amortir la chute de deux mètres qui l'attendait. Max se laissa tomber dans sa direction. Il avait presque atterri sur le vieil homme quand tout à coup, il freina sec. Le jeune sentit alors que quelque chose l'avait agrippé fermement par la cheville. Suspendu dans le vide, il leva la tête pour confirmer ses craintes.

La sorcière l'avait attrapé alors qu'il s'était jeté dehors. Dégoulinante de bave devant son prochain repas, elle tirait par la jambe sa nouvelle proie afin de la ramener dans le conduit d'aération.

Alors, d'un geste instinctif de défense, Max se releva du mieux qu'il put et tenta de frapper la main de la chose avec son épée. Le coup rata la cible et le jeune se sentit aussitôt remonter rapidement. Il savait qu'il devait agir vite, car il ne pourrait plus se défendre aussi bien dans l'espace restreint. Quelque chose de lourd s'accrocha soudainement au chandail du jeune homme. En effet, Jacob et Louis bondirent pour saisir leur confrère et se le disputer à la sorcière, qui ne lâchait pas prise. Ce geste donna le temps à Max de préparer un deuxième assaut. Il se concentra afin de frapper au bon endroit cette fois. Puis, il élança puissamment son glaive. Ce coup-ci, la lame frappa le poignet de la morte-vivante qui se brisa dans un craquement sec. Max sentit aussitôt la gravité l'aspirer sur ses amis qui l'attrapèrent solidement.

Une fois sur ses pieds, le jeune homme leva les yeux pour vérifier l'état de la sorcière. Mais cette dernière n'abandonna pas aussi facilement et se précipita elle aussi dehors. Les trois hommes se jetèrent sur le côté juste à temps pour l'éviter. Elle s'écrasa alors bruyamment au sol. Max se leva rapidement. Ne prenant pas de chance, il saisit son pistolet qui était placé sur le devant de son pantalon. Puis, il inséra correctement son chargeur, arma et s'approcha de la sorcière qui se relevait difficilement. Il pointa ensuite le canon à quelques centimètres de sa tempe. « Crèves, espèce de saleté », laissa-t-il échapper entre ses dents serrées. Il se surprit soudainement à prendre un certain plaisir à presser la détente.

Robert, de son côté, terminait à peine le garrot improvisé à Jack, à l'aide d'une ceinture, quand le coup de fusil le fit sursauter. Il leva les yeux et aperçut les trois autres debout autour d'une vieille dame qui gisait sur le sol de la boutique de vêtement où ils se trouvaient présentement.

« Il faut partir avant que d'autres n'arrivent ! suggéra Louis. Vite, avant que les morts-vivants nous retrouvent. Venez, la sortie est juste ici ! »

Ils attrapèrent les quelques sacs de provisions que Louis avait réussi à traîner et se précipitèrent rapidement à l'extérieur. Fort heureusement, aucun zombie ne les attendait dans le stationnement.

« Je vois le quatre-quatre, lança Jacob. Vite, pars ici ! »

Sans même répondre, les autres le suivirent jusqu'au véhicule.

Chapitre 15

Dimanche, 15 août, 17h15

Tous attendaient silencieusement dans l'église, depuis plus de trois heures, le retour des cinq hommes partis en mission. Henri faisait le guet, tentant désespérément de voir à travers les carreaux jaunes ondulés.

« Est-ce que papa va bientôt revenir ? dit Éveline, l'une des fillettes de Jacob, brisant ainsi le silence.

— Oui, ma chérie, il va arriver, lui répondit Éva assise à ses côtés.

— Je savais que c'était une mauvaise idée, lança soudainement Ricky. Je leur avais dit, mais ils n'ont pas voulu écouter. Ils ont couru après les problèmes ! »

Tous le fusillèrent alors du regard. Même le prêtre détourna les yeux de la vitre pour le regarder.

« Quoi ? continua le blond, se sentant pris dans une souricière. Il faudra tôt ou tard leur apprendre à ces petites. Il ne faut pas se le cacher. L'épicerie est tout près d'ici. Ils sont partis depuis beaucoup trop longtemps. Il est arrivé quelque chose, c'est certain !

— Fermez-la, espèce de sale con ! coupa aussitôt Katie. La seule chose dont nous n'avons pas besoin en ce moment, c'est bien de pensées négatives. Ils vont revenir, j'en suis certaine. Alors vos idées, nous n'en avons rien à faire ! »

Sur ces dures paroles, Ricky hocha la tête et se leva. Puis, d'un air offusqué, il se dirigea vers la toilette.

Plusieurs minutes passèrent et tous attendirent en silence, priant pour que Dieu leur vienne en aide. À son retour, Ricky se rassit sur son banc sans dire le moindre mot. Mais ses dernières paroles hantèrent les pensées de chacun des autres réfugiés. Tous savaient qu'il avait raison. Il n'était pas normal que les cinq hommes soient partis depuis aussi longtemps. Et tous commençaient malheureusement à désespérer de leur retour. Mais personne ne voulait y croire. Une mince lueur d'espoir tentait de survivre au fond de leur cœur.

Le curé ne lâcha pas d'une minute son poste d'observation, espérant voir arriver le VUS à tout moment. Une autre heure passa sans la moindre nouvelle. Les deux fillettes pleuraient maintenant leur désespoir de revoir un jour leur père. Éva les serrait contre elle, sympathisant avec elles. Katie, quant à elle, se contenta de continuer de prier en silence. Ricky resta également muet, les bras croisés avec un léger sourire en coin reflétant à la fois un sentiment de crainte et de satisfaction d'avoir eu raison.

Henri se résigna enfin à quitter son poste d'observation. Il remonta d'un pas lent l'allée en direction de l'autel. Chacun de ses pas résonnait à travers les murs de l'établissement. Une fois rendu, il se retourna et prit la parole : « Prions pour nos confrères tombés, prions pour eux et pour leurs âmes afin qu'ils trouvent le chemin du… »

Il s'arrêta net, croyant avoir entendu quelque chose. Il tourna légèrement la tête et concentra son ouïe afin de confirmer ce qui l'avait soudainement interrompu. Le résultat fut concluant et, d'un air sûr de lui, il s'écria : « Un véhicule… J'ai entendu le bruit d'une voiture ! »

Tous relevèrent alors la tête, une lueur d'espoir dans le regard. Henri fonça à toute allure vers la fenêtre. Sa toge vola derrière lui. Il traversa l'église et se projeta contre la vitrine. Tous, maintenant debout, attendaient avec impatience le verdict. Soudain, le prêtre lança de toutes ses forces : « Ce sont eux ! Ils arrivent ! »

Il se dépêcha d'ouvrir la porte. « Bienvenue, mes enfants ! les accueillit-il. Nous sommes si heureux de votre retour !

— Merci, mon père », lui répondit Robert, qui soutenait Jack avec Max.

Le curé fut horrifié de voir ce dernier amputé, qui portait un bandage rougeâtre de sang à la place de l'avant-bras. « Vite, entrez ! » invita-t-il d'un ton beaucoup moins enjoué cette fois. Ce qu'ils firent aussitôt. Puis, ils déposèrent l'homme à peine conscient sur le premier banc. Henri remarqua, incertain, que Max tenait une épée médiévale couverte de sang noirâtre. Il ne s'attarda cependant pas davantage à ce détail et se retourna pour souhaiter bon retour à Jacob, qui entrait à son tour avec des sacs de provisions d'une main et son fusil de l'autre. Puis, le prêtre leva les yeux vers l'étranger qui suivait. Ce dernier se présenta aussitôt : « Bonjour, mon père. Je suis Louis Masseur. J'habite dans le coin, mais comme je ne vais pas souvent à la messe, il y a de fortes chances qu'on ne se soit pas souvent croisés.

— Bienvenu, mon fils. Je m'appelle Henri. Comment…

— Les gars m'ont trouvé dans le marché. Je croyais que j'étais le seul à avoir survécu à ces conneries.

« — Content de vous accueillir, mon cher monsieur. En tout cas, c'est une bonne journée pour commencer à prier. Entrez, entrez. »

Henri jeta son regard par-dessus l'épaule du vieil homme, mais n'y aperçut personne d'autre. Bien conscient qu'il s'était produit un évènement fâcheux, il hésita un instant avant de leur demander où était Marc.

« Marc n'est pas…? » finit-il par questionner. En guise de réponse, Robert le regarda un instant, puis hocha la tête de gauche à droite. Henri baissa alors les yeux et, tout en refermant la porte, murmura une prière pour le pauvre défunt.

Les fillettes accoururent en criant dans les bras de leur père qui les serra et les embrassa à plusieurs reprises. Il pleura et leur dit à quel point il les aimait.

De son côté, Ricky resta à l'écart, silencieux, regardant les cinq aventuriers reprendre leur souffle.

« Qu'est-ce qui s'est passé? demanda alors Katie. Qu'est-ce qui a été si long?

— On s'est fait attaquer, répondit Robert. D'abord par deux membres de la secte, puis par une horde de morts-vivants. On a réussi à s'en sortir, non sans mal. Comme Jack était gravement blessé, on s'est ensuite dirigé vers l'hôpital pour lui faire un bandage et lui trouver des médicaments contre la douleur. On ne voulait pas le laisser comme ça. On en a aussi profité pour se faire une trousse de premiers soins, au cas où. Heureusement, on ne s'est pas fait attaquer à l'hôpital.

— Le pauvre, qu'est-ce qu'il a eu ?

— Il s'est fait mordre, répondit Jacob. Il s'est ensuite lui-même… fait ça, pour éviter de devenir l'un d'eux.

— Il s'est fait mordre et vous l'avez ramené ici ! commenta soudainement Ricky.

— Mais non ! lui répondit Robert. Nous ne sommes pas idiots. Pourquoi crois-tu que nous ayons pris autant de temps ? Nous nous sommes assurés qu'il ne se transformerait pas avant de venir ici. Apparemment, son idée de couper son bras avant l'infection a fonctionnée.

— Assez joué maintenant ! l'interrompit brusquement Max en fixant Ricky. Cesse de jouer la comédie et de faire semblant d'avoir peur ! Je sais très bien ce qui se passe ici ! Salopard, où est la radio ?

— Quoi ? lui répondit-il. Mais t'es fou !

Pourquoi ?

— Tu le sais très bien salop !

— Non, je ne sais pas de quoi tu…

— Alors je vais t'expliquer pour te rafraîchir la mémoire. L'un des deux membres de la secte qui nous ont attaqués avait une radio sur lui. Comme je fouillais ce salopard à qui je venais de faire sauter la cervelle, quelqu'un a parlé dessus. Et ce quelqu'un en savait beaucoup trop sur nous pour que ces infos viennent d'un simple observateur posté à l'extérieur. Je suis prêt à parier que ce Sadman a placé un informateur ici, dans le seul lieu où ces monstres ne peuvent pas venir. Est-ce que je me trompe ?

— Mais, je n'en sais rien du tout !

— Cesse de jouer à ça et dis-moi où est cette putain de radio avec laquelle tu communiques avec eux !

— C'est ridicule. Quoi… moi… avec eux. C'est complètement…

— Où est-elle ? menaça-t-il en dégainant rapidement son pistolet et en le pointant agressivement dans sa direction.

— Il est fou ! lança-t-il en regardant nerveusement les autres autour de lui. Où est-ce que j'aurais pu la cacher ? Dans mes poches ?

— Dis-moi où tu la caches ou je te jure que je te tire dessus ! Marc est mort à cause d'une saloperie de traître, et Jack est grièvement blessé. On a tous failli y passer, alors rien ne me ferait plus plaisir que d'appuyer sur cette gâchette.

— Attends, ne tire pas ! supplia-t-il. Je ne suis pas avec eux… Pourquoi serait-ce forcément moi ? Je vous ai même dit de ne pas sortir d'ici ! Ça peut être n'importe qui ! La psy, moi je trouve qu'elle a l'air d'en connaître un peu trop. Peut-être est-ce le nouveau gars ? D'où est-ce qu'il sort ? Pourquoi moi ?

— Je sais que tu mens !

— Du calme, mon fils, l'interrompit soudainement le prêtre. La violence n'est pas une bonne option. Je sais que vous venez de vivre une dure épreuve, mais il faut vous calmer maintenant.

— Ah oui, mon père, répondit Jacob. Vous en êtes certain ? Parce que je trouve assez étrange qu'un nouveau curé arrive à la paroisse peu de temps avant tout ceci !

— Seriez-vous en train de m'accuser, moi ? Un homme qui a dévoué sa vie à Dieu.

— C'est ce que vous dites ? Comment en être certain ? Je ne veux que vous croire, mon père.

— Écoutez, je sais que vous êtes tous énervés, mais enfin, peut-être qu'il n'y a personne qui vous ait donné, se défendit le prêtre. Êtes-vous certains de… peut-être qu'ils avaient des gardes postés autour du marché et qu'ils vous ont vu arriver.

— Il y a un traître parmi nous, j'en suis certain, reprit Max.

— Je vous jure que ce n'est pas moi ! répliqua aussitôt Ricky, extrêmement inconfortable d'avoir une arme pointée sur lui. Je sais que tu ne me crois pas, mais…

— Baisse ton arme, Max, suggéra Robert. Ce n'est peut-être pas lui. Peut-être qu'Henri a raison après tout. Je ne crois pas que nous monter les uns contre les autres soit une bonne idée.

— Et pourquoi pas lui ? supposa Ricky. Pourquoi ce gentil Robert ne serait-il pas l'un d'entre eux ?

— Ferme ta gueule ! lui répondit Max. Sans lui, je serais un zombie à l'heure qu'il est !

— Et moi aussi, rajouta Jacob.

— Et pourquoi ce ne serait pas notre psychologue ici présente ? accusa à nouveau le suspect en pointant Katie. Je vous l'ai dit, je trouve qu'elle a l'air d'en savoir beaucoup sur la situation. De plus, vous ne trouvez pas ça étrange qu'elle ait été la seule survivante au poste de police!

— Espèce de...! tenta-t-elle de répondre.

— Attends, je n'ai pas fini! coupa-t-il brusquement. Je ne trouve pas que tu sois la seule sur le banc des accusés. Personnellement, j'ai des soupçons sur chacun d'entre vous. Par exemple cet homme! poursuivit-il en regardant Louis. Je ne le connais absolument pas et je ne sais absolument rien à son sujet. Peut-être que c'était lui le garde posté et qu'il a averti ses amis, et voyant que le plan tournait au vinaigre, a continué à jouer la comédie afin de nous infiltrer.

— Toi, je ne te connais pas non plus, mais j'aurais déjà envie de te faire ta fête, lança le vieil homme en guise de réponse.

— Et toi, le beau Max? continua le blond sans porter attention au dernier commentaire. Nouvel arrivant en ville, tu fais également un bon suspect.

— Ça va! coupa de vive voix Robert. On a compris cette fois! On est tous suspects. Alors maintenant, tentons de trouver une solution. Max, baisse ton arme, s'il te plaît, avant de blesser quelqu'un. Si vraiment Ricky est l'informateur, il ne pourra pas se sauver bien loin. Je ne crois pas que ces zombies dehors feront une différence. »

Max hésita un peu, puis s'exécuta.

« Bon, voyons comment tirer cette histoire de dingue au clair, poursuivit Robert. La radio est trop grosse pour être dissimulée dans une poche, alors, si l'un d'entre nous en possède une, où pourrait-il la cacher ?

— Dans les toilettes ! suggéra Jacob. C'est le seul endroit où cette personne aurait pu communiquer.

— La porte est trop mince, affirma Katie. Quand Max a vomi plus tôt, on l'a entendu tout de suite. Alors, parler sans que personne n'entende…

— C'est vrai, suggéra Robert. Alors, s'il y a un traître, cette personne a dû feindre une envie pour aller parler plus loin. Du coup, cette personne aurait dû avoir la radio sur elle.

— Vous voyez, c'est l'œuvre du Mal ! commenta Henri. Il a mis le doute dans nos esprits pour que l'on se tourne les uns contre les autres. Le Mal a réussi à entrer !

— Du calme, mon père, tenta Jacob.

— Non, je ne me calmerai pas tant que cette folie durera !

— Plus vous parlez, et plus vous devenez

suspect, rajouta Ricky.

— Toi la ferme ! dit à son tour Max. Tu es encore mon suspect numéro un.

— Va te faire foutre ! Lâche ton arme et on verra qui sera le suspect numéro un !

— Qu'est-ce qui se passe papa ? questionna Lisa devant tout cet échange, dont le ton devenait de plus en plus agressif.

— Cessons de nous affoler ! tenta en vain Robert alors que tous continuèrent à s'accuser les uns les autres.

— Une sacoche ! coupa soudainement Katie en pointant le sac à main d'Éva qui traînait sur un banc. La radio pourrait bien se trouver dans cette sacoche. »

Tous se retournèrent aussitôt vers la belle serveuse, qui était plutôt restée à l'écart de la conversation.

« Quoi ? se défendit-elle. Vous ne croyez quand même pas que…

— Alors, vide-la ! ordonna Ricky.

— Jacob, tu me connais. C'est ridicule !

— Écoute Éva, je n'ai aucun doute que tu ne sois pas impliquée dans toute cette affaire. Mais tout le monde ici commence à s'énerver avec cette histoire. Il vaudrait mieux que tu vides ton sac pour montrer qu'il n'y a rien dedans.

— OK, mais je n'arrive pas à croire que vous puissiez penser que… Et toi aussi, Max, tu crois que ça pourrait être moi ?

— Le jeu a assez duré ! coupa Ricky en se dirigeant lui-même vers la sacoche. On va tirer ça au clair. »

Soudainement, alors qu'il vidait le sac à main, un « Walkie-talkie » tomba sur le banc. Au même moment, Éva se précipita rapidement dans le corridor de gauche où il n'y avait personne et dévala l'allée à toute vitesse vers la sortie, comme si sa vie en dépendait. « Arrêtez-la ! » lança Ricky. Pendant un bref instant, tous restèrent figés, regardant avec étonnement la scène. Ce fut Robert qui réagit le premier. Ce dernier se dirigea à toute vitesse vers la fugitive afin de lui barrer la route. Celle-ci tenta de l'éviter, mais Robert réussit à agripper son chandail. Il tira de toutes ses forces et la jeta violemment au sol. Sans lui laisser le temps de se débattre, il grimpa sur elle et saisit avec force ses poignets. Cette dernière tenta de s'en échapper, mais la prise était trop solide pour elle. Tous accoururent aussitôt et regardèrent la scène un instant.

« Toi ? commenta Max. Ce n'est pas possible ! »

La jeune femme ne répondit pas. Elle se contenta de se débattre malgré le fait qu'elle n'avait maintenant plus aucune chance de s'échapper. « Arrête ! avertit Robert d'une voix agressive. Tu ne réussiras pas à t'évader ! » La traîtresse lui cracha alors au visage en signe de réponse. Robert, lui qui avait réussi jusqu'à maintenant à garder son sang-froid, craqua. Cette fois s'en était trop. Il lâcha un poignet de sa prisonnière et la saisit violemment à la gorge. Puis, sous l'emprise de la colère, serra dangereusement tout en hurlant tout près de son visage : « Écoute-moi bien espèce de petite garce ! J'ai vu mon meilleur ami se faire mutiler devant moi, puis je l'ai vu devenir une espèce de créature. J'ai dû décapiter une fillette devenue zombie ! Marc est mort ! Tous ces gens dehors sont morts ! Et on va tous y passer aussi ! Et ma femme et mes enfants risquent d'y passer aussi ! Tout ça à cause de vous et de votre saleté de secte à la con. Tu mérites de crever et d'aller pourrir en enfer ! »

Ses yeux coulaient et les veines de son cou ressortaient tellement il était enragé. Le visage de la fille commençait à devenir bleuâtre, lorsque Max posa sa main sur l'épaule de Robert : « Arrête ! Ne la tue pas ! On aura besoin d'elle ! Elle doit savoir comment tuer ces monstres. »

À ces mots, Robert reprit ses esprits et lâcha prise aussitôt. La jeune femme prit alors une puissante inspiration avant de s'étouffer pendant une bonne minute.

« Éva, comment est-ce… Comment as-tu pu ? » questionna durant ce temps Jacob.

Mais elle n'eut pas le temps de répondre, car dès qu'elle commença à reprendre du mieux, Robert lui ordonna : « Et maintenant, tu vas parler ! Dis-nous ce que tu sais à propos de ces monstres et de votre secte !

— Tu peux toujours courir, rétorqua la jeune femme. Je ne dirai rien !

— Oh, tu crois ! Tu vas parler ! Je te jure que tu vas parler !

— Qu'est-ce que tu vas faire ? Tu vas me tuer ?

— Je… Je vais te faire goûter à ce que tu as occasionné ! »

Sur ces mots, Robert releva brusquement la fille et lui amena le bras droit derrière le dos. Puis, il saisit le derrière de son chandail et força celle-ci à avancer. « Max, ouvre la porte ! » Ce dernier, ne sachant pas trop où son ami voulait en venir, exécuta la tâche avec hésitation. Tous, muets, regardèrent Robert traîner Éva à l'extérieur. Celle-ci comprit alors les intentions de son agresseur lorsqu'elle aperçut cinq zombies assoiffés de sang tenter de monter les marches, bloqués par le mur invisible de la Terre sainte. « C'est ta secte qui a créé ces monstres. Tu vas maintenant leur servir de repas ma belle !

— Robert ! lui cria alors Max, encore complètement abasourdi de constater que la fille dont il avait rêvé tout ce temps faisait partie des responsables de ce chaos.

— Max, tu sais que je te respecte. Mais cette fois-ci, ne te mêle pas de ça ! Si j'ai une chance d'en savoir un peu plus pour sortir d'ici et avertir ma famille avant qu'il ne soit trop tard, alors tu sais que je vais tout faire pour la saisir. »

Le jeune homme ne rajouta rien et regarda son collègue, pour la première fois complètement hors de lui, diriger la traîtresse aux morts-vivants. Celle-ci se mit à se débattre comme une folle. Elle tenta désespérément de se libérer, mais en vain. La colère qui envahissait Robert le rendait beaucoup trop fort pour qu'il ne lâche prise. Éva se laissa alors tomber au sol dans une dernière tentative. Mais cela n'arrêta pas Robert, qui la traîna jusqu'à environ un demi-mètre des morts-vivants, qui empestaient à en donner la nausée. Puis, il la releva, la saisit brusquement par les cheveux et lui plaça le visage à quelques centimètres de la limite invisible. L'un des monstres, en décomposition avancée, ayant des vers blancs dans la chair de ses joues, se plaça alors devant Éva, la regardant avec appétit. Il ouvrit la bouche en poussant un effroyable grognement, laissant dégoûter une quantité surprenante de bave le long de son menton. « Regarde ! ordonna alors Robert. Regarde ce que vous avez fait ! Pourquoi ? Pourquoi ? Et maintenant, prépare-toi à souffrir !

— Non ! répliqua-t-elle en larmes. Ne faites pas ça !

— Que si je vais le faire ! Je n'hésiterai pas un instant. Parle ! Dis-moi comment on peut vaincre les quatre démons ! Comment peut-on les repousser ? Je sais que tu le sais ! Et tu vas me le dire ou je te jure que ton beau visage va finir en pâté pour ce monstre !

— Non, ne fais pas ça ! Pitié.

— Pitié ? Tu as eu pitié toi quand tu as averti le Sadman pour qu'il nous envoie à la morgue, hein ? Où était-elle ta pitié ? Où était-elle quand tu as contribué à la mort de plus de cinq mille personnes ? Oh non ! Je n'aurais aucune pitié ! Alors je te conseille de parler ! Parle !

— Attendez ! Je parlerai ! Je vous dirai tout ce que je sais ! »

Chapitre 16

Dimanche, 14 août, 18h16

Tous étaient réunis autour d'Éva, qui était maintenue assise sur un banc par Robert. Ce dernier la bombardait de questions et la jeune femme, prise au piège, n'avait maintenant plus d'autre choix que de répondre si elle ne voulait pas finir en repas aux zombies.

« Maintenant tu vas me répondre ! Combien y a-t-il d'autres membres dans votre saleté de secte ?

— Je ne sais pas exactement. C'est difficile à dire. Le maître, celui qu'on appelle Sadman, a recruté des membres à travers le monde. Nous sommes une grande famille.

— Ne cherche pas à m'embrouiller petite ! Donne-moi un chiffre et ne mens pas. N'oublie pas que Katie en sait long sur votre secte des Serviteurs du Mal. Alors si tu me mens, je te jette avec eux dehors. Maintenant, tu ferais mieux de répondre. Combien êtes-vous ?

— Vous me semblez nerveux, mon cher Robert, répondit-elle soudainement d'un ton arrogant. Et il y a de quoi ! Parce que nous sommes au moins une centaine à bloquer l'accès autour de la ville. Donc, aucune chance de renfort ! Aucune chance de survie ! Le maître est un grand sorcier extrêmement puissant. Pour la première fois depuis des milliers d'années, toutes les barrières ont été brisées en même temps. Grâce à lui, les quatre démons sont maintenant parmi nous ! C'est l'apocalypse et seuls les membres de la secte des Serviteurs du Mal seront épargnés. Le temps que quelqu'un envoie des renforts dans cette petite ville perdue, il sera déjà trop tard. Les Quatre seront beaucoup trop puissants et rien ne pourra les arrêter. Car, comme l'a mentionné Katie, plus ils déroberont d'âmes et plus ils accroîtront en puissance.

— Vous êtes folle !

— Moi ? Folle ? Pourquoi ? Vous, vous vénérez un Dieu qui ne répond pas à vos prières, qui vous laisse tomber. Mon Dieu est puissant et répond à mes demandes ! Dites-moi qui est le plus fou de nous deux.

— Ton Dieu n'est que le Mal en personne, répondit alors le prêtre. Il ne s'est que servi de toi et te laissera tomber quand il en aura fini. Il est malhonnête, perfide et manipulateur. Il te promettra de l'or, mais ne te donnera que des cailloux le temps venu. Regarde, il t'a déjà abandonné. Notre Seigneur, lui, nous a offert sa demeure pour nous protéger du Mal. »

Éva ne répondit pas. Elle fixa le prêtre, cherchant quelque chose à lui cracher au visage, mais rien ne put sortir. Max se pencha alors au niveau d'Éva et lui posa la question qui lui brûlait les lèvres depuis un moment : « Dis-moi Éva, on sait que les croix sont efficaces pour tenir les démons à distance. Mais est-ce qu'il y a d'autres choses, comme dans les films ? Est-ce qu'on peut les tuer ?

— Non, ils sont immortels. Ce sont les soldats de Satan. On ne peut pas les tuer !

— Tu mens salope, exprima aussitôt Ricky, qui était resté silencieux jusqu'ici depuis le début de l'interrogatoire, marchant de long en large en se rongeant les ongles.

— Éva coupa alors Jacob d'une voix plutôt calme. Lève les yeux et regarde mes filles. Regarde-les ! Et regarde dehors ! C'est le chaos ! C'est ça que ton Dieu vous réserve. Un monde plongé dans le chaos. C'est dans ce monde que tu veux vivre pour toujours ? Avec ces choses dehors ? C'est dans ce monde que tu veux voir mes filles vivre ? Ou encore pire, se faire dévorer et devenir comme eux. C'est comme ça que tu veux les voir ? Regarde mes filles, regarde-moi et dis-moi que tu n'en as rien à faire de leur sort. Je te connais depuis que tu es une enfant et je sais qu'il y a du bon en toi. J'ai connu tes parents. Ils étaient mes amis. Je ne sais pas comment tu t'es laissée embarquer là-dedans… »

Il s'arrêta un instant, fixant le néant, comme si une vérité lui était soudainement révélée.

« Écoute, poursuivit-il, je sais que la vie n'a pas été facile pour toi. Le cancer qui est venu chercher ta mère a sûrement été une dure épreuve à surmonter. Mais ce n'est pas le Seigneur qui t'a pris ta mère… Et ce n'est pas lui qui a poussé ton père à faire ce qu'il a fait. Il a pris lui-même la décision de… J'ai eu énormément de peine quand ils sont partis. Mais j'en ai eu encore plus pour toi. Je compatis à ta douleur.

— Et tes parents sont sûrement assis aux côtés de Dieu et te regardent de là, renchérit Henri.

— Tu crois qu'ils sont fiers de toi maintenant ? poursuivit Jacob. Ta mère qui n'aurait jamais fait de mal à une mouche.

— Taisez-vous ! répondit-elle. Vos gueules ! Vous ne savez rien… Vous ne pouvez pas comprendre. J'ai prié, tant prié ! Et comme réponse, mon père s'est pendu dans sa chambre et c'est moi qui ai trouvé son corps. Tu parles d'une écoute. Votre Dieu, c'est de la merde. Le mien répond à mes besoins.

— Tu crois que le Diable peut te ramener ta mère ? lança Robert. Ah oui, il peut ramener les morts, mais regarde de quoi ils ont l'air. Des animaux enragés. C'est comme ça que tu veux voir ta mère ? Comme une bête ?

— La ferme ! Ce n'est pas comme eux qu'elle doit revenir ! Ce n'est pas…

— Regarde mes filles, la coupa Jacob. Il y en a encore des millions comme elles à l'extérieur de la ville. Dans le monde entier. Ils vont tous subir le même sort que ces gens dehors. C'est ça le prix à payer pour avoir pris ta mère ? C'est ta vengeance contre Dieu, de tuer les enfants du monde entier ? Et si c'est vrai que le Mal peut te rendre ta mère, tu crois qu'elle sera heureuse du prix à payer pour sa résurrection.

— Tais-toi Jacob ! se contenta-t-elle de répéter. Tais-toi !

— Ouvre les yeux, Éva ! Tu vois bien que ça n'a aucun sens. Il est encore temps d'arrêter ça. S'il y a un moyen de les tuer, il faut nous le dire maintenant ! »

L'ASSAUT DU MAL

Mais elle ne répondit pas.

« Est-ce qu'on peut les détruire, oui ou non ? poursuivit Robert. Éva, réponds ! Oui ou non ?

— Oui, finit-elle par répondre. Oui, il y a un moyen. »

Elle releva alors la tête. Ses yeux emplis d'eau s'arrêtèrent d'abord sur les deux fillettes, puis allèrent croiser le regard de Jacob. L'image de voir des enfants se faire martyriser par les démons n'avait jamais traversée son esprit avide de vengeance. Le sentiment de culpabilité l'envahit soudainement. Oui, elle voulait punir Dieu pour lui avoir enlevé sa mère et son père. Oui, elle se foutait bien du reste du monde et elle croyait que l'apocalypse était ce que méritait ce monde pourri rempli de vices et de corruption. Mais jamais elle n'avait voulu faire de mal aux fillettes de Jacob. Soudain, elle se sentit comme si elle venait de briser un sort d'envoûtement qui contrôlait son esprit, insufflé par les paroles perfides et convaincantes du prophète du Mal, Sadman.

Puis, en regardant Jack se tortiller de douleur sur le banc en face d'elle, elle réalisa tout le mal dont elle était en partie responsable. Imaginant ce que sa mère penserait d'elle si elle était vraiment en train de la regarder, deux larmes s'échappèrent de ses yeux pour descendre le long de ses joues.

Elle décida alors de leur dire tout ce qu'elle savait.

« Le Bien a réussi, à quelques occasions, à communiquer également avec des prophètes, des hommes possédant un fort pouvoir spirituel.

— Comme Moïse ? commenta Henri.

— Si on veut, oui. Mais il y en a eu plusieurs autres au fil des millénaires. L'un d'eux, inconnu dans la Bible hautement censurée que vous connaissez, a écrit un livre sur les points faibles des quatre démons.

— Censurée, vous dites ?

— Bien entendu, mon pauvre Henri. Pensez-vous vraiment que votre Dieu tenait à ce que les démons du Mal hantent les rêves de ses petits chéris à toutes leurs nuits ? Pensez-vous que Jacob fait regarder des films de tueurs d'enfants à ses fillettes avant de les endormir ? C'est un peu la même chose.

— Je veux bien, la coupa Robert, mais revenons à ce fameux livre.

— Ces démons que nous avons fait entrer dans notre monde sont immortels. Les corps qu'ils ont empruntés ne vieilliront plus, et ne peuvent être tués comme on tue un humain. On peut les blesser, bien sûr. Ils ressentent la douleur, mais plus ils seront puissants et plus ils pourront guérir rapidement leur véhicule physique. Bien que le Mal les ait conçus presque invincibles, le Bien, ou appelez-le Dieu, Allah ou peu importe le nom, nous a laissé des armes sur terre pour les chasser et nous défendre. Et il les a dictés à ce fameux prophète. La lumière du soleil, pour commencer, les pousse à se dissimuler. La lumière ne les tue pas, mais les fait atrocement souffrir, les forçant à retourner dans l'ombre. Les croix, ou tout autre symbole qui représente le Bien, peu importe la religion, les repousse, les obligeant ainsi à rester à distance de celui qui les pointerait dans leur direction. Cependant, plus le démon devient puissant et plus la personne qui tient le signe représentant le Bien doit avoir un pouvoir spirituel élevé pour que ça marche. Si l'un d'eux est touché par le symbole en question, comme un crucifix, cela occasionnera une blessure physique permanente. Les asperger d'eau bénite fonctionne également, leur infligeant de sérieuses brûlures. Mais pour vraiment les chasser de notre monde, ou comme on peut dire, les tuer, il faut utiliser les matières que le Bien nous a laissées. Chaque démon a son point faible, un peu comme une allergie, quelque chose dans le monde que le Bien a créé. Une matière dont peuvent se servir les hommes pour fabriquer des armes. Pour les vampires, c'est tout ce qui peut être fait en bois. Pour les loups-garous, c'est l'argent. Le feu pour les hommes-araignées et l'or pour les hommesserpents. Pourquoi ces matières, je ne sais pas. Ce que je sais, c'est que chaque fois qu'un de ces démons est touché par un objet fait à partir de la matière appropriée, cela les blesse gravement. Mais pour l'exorciser de notre monde, l'objet doit absolument lui transpercer le cœur. Si l'un des quatre chefs démons primaires est tué, tous ses sujets seront également neutralisés. Car le chef démon vit un peu au travers de ses victimes qu'il a lui-même contaminé du Mal. Du coup, si un vampire est blessé ou tué, Nospheus, le vampire, le ressentira. Et si par le plus grand des hasards Nospheus est tué, tous les autres vampires mourront aussi. Cependant, le fait que les Quatre vivent au travers de leurs sbires veut également dire qu'à chaque fois que l'un d'eux fait une nouvelle victime, le démon devient de plus en plus puissant. Et plus la proie a un pouvoir spirituel élevé, plus il acquiert de nouveaux pouvoirs. Par exemple, si l'un d'eux ou de ses sujets s'en prend au prêtre, qui a un fort pouvoir spirituel, le chef démon pourrait devenir presque indestructible.

— Des pouvoirs ? Quel genre de pouvoir ? s'inquiéta davantage Ricky.

— Ils prennent non seulement en force physique, mais également en puissance spirituel, pouvant ainsi ne plus être repoussés par une croix. Ils peuvent aussi en venir à pouvoir se transformer en brouillard et ainsi se glisser sous une porte ou encore éviter une attaque. Ils peuvent même, à la limite, s'ils deviennent extrêmement puissants, avoir le don de télékinésie.

— On se croirait dans un film, commenta Max. Des pieux en bois pour des vampires. De l'ail avec ça ?

— Non, l'ail n'est qu'une légende. Mais pour le reste, comme l'a mentionné plus tôt Katie, les films sur les plus vieux monstres, comme les loups-garous, sont tirés de vieux livres qui, pour certains d'entre eux, sont tirés de faits réels et écrits par des personnes ayant eu affaire à l'un de ces démons. Et contrairement à la Bible, ces livres n'ont pas été censurés, révélant ainsi une vérité que la plupart des gens n'ont pas voulu croire.

— Alors, c'est vrai ! Ce n'est pas la première fois qu'un démon entre dans notre monde.

— En effet. Plusieurs prédécesseurs ont tenté de réaliser ce que Sadman a réussi à faire. Mais ils ont tous échoué, ne laissant entrer qu'un seul, ou deux démons. Et bien sûr, des chasseurs les ont traqués et réexpédiés en enfer. Mais c'est la première fois depuis des millénaires que les Quatre ont réussi à percer la porte de notre monde en même temps. Et son plan de les couvrir en ressuscitant les morts le temps qu'ils prennent en puissance est très astucieux. Le plan de Sadman ne peut échouer. Ce monde est voué à la mort. »

Sur ces dures paroles, tous les spectateurs autour d'elle s'assombrirent. Quelques minutes de silence suivirent, le temps de digérer la nouvelle information. Robert relâcha la jeune femme qui resta tout de même assise sur son banc, à fixer le sol. Elle garda la tête basse et resta également silencieuse.

« Qui nous dit que c'est la vérité ? exprima Ricky. Qui nous dit qu'elle ne se fout pas de nous ? Pourquoi saurait-elle tout ça ?

— Mon pauvre chéri, je fais partie de la secte de Serviteurs du Mal. Il n'y a pas de cachoterie là-dedans comme dans le catéchiste de merde ! Sadman ne nous a rien caché. Et de toute façon, il n'est pas du genre à ne pas prendre ses précautions. Il a passé un accord avec le Diable, mais pas sans d'abord s'informer ou informer ses soldats des points faibles des créatures qu'il allait envoyer sur terre. Et de toute façon, je n'en ai rien à foutre que vous me croyiez ou non ! Je vous ai dit ce que je sais ! »

Soudain, Max se leva et prit la parole : « En ce qui me concerne, tant que je vivrai, il n'est pas question que je regarde ça arriver sans rien faire. S'il est vrai que le Bien nous a laissé des armes, et bien j'ai l'intention de m'en servir. Demain, à la première lueur du jour, je vais partir d'ici et tenterai par tous les moyens de quitter la ville pour aller avertir le monde entier qu'une guerre se prépare.

— S'ils nous laissent ici toute la nuit, supposa Katie. Quel est le plan pour nous ? Ils savent que nous sommes un petit groupe de réfugiés ici. Vont-ils vraiment nous laisser tranquilles ? Je ne crois pas !

— Éva ! supplia Jacob. Il faut le savoir. Vont-ils venir nous chercher ici ?

— Non, répondit-elle après quelques secondes d'hésitation. Vous n'êtes pas une menace pour Sadman. Il croit encore que vous n'êtes qu'un petit groupe de gens apeurés qui se demande encore ce qui se passe. À moins que le plan ait changé, il veut vous garder pour se servir de vous comme appât pour les secours qui arriveront éventuellement.

— Voilà qui est bien, souligna Robert. Il est trop tard pour partir maintenant. Nous risquons d'avoir à affronter les démons. Mais demain à l'aube, nous pourrons, Max et moi, aller avertir les secours de ce qui les attendent. Ça nous laisse la nuit pour nous préparer. »

Max regarda son ami, sur qui il savait qu'il savait pouvoir compter pour l'accompagner. « Alors, commençons maintenant à nous préparer à affronter ces fils de putes ! » finit-il par dire.

Chapitre 17

Dimanche, 14 août, 19h05

Le coup d'envoi était donné. Un vent d'espoir planait enfin dans l'église depuis que les réfugiés savaient qu'il existait non seulement un moyen de se protéger contre les démons, mais également un moyen de les tuer.

Tout en profitant rapidement des vivres, Robert et Max élaborèrent davantage leur plan. D'abord, ils allaient partir à l'aube. Ils convinrent qu'en passant par la forêt, ils auraient plus de chance de ne pas se faire détecter par les hommes de Sadman. Puis, ils allaient marcher jusqu'au prochain village afin d'avertir les renforts et les préparer à affronter cette menace. Ils devraient évidemment réussir à les convaincre, mais ils se dirent que s'ils réussissaient à se rendre jusque là, ils trouveraient bien un moyen de le faire.

Puis, après avoir attaché solidement Éva avec les lacets des bottines de Jack, tous se mirent à chercher un peu partout dans la bâtisse des objets utiles pour se défendre. Ils fouillèrent tant dans la salle principale que dans les autres pièces, y compris le sous-sol.

Max arracha l'un des bancs et le frappa violemment contre le sol. Quelques éclisses de bois s'en défirent et volèrent à quelques mètres de lui. Il le releva à nouveau aussi haut qu'il le put et recommença son manège une autre fois. Puis, il laissa de côté ce qui lui restait du banc et ramassa les plus gros morceaux. Il prit ensuite un rouleau de ruban collant médical dans la trousse de premiers soins qu'ils avaient emportée de l'hôpital. Il en enroula au bout de chacun des morceaux de bois de manière à faire une poignée. Puis, à l'aide de son épée, il aiguisa les autres bouts pour les transformer en arme pointue. Ainsi, il se sculpta une bonne dizaine de pieux de bois assez solides et pointus pour traverser la chair d'un vampire, s'ils avaient à les utiliser.

Durant ce temps, Robert et Ricky emplirent d'eau une quinzaine de petits flacons en verre ainsi qu'une urne afin qu'Henri puisse les bénir et du coup les transformer en armes de Dieu.

Katie, Jacob et ses filles, quant à eux, tentèrent de réunir le plus de crucifix portables qu'ils purent trouver.

Pour sa part, Louis dénicha un chandelier

à trois têtes en or. Il imita alors Max en le fracassant également contre le sol pour le séparer en morceaux d'environ quinze centimètres. En le brisant, il s'aperçut aussitôt que ce dernier n'était que plaqué or sur du fer. Il espéra que cette mince couche de métal précieux serait suffisante pour blesser les démons-serpents. Il y fit donc également des poignées à l'aide de ruban pour en faire des pieux d'or.

Après avoir terminé avec l'eau, Robert trouva dans une armoire un briquet et un petit bidon métallique de gaz à briquet.

Jacob découvrit en fouillant une coutellerie en argent. Il prit un manche à balai et y fixa à l'aide de ruban un couteau d'argent assez pointu, fabricant ainsi une lance anti-loup-garou.

À mesure que la production avançait, tous réunirent leurs armes improvisées au centre de l'autel, avec les deux armes à feu restantes, soit le pistolet et le fusil, ainsi que l'épée de Max, afin de faire un inventaire de leurs trouvailles.

Durant ses recherches, Katie surprit soudainement Robert, immobile, semblant hanté par quelque chose.

« Ça va Robert ? demanda-t-elle.

— Je… Je ne sais pas.

L'ASSAUT DU MAL

— Qu'est-ce qui se passe ?

— C'est juste que… eh bien… je repensais à tout à l'heure. J'ai… J'ai totalement perdu le contrôle. Ce n'est pas moi, ça. C'est la première fois que… J'ai vraiment failli la tuer. Si Max ne m'avait pas arrêté…

— Tu as fait ce qu'il fallait. C'est normal, avec tout ce que tu as enduré ces dernières 24 heures d'avoir une réaction aussi excessive. Mais, grâce à ça, on a obtenu les renseignements cruciaux qu'il nous fallait. Qu'on le veuille ou non, on est en guerre. On va devoir se battre si l'on veut survivre. Il y certains gestes qu'il faut poser dans ce genre de situation. Des gestes dont on ne sera pas toujours fier, mais qui seront nécessaires. C'est la survie de l'humanité tout entière qui est en jeu.

— Merci… Rien de mieux qu'une bonne discussion avec une psy pour se remettre de ses émotions.

— En effet, ricana-t-elle. Mais moi, à qui puis-je me confier ?

— J'ai une bonne oreille, même si je n'ai pas de diplôme.

— Je n'ai aucun doute là-dessus. Tu es une personne remplie de talents cachés.

— Ouais, je ne suis pas le seul… En tout cas,

sérieusement, merci.

— Il faut se serrer les coudes si on veut passer au travers.

— En effet… Et il faut aussi nous trouver des armes… Je vais continuer mes recherches.

— Oui, moi aussi », termina-t-elle, regardant Robert avec un petit sourire qui trahissait ses sentiments pour lui.

L'autel continua à se remplir, tout comme le courage dans le cœur des réfugiés. Après avoir béni l'eau, Henri alla chercher les trois lampes de poche noires semblables à celles des policiers.

Plus loin, Éva, toujours attachée sur une chaise, se contentait de regarder les survivants amasser leurs équipements, silencieuse. Pas un seul mot n'était sorti de sa bouche depuis bientôt une heure. Aucune tentative d'évasion, aucun cri pour tenter d'alerter quiconque dehors. Rien. Soudain, elle jeta un regard à Jack, recroquevillé sur un banc, qui poussait de légers gémissements de douleur. Ce dernier, qui avait la peau extrêmement pâle, tenait douloureusement son membre amputé de sa main restante. À ce moment, elle éclata en sanglots.

Max, qui avait presque terminé son travail, se tourna alors vers elle, la regardant pleurer à chaudes larmes. Hypnotisé par sa beauté, il se surprit, malgré tout ce qu'elle avait pu leur faire, à avoir pitié d'elle. Il s'approcha lentement et s'agenouilla à sa hauteur. Il lui saisit le menton et lui releva la tête. Il la fixa alors. Les yeux de la jeune fille semblaient encore plus beaux qu'avant. Les larmes rendaient le bleu encore plus vif et une certaine innocence semblait y régner.

« Qu'est-ce que j'ai fait, mon Dieu, qu'est-ce que j'ai fait ? Je ne sais pas comment j'ai pu en arriver là... J'étais comme envoûté... Tu ne le connais pas. Il est si manipulateur. C'est un sorcier et il m'a ensorcelé. Je ne sais pas comment il a pu réussir à me convaincre de le suivre. Ça semblait si clair de la façon dont il en parlait. "Tous ces salops corrompus à cravate qui ne pensent qu'à eux et leur portefeuille vont payer pour leurs crimes", qu'il disait. Et plein d'autres salades du genre sur notre civilisation abandonnée par Dieu. Je n'ai pas réalisé dans quoi je m'embarquais. Je n'étais littéralement plus moi-même. Il m'a dit que ma mission ne serait que de surveiller les allers et venues des gens qui se seraient réfugiés dans la maison du traître. C'est comme ça qu'il appelait Dieu. Le traître. "Celui qui nous dit de tendre l'autre joue pour qu'on ne fasse que recevoir des coups". Tu vois le genre. Quand je l'ai prévenu de votre escapade, je ne savais pas qu'il enverrait ses hommes pour vous tuer. Je n'ai pas réalisé… Je ne faisais que ce que j'avais à faire. Je ne sais pas comment l'expliquer… Je… Je suis si… désolée… »

Incapable de dire un mot de plus, elle baissa à nouveau son regard. Max, ne sachant pas quoi dire, resta devant elle, silencieux. Il posa sa main sur son épaule et la caressa tendrement pour tenter de la consoler un peu. Puis, il baissa sa main en direction du nœud qui serrait le lacet servant à la fixer à la chaise. Robert, témoin de la scène un peu plus loin, sentit une arnaque. Il somma son ami de ne pas la détacher. Mais ce dernier fit comme s'il n'avait pas entendu et, le cœur envoûté par la belle, défit le nœud. Il resta cependant sur ses gardes, prêt à intervenir. Mais dès que la corde prit du lousse, elle s'en débarrassa et se jeta dans les bras de Max, le serrant de toutes ses forces. Le geste que le jeune homme venait de porter représentait le pardon dont elle avait besoin. Le visage complètement enfoncé dans son épaule, elle demeura ainsi pendant quelques minutes, laissant s'échapper toutes les larmes qui voulaient sortir.

« Comment peux-tu être aussi gentil avec moi ? Je ne mérite pas ça.

— Tu es une bonne personne. Ce Sadman est très intelligent et il a su te manipuler au moment où tu étais le plus vulnérable. Il t'a peut-être même jeté un sort. Tu es à ses yeux une espionne parfaite. Une belle jeune fille vivant dans le coin depuis sa naissance. Tu es loin d'être une suspecte. Si ça n'avait été de la radio que l'on a trouvée, jamais… Je sais que ce n'est pas ce que tu as voulu.

— Merci, Max, merci. Tu es un gars vraiment merveilleux. »

Elle se recula légèrement et regarda son sauveur un instant. Robert resta tout près, s'attendant à tout moment à une entourloupe. Cette dernière s'approcha lentement de Max. Soudain, sans que personne ne s'y attende, elle l'embrassa passionnément.

Par la suite, elle s'écarta graduellement du jeune homme, essuya ses larmes et se dirigea vers Jacob et ses fillettes. Elle étreignit chacune d'elle avant de regarder leur père.

« Crois-tu que mes parents me le pardonneront un jour, Jacob ?

— Ils t'ont déjà pardonné, j'en suis certain.

— Ce n'est pas ce que je voulais pour elles. Jamais je n'avais songé à elles… Je ne voulais pas… Je ne sais pas… »

Elle fixa à nouveau le sol, le visage ravagé par les remords. Tous la regardèrent, commençant à se laisser convaincre. Même Robert baissa sa garde. Quand tout à coup, sans crier gare, elle s'élança à toute vitesse vers l'autel où y étaient déposées toutes les armes. Robert s'en voulut immédiatement de ne pas être resté alerte, lorsqu'elle saisit le pistolet. Max, qui se dirigeait déjà dans sa direction pour l'intercepter, s'arrêta, se demandant si elle n'allait pas s'en servir contre lui. Mais sans laisser le temps à aucun d'entre eux d'intervenir, elle poussa un dernier soupir : « Je suis vraiment désolée ! Seigneur, pardonnez-moi ! »

Puis, sans perdre une seconde, elle enfonça le canon dans sa bouche et pressa la détente. Un nuage rougeâtre se dessina alors autour de sa tête. Ses genoux plièrent et elle s'effondra mollement au sol.

Max, qui s'était élancé à nouveau dans sa direction pour l'arrêter, s'arrêta net devant l'affreuse scène. Il tomba à genoux, incapable de dire le moindre mot. Jacob et Katie tentèrent de cacher cette vision aux jumelles, mais elles en virent assez pour leur faire pousser d'effrayants cris aigus. Robert fixa la scène, abasourdi. Puis, il se laissa tomber sur un banc, et sentant la culpabilité le frapper de plein fouet, se mit à son tour à pleurer. Même Ricky se sentit complètement déboussolé face à cette fin tragique de la belle.

Et pendant que le sang se répandait au pied

de l'autel, les neuf derniers réfugiés replongèrent dans une atmosphère de cauchemar.

« Il a réussi ! Le Mal a réussi à pénétrer jusqu'ici ! » s'exclama Henri.

Chapitre 18

Lundi, 15 août, 01h36

Presque six heures s'étaient écoulées depuis qu'Éva avait mis fin à ses jours. La faible lueur d'espoir qui avait commencée à grandir en chacun d'eux lorsqu'ils préparaient leurs armes n'était toujours pas revenue. Tous étaient complètement chavirés par cet évènement et une sombre ambiance régnait dans l'église.

C'est Louis qui avait retiré le cadavre de la jeune femme de sous l'autel après que Robert eut confirmé son décès. Aidé par Max, ils l'avaient emporté sur un banc à l'arrière et Henri l'avait recouverte d'un drap jusque par-dessus le visage. Max était ensuite resté au chevet d'Éva pour la pleurer. Malgré tout ce qu'elle avait fait, elle avait toujours sa place dans son cœur.

C'est en voyant celui-ci attristé que le prêtre avait regagné sa confiance au Bien qu'il était sur le point de perdre. Car si l'homme réussissait à pardonner, alors l'humanité méritait encore de survivre.

Pendant ce temps, Katie avait lavé du mieux qu'elle avait pu la marre de sang afin de rendre le décor moins lugubre.

Plus tard, après avoir mangé un peu, tous s'étaient installés en tentant tant bien que mal de trouver un sommeil qui leur était impossible à atteindre.

Seules les deux fillettes étaient maintenant endormies sur leur père. Jack, qui avait dû reprendre de la médication, due à la douleur, somnolait également. Mais tous les autres ne faisaient que faire tourner en boucle toutes les atrocités que leurs pauvres cerveaux ne pouvaient digérer. Le bruit des lamentations de zombies dehors n'aidait en rien à trouver le repos.

Katie s'était contentée de se coucher sur le banc, à côté de Robert, et ce même si elle se serait sentie encore plus en sécurité dans ses bras. Ce dernier était assis et plutôt silencieux depuis le suicide d'Éva.

« Alors, mon vieux ? le surpris Max, après s'être discrètement assis à l'arrière. Ça va aller ?

— Je ne sais pas. J'ai vraiment perdu les pédales tout à l'heure avec elle. Et là…

— Écoute mon vieux. Tu n'as pas à faire ça. Ne te torture pas l'esprit. Ça ne changera rien. Et ce n'est pas toi qui as appuyé sur la détente.

— Merci… Je… J'avais besoin de l'entendre. Et toi, ça va ?

— Je tiens le coup. Il le faut. On a un monde à prévenir pour le sauver.

— Alors, tu es toujours partant pour demain ?

— Crois-tu vraiment que je te laisserai y aller seul ? À moins que tu préfères y aller avec Ricky ?

— Ouais, répondit-il en se surprenant à sourire.

— Mais pour ça, il va falloir qu'Éva nous ait dit la vérité.

— Tu ne crois quand même pas qu'elle nous ait menti.

— Non. Mais rien ne prouve que Sadman n'ait pas changé ses plans. Après tout, on a tué les hommes qu'il nous avait envoyés ainsi qu'une bonne vingtaine de zombies. J'ai peur qu'il ne nous prenne plus pour de simples villageois apeurés. En plus, on ne sait pas si Éva devait lui faire des comptes rendus. Si c'est le cas, ça fait plus de six heures qu'il n'a pas eu de ses nouvelles. De plus, un coup de feu a été tiré. J'ai vraiment un sale pressentiment. J'ai l'impression que les hommes de Sadman vont débarquer avant l'aube.

— J'espère que tu te trompes. En tout cas, vu l'heure qu'il est, les choses regardent plutôt bien pour nous. En plus, les portes sont toutes verrouillées.

— Ouais, tu as raison. Je deviens paranoïaque.

— Je ne sais pas pourquoi. Avec le conte de fées que l'on vit, tu ne devrais pas t'inquiéter de la sorte.

— Ha! Ha! Ouais, en effet.

— Ouais… Dis, tu sais à quoi je pensais Robert?

— Quoi?

— Apparemment, l'enfer existe, avec ces créatures pour le prouver. Alors, ça voudrait dire que le paradis aussi existe.

— Sans aucun doute.

— Moi qui croyais qu'à notre mort, c'était juste… la fin. Comme lorsqu'on dort. Mais voilà, il y a autre chose. Il y a une autre vie après.

— Oui, je crois que les preuves sont là.

— Je me demande, enfin, qu'est-ce qui se passe là-bas. Est-ce que c'est la fête tous les soirs?

Est-ce qu'on nous sert nos plats préférés ? Qu'est-ce qu'on fout de l'autre côté ?

— Ah! Ah! En fait, je crois qu'il n'y ait plus de besoins physiques, tu vois. Plus de faim, de soif ou ce genre de truc corporel. Je crois que c'est plus… Je ne sais pas… spirituel, tu vois ? Une espèce de paix intérieure. Tu sais, comme lorsqu'on tombe en amour ou on sert notre enfant dans nos bras.

— Je vois… Alors, tu es comme moi, tu n'en as aucune idée.

— Ah! Ah! Oui, c'est ça.

— Eh bien, mon vieux, je ne veux pas briser l'ambiance, mais je crois bien qu'on va découvrir assez tôt ce qu'il y a de l'autre côté.

— Ouais, tu viens juste de briser l'ambiance !

— Ha! Ha! Bon, essayons de nous reposer un peu. On aura besoin de nos forces demain.

— Tu as raison. Il faudrait bien dormir. Tu crois que Jack me donnerait quelques-unes de ses pilules pour m'aider ?

— Ah! Ah! Pas pour moi. Je préfère garder toute ma tête.

— Je plaisante. Je veux garder ma tête aussi. Bon, essayons de fermer l'œil un peu. »

Sur ce, Max s'étendit un peu en fermant les yeux. Robert fit de même. Après quelques minutes, les deux hommes complètement exténués tombèrent dans un léger sommeil.

L'atmosphère dans le refuge commençait à redevenir paisible quand tout à coup, le son d'une fenêtre brisée rompit le silence. Max sursauta aussitôt et analysa d'où provenait le bruit. La panique l'envahit soudainement lorsqu'il aperçut une bouteille de bière avec un bout de tissu enflammé, sortant du goulot, terminer son envol sur un banc. La bouteille se fracassa bruyamment, répandant tout autour le liquide, contenu à l'intérieur, qui s'enflamma sur le coup.

« Au feu ! alarma-t-il immédiatement les autres. Au feu !

— Comment ? lança Robert.

— Vite, levez-vous tous ! Ils sont ici ! Ils nous attaquent ! »

À peine avait-il fini sa phrase qu'un autre cocktail Molotov fit irruption par un autre carreau.

« Et merde ! commenta Robert. Max a raison ! Réveillez-vous !

— Oh, Seigneur, ce n'est pas vrai ! rajouta l'homme de Dieu.

— Ce n'est pas vrai, désespéra Katie. Non, ce n'est pas vrai ! Jamais ils ne nous laisseront tranquilles !

— Putain de bordel d'enfoirés, jura ensuite Louis. Je me doutais que ça arriverait !

— Mais Éva avait dit que…, suggéra Jacob.

— Apparemment, Sadman ne nous sous-estime plus ! » répondit Max.

Les survivants se levèrent alors sans perdre de temps, le regard fixé sur les flammes qui se répandaient rapidement. Jacob réveilla ses fillettes, sachant qu'ils devraient bientôt réagir. C'est alors qu'une troisième bombe artisanale vola au travers d'une fenêtre différente. Puis une quatrième atterrit aux côtés du cadavre de la belle. Max saisit la couverture qui la recouvrait et se précipita vers le feu. Il tenta d'éteindre les flammes en les frappant avec la couverture. Robert accourut vers l'autel, tira sur le drap qui le recouvrait en faisant tomber les armes improvisées au sol et fonça afin d'aider son ami. Ils essayèrent de combattre l'incendie, mais en vain. Le feu était devenu beaucoup trop chaud et trop puissant pour qu'ils puissent y faire quelque chose.

Soudain, Henri arriva avec un extincteur et commença à arroser le brasier. La poudre blanche frappa les flammes, mais ces dernières se propageaient beaucoup trop rapidement et bientôt, il ne put les contenir.

Les trois hommes furent bientôt encerclés par le brasier et la fumée, qui envahissait de plus en plus la pièce.

« J'ai peur, papa ! pleura Éveline.

— Moi aussi papa, rajouta Lisa. Qu'est-ce qui se passe ? J'ai peur ! »

Mais leur père ne leur répondit pas. Il se contenta de les serrer contre lui en guise de réconfort.

« On ne peut pas rester ici ! Il va falloir sortir, raisonna finalement Robert.

— Ils nous ont piégés ! conclut Ricky. C'est exactement ce qu'ils veulent qu'on fasse. Dès qu'on ouvrira la porte, ils vont probablement nous accueillir avec leurs fusils. C'est un guet-apens.

— Il a raison, répondit Henri. Mais il y a une fenêtre au sous-sol qui mène à l'arrière de l'église. De là, on aura peut-être une chance de passer un peu plus inaperçu.

— OK, lança Robert. Prenons nos armes et allons au sous-sol. C'est notre seule chance. »

Ce dernier se dirigea aussitôt vers les armes qui étaient éparpillées au sol et tenta de les réunir rapidement malgré la fumée qui commençait à devenir aveuglante. Dès que les autres arrivèrent derrière lui, il commença une distribution rapide. Il donna à chacun un crucifix, une à deux fioles d'eau bénite, un couteau d'argent, un pieu de bois et un d'or. Louis ramassa la lance anti-loup-garou improvisée et Katie l'urne d'eau bénite qui, par la plus grande des chances, ne s'était vidée qu'à moitié. Robert garda la boîte contenant l'essence ainsi que le briquet. Il ramassa également une lampe de poche et en donna une autre à Henri, qui connaissait le chemin vers la sortie. Max attrapa la dernière. Il saisit son pistolet et le regarda un moment. L'image de la femme de ses rêves en train de se faire sauter la cervelle lui traversa l'esprit.

« Nous n'avons pas le choix, nous avons besoin de cette arme, lui lança soudainement Ricky qui le regardait hésiter. On ne peut la laisser ici. Je peux la prendre…

— Non. Ça va. Ça va aller. »

Il l'inséra au même instant entre son pantalon et son ventre. Il préférait de loin garder l'arme que de la donner au blond, qu'il soupçonnait de vouloir les abandonner dès qu'il en aurait la chance, pour sauver sa vie. Par la suite, il saisit son épée et alla aider Jack à se relever.

Au même instant, Jacob prit le fusil de calibre

douze et le lança à Robert en lui faisant un clin d'œil. Ce dernier ne comprit pas vraiment le message que l'homme noir essayait de lui envoyer, mais n'en fit pas de cas. Le temps pressait beaucoup trop maintenant.

Une fois tous les items ramassés, ils se déplacèrent vers la porte qui menait au sous-sol et la traversèrent avant que le feu ne leur barre le chemin. Une fois en bas, le prêtre les guida en les éclairant de sa lampe jusqu'à la petite fenêtre dont il avait parlée.

Max prit une chaise qui traînait et la plaça contre le mur vis-à-vis du carreau. Il y grimpa afin de faire une reconnaissance du terrain. La vue donnait sur un stationnement désert qui se terminait sur une ruelle. La lune éclairait une voiture blanche immobile dont la porte du côté conducteur était encore ouverte. Il remarqua qu'une silhouette humaine gisait au sol près de la portière.

« Il y a une auto de l'autre côté du stationnement, en informa-t-il les autres. La porte est ouverte et le conducteur semble être mort au sol. Il y a de fortes chances que les clés soient encore sur le contact ou sur lui.

— Tu vois les gars de la secte ou des créatures ? questionna nerveusement Ricky.

— Non, c'est désert.

— OK, c'est notre chance, décida Robert. Il faut foncer vers cette voiture, en espérant passer inaperçu. Tout le monde est d'accord ? »

Certains hochèrent la tête en guise de réponse. Les autres ne répondirent pas, mais ne s'y opposèrent pas non plus.

C'était le temps de foncer. La peur, profonde et terrifiante, se fit ressentir en chacun. Car ils savaient qu'ils n'avaient, pour la majorité, eu à faire face qu'à des pions jusqu'à maintenant. Mais là, ils allaient devoir affronter des démons. Les probabilités de réussir à passer la nuit étaient cette fois beaucoup moins grandes que la nuit précédente où les cavaliers de l'apocalypse étaient encore faibles. Cependant, ils avaient plus de chances dehors que dans la bâtisse en flamme.

« OK, Max ! À trois, on y va ! ordonna Robert en regardant les autres autour de lui.

— Non ! coupa Jacob. Nous trois, nous n'irons pas.

— Quoi ? Pourquoi ?

— Tu sais, je revois sans cesse l'image de la petite fille dans le marché qui était devenue comme eux, lui répondit-il. Sans cesse ! Je n'arrive pas à m'enlever cette image de la tête. Ça aurait pu être l'une d'entre elles. Et c'est quelque chose que je ne peux concevoir. C'est leurs âmes que je mets en jeu ! Je ne peux me permettre ce risque. Nous resterons ici.

— Mais... on ne peut pas. Toute la bâtisse est feu...

— Je sais, et il faut que vous y alliez, mais sans nous. Nous resterons ici, dans la maison de Dieu. Et nous irons bientôt nous asseoir à ses côtés dans son royaume.

— Jacob, non !

— Écoute-moi, Robert. C'est le moment où jamais de tenter de vous enfuir avant qu'ils ne patrouillent autour de l'immeuble. Vous devez essayer ! Pas juste pour toi ou les autres ici, mais pour ta femme et tes enfants. Ils auront besoin de toi. Alors cesse de perdre ton temps à essayer de me convaincre, mon choix est fait. Fais-moi plaisir et va-t'en ! »

Robert, saisi par cette décision, regarda Jacob.

« Il faut y aller, lança alors Ricky. Il a raison ! Si on veut avoir une chance, il faut y aller maintenant !

— Il a raison, Robert ! appuya Max, contre son gré. Il faut y aller...

— Ce fut un honneur de vous connaître, termina Jacob. On se revoit de l'autre côté.

— Que le Seigneur te protège, mon ami…, rajouta le prêtre. Qu'il vous bénisse et vous protège tous les trois… »

Robert se retourna alors vers Max, le cœur brisé, retenant difficilement une larme qui finit par descendre le long de sa joue. Il n'y avait rien à faire. Il devait respecter son choix. Il se dit en lui-même qu'avoir été à sa place, il aurait probablement fait la même chose.

Katie, la main sur la bouche, regarda Jacob et les fillettes. Elle tenta de faire également ses adieux, mais aucun mot n'arrivait à sortir. Cependant, la tristesse de ses yeux traduisait amplement ce qu'elle ressentait. Max hocha la tête en signe de respect envers eux et également envers sa décision. Louis et Ricky firent également leurs adieux. Jack, qui tenait à peine debout, leva le bras qui lui restait et tapa l'épaule de son ami en signe d'au revoir.

« Max, somma alors Robert. Tu es prêt ? On y va ! À trois… »

Tous se ressaisir. Leurs respirations commencèrent à s'intensifier. « …Un… » Bientôt, ils allaient traverser la fenêtre, ne sachant quelles créatures de la nuit allaient leur tomber dessus et tenter de leur voler leurs âmes. La peur qui les envahissait était si intense qu'ils arrivaient à peine à tenir debout.

« … Deux… » Le cœur voulait leur sortir de la poitrine. Est-ce que des zombies, ou des membres de la secte leur tomberaient dessus dès qu'ils seraient sortis. La ruelle était si sombre et si silencieuse. Trop silencieuse. La chair de poule envahissait tout leur corps. Ils tremblaient comme des feuilles, attendant le « trois » qu'ils espéraient ne jamais entendre.

Puis, la cloche sonna : « … Trois ! » Aussitôt le décompte terminé, Max fracassa la vitre à l'aide de son épée et se précipita à l'extérieur en serrant les dents. Tout en se glissant sur le cadre de bois, une seule idée le harcelait : est-ce qu'un membre de la secte allait l'accueillir de l'autre côté ? Il s'attendit à tout moment à recevoir une balle. Mais une fois à l'extérieur, il confirma avec soulagement que l'endroit était bel et bien désert.

« Ou bien nous avons vraiment déjoué les membres de la secte en s'évadant par la petite fenêtre, ou bien ces derniers n'étaient pas restés sur place dû aux zombies et autres monstres, raisonna Max. Ou probablement un mélange des deux options. »

Mais l'important, c'était que pour l'instant, la voie était libre. Il aida alors les autres à sortir tout en surveillant nerveusement les alentours. Robert sortit le dernier. Avant de s'exécuter, il jeta un dernier regard à Jacob et ses filles.

« Adieu, mon ami !

— Bonne chance, Robert. Veilles bien sur eux, ils auront besoin de toi. »

Sur ces mots, il traversa à son tour. Aussitôt, ils se regroupèrent et foncèrent vers la voiture. Jacob, Lisa et Éveline les regardèrent disparaître dans la nuit.

« Dis, papa ? Et nous, qu'est-ce qu'on fait ? questionna Lisa.

— Papa ? On ne va pas avec tout le monde ?

— Non ma chérie. On reste ici.

— Je suis contente, parce que les choses dehors me font très peur et je ne voulais pas sortir.

— Je sais mon amour. C'est pourquoi on reste ici.

— Mais qu'est-ce qu'on va faire ici ?

— Nous allons rejoindre maman, ma chérie. Nous allons rejoindre maman au ciel, lui répondit-il, une larme sur la joue. Allez, venez me coller. Je vous aime. Je vous aime tellement… »

Chapitre 19

Lundi, 15 août, 02h02

Étant le premier dans l'ordre de marche, Max resta extrêmement vigilant. Tenant son pistolet de la main droite et son épée de la gauche, il avança, sur le qui-vive, d'un jogging rapide, avec une seule idée en tête : atteindre la voiture blanche. Il ne sentait plus son souffle haletant. Il ne sentait plus son cœur battre à vouloir sortir de sa poitrine. Mais il sentait la frayeur grandir à chacun de ses pas, ignorant quelle bête allait lui tomber dessus d'un moment à l'autre.

Derrière, Louis et Robert tentèrent tant bien que mal d'aider Jack à suivre la cadence. Malgré la morphine qui coulait dans ses veines, ce dernier se débrouilla quand même bien. Ricky, Henri et Katie, quant à eux, se tenaient derrière, jetant des regards de part et d'autre en souhaitant ne rien voir.

Dès que Max franchit le stationnement, il

sut qu'il n'était maintenant plus sur une terre protégée par le Bien et que les monstres pouvaient maintenant l'attaquer. Cette effrayante sensation lui donna des ailes et il accéléra la cadence.

Les traits du cadavre près de l'auto commencèrent lentement à se définir. Max reconnut les traits d'une femme d'environ quarante ans. Sur son visage bleuâtre apparaissaient des marques de violence. À première vue, un morceau de son cou semblait avoir été arraché par une morsure d'animal sauvage. Son chandail moulant blanc était recouvert de sang séché. Elle gisait ainsi, sur le dos, les bras au-dessus de sa tête et les jambes encore dans la voiture. Ses longs cheveux roux baignaient dans la marre de son liquide corporel rouge.

Max réussit, avec étonnement, à atteindre l'automobile sans aucune attaque d'un quelconque ennemi. Aussitôt, il jeta un coup d'œil à l'intérieur afin de vérifier si la clé y était. La chance sembla à nouveau leur sourire puisqu'elle se trouvait encore sur le contact, comme l'espérait le jeune homme. Ce dernier se retourna et fit signe avec son pouce aux autres que tout était sous contrôle. Ceux-ci, qui n'étaient maintenant plus qu'à quelques mètres de lui, furent fort soulagés, et surpris de constater que le plan fonctionnait jusqu'ici à merveille.

Max s'approcha alors de la femme et lui donna un coup de pied afin de vérifier son état et tester si elle n'allait pas lui sauter dessus. Aucune réaction ne s'en suivit. Il pensa alors qu'à peine 48 heures plus tôt, il se serait traité de fou de profaner le cadavre de la pauvre femme alors que là, il se trouvait brillant d'y avoir pensé. « À croire que l'homme s'adapte à tout », pensa-t-il.

Puis, l'idée de lui tirer une balle dans la tête lui traversa l'esprit, mais il ne voulait pas alerter les environs et dévoiler sa position. Il donna donc un bon coup d'épée sur le crâne de la suspecte. La lame s'enfonça sans difficulté à l'impact. Convaincu que son compte était bon, il inséra son 9 mm dans le devant de son pantalon et saisit avec précaution l'une des jambes de la défunte. Il la tira brusquement hors du véhicule tout en ne quittant pas du regard le visage maintenant mutilé de celle-ci.

Mais comme il était trop préoccupé par cette dernière, il ne remarqua pas la silhouette qui se relevait lentement de l'autre côté de l'auto. Des yeux de prédateur le fixaient maintenant tel un morceau de viande. Puis, la chose, encore dans l'ombre, se prépara à l'attaque quand soudain, l'un des membres du groupe hurla derrière le jeune homme.

« Max, derrière toi! » prévint tout à coup

Robert. Max se retourna à la vitesse de l'éclair. Dès qu'il aperçut la créature qui le surveillait, il lâcha la jambe de la morte et se recula rapidement de cinq à six pas afin de rejoindre le reste du groupe qui s'était immobilisé. La chose fit en même temps un bon pour atterrir les pieds sur le capot, qui s'enfonça légèrement sous le poids.

La lueur de la lune permit alors aux survivants de reconnaître les traits d'un homme d'une trentaine d'années, portant un uniforme de police bleu marin et ayant les cheveux blonds, courts, peignés en brosse. En voyant les pupilles d'un rouge vif de ses yeux extrêmement cernés, ils comprirent que ce dernier était infecté par le Mal. De plus, des veines en expansions se dessinaient partout dans son cou et sur son visage pâle. Mais le plus impressionnant fut lorsqu'il ouvrit la bouche pour laisser échapper un son ressemblant à la fois à un soupir et un grondement, laissant ainsi percevoir de longs crocs jaunâtres. Max remarqua que toute la dentition de l'homme était complètement changée. Même les autres dents étaient pointues. Comme si les dents du diable avaient poussé devant les anciennes. Des dents dégoulinaient de longs filaments de baves, qui glissaient le long du menton pour terminer leur course sur l'uniforme.

Reconnaissant aussitôt qu'il n'avait plus affaire à un zombie, mais probablement à un vampire,

Max attrapa le crucifix de bois à sa ceinture et le plaça entre lui et le monstre. La croix chancelait au bout du bras du jeune homme, qui espérait de tout cœur qu'Éva et Katie aient dit la vérité et que cela empêcherait la bête de lui sauter dessus, subissant un sort semblable à celui de son ami Raymond.

Comme mentionné par les deux femmes, le vampire poussa un hurlement de rage en voyant le signe du Bien pointé sur lui. La bête sembla furieuse et recula d'un pas en exposant davantage ses crocs. Max, voyant que son arme était bel et bien efficace, prit son courage à deux mains et avança d'un pas, confiant envers le pourvoir du Bien dont il disposait. Le monstre recula encore, fuyant la croix du regard comme si elle lui brûlait les yeux. Il fut bientôt sur le rebord de la voiture. Encore un pas de plus et il serait forcé d'en débarquer, ce qui laisserait la chance au groupe de se faufiler à l'intérieur de leur moyen d'évasion.

Mais avant que Max ne puisse refaire le moindre mouvement, une autre silhouette, tombant du ciel cette fois, atterrit tout près du groupe. La forme se déplia lentement pour laisser découvrir aux fugitifs un deuxième vampire venant prêter main-forte à son acolyte. Il portait un long manteau de cuir se terminant au-dessus des genoux. De sombres cheveux noirs, qui se terminaient aux épaules, et son visage pâle lui donnaient une apparence gothique. Contrairement au premier homme-chauve-souris, il ne semblait pas avoir les yeux rouges. Il n'exposait pas non plus ses crocs et aucune veine ne ressortait sur son visage. Son regard n'était pas vide comme l'autre et un léger sourire sarcastique se dessinait sur ses lèvres rouge écarlate. Celui-ci se mit alors à avancer vers eux d'un pas décidé.

« C'est lui ! cria alors Katie. C'était lui dans le poste de police ! C'est un des Quatre ! C'est leur chef ! »

Aussitôt, Robert sortit son crucifix doré pour tenter de le bloquer, confiant que l'effet produit avec le premier démon se répète. Mais la frayeur s'empara de lui lorsque le chef vampire ne broncha pas. L'homme poursuivit sa route tout en fixant Robert d'un regard effrayant. « Crois-tu vraiment pouvoir m'arrêter, minable primate ? » dit-il d'une voix rauque inhumaine et terrifiante.

Il n'était maintenant plus qu'à quelques mètres de lui et la croix ne semblait toujours pas avoir d'effet. Robert, dépassé par le fait que son arme soit inutile, figea net, le regard vide, espérant toujours que l'homme s'arrête. Comme le démon allait lui mettre la main dessus, Henri poussa Robert pour se frayer un chemin et braqua à son tour une croix. Cette fois, Nospheus s'arrêta. Il fixa le prêtre dans les yeux d'un regard semblable à celui du premier vampire. Henri comprit alors que son pouvoir spirituel était assez puissant pour repousser la bête.

« Au nom du Christ, je t'ordonne de reculer ! lui cria-t-il.

— Tu crois que tu es assez puissant pour me faire reculer, mortel ? »

Le doute envahit soudain le cœur du prêtre. Mais ayant foi en Dieu, il cria à nouveau : « Au nom du Christ, je t'ordonne de reculer, fils de Satan ! »

Au même moment, Katie s'installa à ses côtés avec l'urne. Henri plongea sa main à l'intérieur de celle-ci et, après l'avoir rapidement ressortie, lança quelques gouttes d'eau bénite en secouant ses doigts vers le démon. Ce geste eut l'effet voulu puisque le visage de la chose se crispa de douleur et recula d'un pas. Il poussa alors une angoissante plainte en réponse à la brûlure que semblait lui infliger l'arme du Bien. Henri répéta son attaque en lui ordonnant verbalement de reculer. Le vampire s'éloigna d'un pas supplémentaire, mais sa réaction fut cette fois beaucoup plus terrifiante puisqu'il commença à se transformer physiquement en un monstre digne des pires cauchemars.

En l'espace d'une dizaine de secondes,

son corps grandit d'une bonne quinzaine de centimètres et sa musculature sembla grossir sous ses vêtements qui se déchirèrent légèrement. Des griffes noirâtres percèrent le bout de ses doigts afin de transformer ses mains en armes sanglantes. Sa mâchoire et l'ouverture de sa bouche s'élargirent afin de laisser de la place à des crocs horriblement longs d'environ deux fois la taille de ceux du premier vampire. La peau au-dessus de son nez se recroquevilla et prit rapidement la forme de celui d'une chauve-souris. Ses oreilles sortirent de ses cheveux en s'allongeant en pointe. Son front et ses sourcils se bombèrent, donnant un regard abominable.

À la vue de ce monstre, Henri hésita un instant. Jamais il n'avait vu une chose aussi terrifiante. Mais il n'était pas seul dans cette situation, car tous se figèrent devant cette énorme chauve-souris humaine. Tous, sauf Max, qui s'obligea de toutes ses forces à rester concentré et à tenir en joue le policier vampire.

Le prêtre, poussé par une force invisible, reprit alors ses sens et plongea à nouveau sa main dans l'eau bénite. Il aspergea encore une fois le monstre. Ce dernier lança un puissant hurlement qui donnait l'impression d'un appel à l'aide.

Aussitôt, une nouvelle ombre tomba du ciel pour s'écraser de l'autre côté du groupe. Un autre vampire, cette fois aux cheveux courts bruns portant une moustache et étant également habillé en policier, se plaça de façon à ce que les mortels soient encerclés. Katie reconnut, malgré ses traits de vampire semblable au premier, le chef de police qui l'avait invité pour l'aider à capturer Sadman.

Robert se déplaça aussitôt afin de lui faire face et tenta à nouveau sa chance avec son crucifix. Cette fois, le vampire était beaucoup moins puissant et le bouclier du Bien eut l'effet voulu. Le chef de police recula d'un pas tout en se plaignant horriblement.

De part et d'autre du groupe, les trois vampires encerclaient leurs proies, attendant que l'un d'eux fasse une erreur pour percer leur défense.

Soudain, un gémissement différent se fit entendre. Une plainte plus humaine que le cri des vampires attira l'attention de Louis. Il remarqua alors un peu plus loin derrière des hommes recourbés qui courraient en titubant en leurs directions. Il reconnut aussitôt de quoi il s'agissait.

« Des morts-vivants ! Des saletés de morts-vivants ! Ils nous ont sentis ! Les croix ne les arrêteront pas ! Il faut bouger ! Si on reste là, on va finir en pâté ! »

Il se tourna alors vers Robert, qui était

involontairement devenu le leader du groupe. Mais cette fois-ci, ce dernier fut dépourvu d'idée. Ils étaient pris en souricière et ce n'était qu'une question de temps avant que les zombies ne leur tombent dessus. La seule idée qui lui vint en tête fut de suivre le plan original et de chasser le premier vampire de la voiture. Même s'il savait très bien que dès qu'ils abaisseraient leur croix pour entrer dans l'auto, le chef vampire leur ferait leur fête, cela restait la seule chance dont il disposait.

« Max, chasse-moi cette saleté de l'auto ! ordonna-t-il à son ami. Katie, dès qu'on entre, prépare-toi à lancer ton seau d'eau bénite au visage du chef. »

Ce plan sembla tenir debout pour les autres qui s'apprêtaient à bouger dès que la voie serait libre. Max avança d'un pas supplémentaire tout en braquant sa croix vers le premier suceur de sang, forçant ce dernier à débarquer d'un bond du capot. Mais comme le jeune homme allait en faire un autre pour l'éloigner davantage, un coup de feu retentit dans la nuit, provenant d'une centaine de mètres. C'est alors que le prêtre s'effondra au sol.

Le bouclier étant percé, le chef vampire se précipita sur le groupe, ayant dans sa mire Katie et son urne. Mais cette dernière figea de frayeur devant le terrifiant monstre qui lui bondissait dessus. Elle ne réagit aucunement, le regardant foncer directement sur elle, la gueule ouverte, dégoulinante de bave, et la rage de tuer dans les yeux. C'est alors qu'une fraction de seconde avant que ce dernier ne puisse lui mettre la main au collet, Jack poussa Katie et prit sa place sur la trajectoire du démon. La créature l'accrocha et le traîna à quelques mètres du reste du groupe. La chose, tout de même satisfaite d'avoir une âme à se mettre sous la dent, lui sauta immédiatement à la gorge. Ses longs crocs jaunâtres s'enfoncèrent dans le cou du pauvre Jack comme dans du beurre. Le visage de ce dernier se crispa de douleur. Un long jet de sang s'évada de sa jugulaire et le peintura du menton jusqu'au front. Il tenta de se débattre, mais il fut incapable de faire quoi que ce soit sous la force brute du puissant monstre.

Le regard de Max fut au même instant détourné par cet incident. Le vampire blond profita de cet instant d'inattention et bondit à son tour sur sa proie. Le jeune homme se retourna aussitôt vers la créature qui volait maintenant par-dessus l'auto. Même si sa croix pointait en direction du démon, il était trop tard. Ce dernier avait déjà pris son élan et allait lui atterrir dessus d'un instant à l'autre. C'est alors que dans un dernier réflexe de survie, Max leva la pointe de son épée et la plaça entre lui et le vampire. Ce dernier s'écrasa sur le jeune homme en le projetant au sol, lui faisant échapper son crucifix. Mais, par la plus grande des chances, le jeune garda son glaive pointé sur le monstre. Le bout de sa poignée frappa le sol, lui donnant ainsi un bon soutien. Le vampire, qui chuta par-dessus Max, s'embrocha alors le torse sur la pointe de l'épée. La chose poussa aussitôt un soupir de douleur pendant que son sang commençait à couler le long de la lame. Max tint de toutes ses forces la poignée de sa main gauche et utilisa sa droite pour tenir éloignée la gueule du monstre couché sur lui, qui était empalé au bout de son arme médiévale.

De son côté, Robert eut le malheur de commettre la même erreur que Max et détourna le regard du vampire qu'il tenait en joue. Ce dernier ne perdit pas une seconde et l'attaqua. Sous le poids du chef de police devenu vampire qui lui tombait dessus, l'homme céda également comme son confrère un peu plus loin et s'écrasa au sol. Mais par miracle, juste avant que la bête ne le morde, il leva devant son visage son fusil à pompe, qu'il avait dans son autre main. Il le plaça perpendiculairement dans la bouche ouverte de son agresseur, pour l'empêcher d'approcher ses crocs empoisonnés. Il tenta de le maintenir du mieux qu'il put au-dessus de sa jugulaire, son arme dans la gueule gluante du démon comme s'il imposait un mord à un cheval.

Max, de son côté, toujours prisonnier sous le premier vampire, décida de réagir avant que ce dernier ne se libère de la pointe de son épée. Il le saisit alors au collet et le tira de toutes ses forces vers lui afin de l'enfoncer davantage sur sa lame. La créature se débattit sous la douleur, lui bavant au visage. Max réussit malgré tout à le contenir. Pendant que le vampire semblait dérouté par sa douleur, il en profita pour s'emparer d'une fiole d'eau bénite dans sa poche. Dès qu'il la sortit, il la glissa dans la bouche toujours ouverte du vampire et lui frappa férocement le menton de sa paume. La fiole éclata sous l'impact, répandant son contenu dans la gueule. « Goûte à ça, saleté ! » injuria le jeune homme au même instant. Le vampire cracha une bonne partie de l'eau ingurgitée, mais en vain, puisque l'intérieur de sa bouche commençait déjà à brûler atrocement. La bête hurla de toutes ses forces. Max le poussa aussitôt sur le côté et, à l'aide de son pied, retira son épée. Le monstre resta au sol en se tortillant de douleur. Même s'il posait ses mains sur sa bouche pour tenter de réduire sa souffrance, Max parvint à voir ses joues commencer à fondre comme s'il avait avalé de l'acide.

C'est alors que le chef vampire se releva et grogna également, comme s'il ressentait la douleur de son esclave. Mais ce moment de répit ne dura que quelques secondes. Nospheus se tourna alors vers Max, le regard empli de rage. Le sang frais de sa dernière proie lui coulait encore sur le menton et la poitrine.

Durant ce temps, Robert tentait toujours de maintenir le monstre couché sur lui. Soudain, la plainte de son confrère détourna l'attention du prédateur. Robert en profita et attrapa son crucifix tombé tout près de sa tête. Sans attendre, il lui colla son signe du Bien en plein sur le front. Un bruit de cuisson semblable à celui que fait une boulette de viande sur une plaque chaude se fit aussitôt entendre. Une légère fumée se dégagea autour de la croix. Le vampire se recula aussitôt la tête et un filament de peau fondue s'étira entre lui et l'arme du Christ. Robert remarqua alors une brûlure en forme de croix imprimée sur le front. Le monstre posa une main sur sa blessure et poussa à son tour un hurlement. Il se releva et courut en sens opposé, si loin que Robert le perdit de vue.

Au même moment, Nospheus, qui s'apprêtait à attaquer Max, broncha à nouveau lorsque Robert blessa son sbire. Cette fois, Katie profita de la situation et vengea son sauveur en lançant en plein visage de l'homme-chauve-souris ce qui lui restait d'eau bénite dans le sceau qu'elle tenait. Malgré sa puissance, le chef vampire gronda sa souffrance et se jeta à son tour au sol en se tortillant comme le premier vampire de Max.

Louis en profita pour se pencher vers le curé afin de vérifier son état. Tout à coup, un nouveau coup de feu retentit.

Robert, qui se relevait douloureusement de sa bagarre, aperçut alors du coin de l'œil le derrière du crâne de Louis éclater. Ce dernier s'effondra mollement sur le prêtre. « Un tireur ! pensa-t-il aussitôt. Comme au cimetière ! Il faut se pousser d'ici ou il nous descendra tous ! » Soudain, alors que son regard était fixé sur les deux victimes du sniper, il remarqua une voie d'évasion alternative juste en face de la voiture. « Ricky, la bouche d'égout, lui lança-t-il. Vite ! Va l'ouvrir ! »

Pour la première fois, le blond ne discuta pas et fonça vers l'ouverture, dont le couvercle n'était pas fermé complètement. Avec la force que lui apportait son adrénaline, il réussit à l'ouvrir. Puis, sans même se questionner sur ce qu'il pouvait y avoir dans la pénombre des souterrains, ou encore pourquoi le couvercle avait été déplacé, il se jeta dans le trou noir.

Robert se dirigea à son tour vers ce qu'il avait trouvé de mieux pour se mettre à couvert du tireur. Il attrapa Katie au passage, qui était toujours fixée sur le chef vampire. Il la lança ensuite littéralement dans le trou avant d'appeler son ami.

L'ASSAUT DU MAL

« Max, viens vite ! Il y a un tireur derrière nous ! Il a déjà tué Henri et Louis !

— Saute ! Je te rejoins ! »

Mais Max avait aperçu de son côté un zombie qui s'approchait dangereusement. Ce dernier venait juste de sauter sur le toit de la voiture. Max dégaina sans perdre de temps son pistolet et tira une balle dans le genou du mort-vivant, qui déboula sur le capot pour finir sa course au sol. Il lui envoya par la suite une seconde balle à bout portant en pointant la tête.

Sans attendre davantage, Robert sauta dans le trou. Au même instant, Max remarqua une lueur de feu dans une des fenêtres du dernier étage de l'hôtel de ville à une centaine de mètres, suivi d'un bruit de détonation. Une balle, qui semblait être destinée à son ami qui disparaissait dans l'égout, rata sa cible de peu et termina sa course dans le moteur de la voiture en émettant un son aigu. Ne laissant pas une autre chance au tireur, Max sauta à son tour dans les profondeurs de Winslow.

Soudain, le cadavre de Louis se mit à bouger. Puis, il roula sur le côté, libérant la figure du prêtre qui poussa un long soupir. Ce dernier, toujours en vie, venait d'enlever le cadavre du vieil ivrogne tombé sur son visage. Henri tapota son ventre qui lui faisait affreusement mal. Il trouva alors la plaie qu'avait causée la balle. Étant plutôt basse, il fut quelque peu soulagé de constater qu'elle ne semblait pas avoir touché d'organes vitaux.

Le prêtre se retourna ensuite sur le ventre et tenta de se relever. Mais la douleur le força à demeurer au sol. Voyant qu'il était incapable de se mettre debout, il commença à ramper difficilement avec ses bras vers la bouche d'égout. Mais le son d'un mort-vivant qui voulait faire de lui son repas lui fit tourner la tête. En effet, une femme fonçait sur lui, la bouche ouverte, dégoulinante de bave. Celle-ci sauta carrément dans sa direction quand soudain, juste avant de lui tomber dessus, elle s'arrêta brusquement. Puis, elle flotta un instant avant d'être propulsée violemment dans les airs en sens contraire. Henri pivota alors légèrement à droite et ne fut pas très réconforté d'apercevoir son sauveur du coin de l'œil. Ce dernier n'était nul autre que le chef vampire, Nospheus. Celui-ci avait à présent la moitié du visage plein de plaies ressemblant à des brûlures.

Cependant, le démon, lui, ne le regardait pas. Toute son attention était centrée sur un autre zombie qui voulait lui enlever sa proie. Le vampire saisit le mort-vivant à la gorge, le leva d'une seule main et le redescendit rapidement pour aller lui fracasser le crâne contre l'asphalte. La tête éclata sous la violence du coup. Puis, Nospheus le lança de côté et s'enligna sur un troisième. Il lui frappa si fort sous le menton de ses griffes que la tête du mort-vivant se détacha du reste du corps pour aller atterrir plusieurs mètres plus loin. Au même instant, un nouveau coup de feu retentit et Henri perçut un homme au visage en décomposition, qui tentait d'esquiver le vampire, s'effondrer à ses côtés.

N'ayant plus d'autre cadavre marchant dans un rayon rapproché, le chef vampire put enfin se tourner vers sa proie. Puis, comme il allait lui mettre le grappin dessus, une lumière produite par des phares de voiture lui éclaira le visage. Le démon recula alors d'un pas lorsqu'un VUS noir s'immobilisa tout près du prêtre qui gisait encore par terre. La porte du côté passager s'ouvrit et Henri vit sortir un homme de grande taille. Ce dernier portait de grosses bottes noires gothiques avec un pantalon du même ton. Il avait un gilet à capuchon sous son manteau de cuir foncé. L'ombre qu'occasionnait la capuche sur sa tête lui obscurcissait le visage.

L'homme s'avança lentement. Il retira son capuchon à l'aide de ses deux mains. Un visage sombre et terrifiant apparut alors au curé. Aucun poil, pas même de sourcils, ne parut sur les horrifiantes cicatrices de brûlures que portait l'homme.

« Nicholas! reconnut alors Henri. Tu dois

être Nicholas ?

— Non ! répondit l'étranger d'un ton sec. Je suis Sadman.

— Ils sont dans les égouts, commenta alors Nospheus d'une voie plus humaine cette fois.

— Laisse-les à Orzel et ses armarks. Ils sont sans importance. Ils ne ressortiront jamais en vie de ces tunnels. On a eu ce qu'on voulait.

— Comment ? demanda Henri.

— Mon pauvre vieil homme. Tu es si naïf. Pourquoi crois-tu que l'on se soit donné tant de mal ? Pourquoi crois-tu que l'on ne vous ait pas simplement tous abattus comme des chiens quand vous êtes sortis par cette fenêtre du sous-sol ? Pourquoi crois-tu que mes tireurs d'élite t'ont tiré dans le ventre ? C'est toi ! C'est ton âme la clé ! Quelle puissance crois-tu que ton âme de prêtre donnera à Nospheus ? Il aurait fallu plus de trois cents âmes de ces minables pour égaler la tienne.

— Non !

— Depuis le moment où Éva m'a mentionné que tu étais à l'intérieur, cette attaque était prévue. J'aurais bien aimé éliminer les pions qui te protégeaient lorsqu'ils ont été faire leurs emplettes, mais bon… On a dû ajuster le plan et ça fera des âmes de plus pour les démons. L'important, c'est qu'on ait réussi à te mettre la main dessus. Car il faut bien préparer mes soldats avant l'arrivée… disons… des renforts.

— Éva… Éva nous a dit…

— Éva n'était pas au courant. Je savais que cette petite garce finirait par me trahir ! Je ne lui ai dit que ce que je voulais qu'elle vous dise.

— Pourquoi Nicholas ? s'entêta le prêtre. Regarde cette folie autour de toi. Pourquoi ?

— Pourquoi ? M'as-tu bien regardé, prêtre ? J'ai prié Dieu chaque jour de ma putain d'enfance pour qu'il m'aide, et regarde ce qu'il m'a donné. Regarde ce que le Bien a fait de bon pour moi. Regarde mon visage. As-tu idée de ce qu'a pu être ma vie dans ce monde que tu tentes de protéger ? Aujourd'hui, je sers un Dieu qui m'écoute et qui répond à mes besoins. Un Dieu beaucoup plus puissant. Regarde tous ces monstres autour de toi. Aucun d'eux ne me juge pour ma laideur. Je fais partie de ce monde maintenant. Je suis comme eux. Je suis un monstre comme eux ! Et toi, où est-il ton Dieu maintenant, hein ?

— Le Seigneur n'a pas mis le feu à ton appartement. »

Sadman le saisit alors brusquement par

l'arrière de sa couronne de cheveux et lui tourna la tête en direction de l'église complètement en flamme.

« Où est-il ton Dieu, prêtre ? Cesse de prendre sa défense ! Il t'a abandonné comme il m'a abandonné !

— Satan est perfide. Il t'a manipulé. Il s'est servi de toi. Il te trahira à la première occasion !

— Non ! Je suis son fils ! Je suis son bras droit ! Et jusqu'à maintenant, il a fait beaucoup plus pour moi que ce que le Bien a pu faire. Le pouvoir du Mal est de loin supérieur à celui du Bien.

— Non mon fils ! Et pour te prouver à quel point le pouvoir du Bien est puissant : malgré tout le mal que tu as pu faire Nicholas, malgré tout ce que tu as occasionné, Dieu t'aime encore et il te pardonnera tes péchés lorsque tu seras prêt. Il ne t'a pas oublié et il sait que tu as souffert. Il sait ce que tu as enduré. Il t'aime toujours et te pardonnera. Il t'a déjà pardonné. Et il te gardera une place à ses côtés lorsque le moment sera venu... »

Sadman ne répondit pas. Il poussa un rire sarcastique et lâcha les cheveux d'Henri. Puis, il regarda Nospheus qui attendait impatiemment. « Assez joué avec la nourriture. Régale-toi de son pouvoir spirituel ! » Le démon fit alors un pas vers l'avant et saisit le curé au collet pour le soulever à la hauteur de sa gueule. Mais avant qu'il ne lui enlève la vie, Sadman se retourna vers eux pour dire un dernier mot au condamné : « Prêtre, tu auras servi le Bien toute ta vie. Mais prépare-toi à servir le Mal dans la mort ! »

Henri ne sentait même plus sa plaie de balle tellement la nervosité et la peur l'avaient envahies. « Seigneur, pria-t-il dans sa tête, aidez-moi à libérer mon âme. Je ne veux pas servir le Mal. Donnez la force au reste du groupe de trouver de l'aide pour que quelqu'un arrête cette apocalypse. Donnez-leur la force de me tuer s'ils me croisent. Notre père, qui êtes… »

Le pauvre Henri ne put terminer sa prière puisque le chef vampire avala son sang, sa vie, son âme et son pouvoir spirituel.

Chapitre 20

Lundi, 15 août, 02h26

Max fut le dernier à atterrir dans le fond des égouts. Grâce à l'adrénaline, l'impact fut peu douloureux. Ses genoux plièrent tout de même sous le choc de la chute, le faisant ainsi plonger en pleine face dans les eaux nauséabondes du mince ruisseau qui coulait dans le tunnel. Il sentit par la suite une main lui agripper le collet et le tirer afin de le relever. Malgré la noirceur persistante, Max reconnut la silhouette de Robert.

« Ça va ? chuchota-t-il.

— Ouais. Ce putain de tireur a descendu Henri et Louis !

— C'est un tireur comme au cimetière ! Ces salauds ont des saletés de tireurs embusqués partout. Tu as été touché ?

— Non, ça va !

L'ASSAUT DU MAL

— OK! Ricky et Katie, vous êtes là?

— Oui, répondit Katie.

— Vite, allons-nous-en! lança Ricky. Ils vont arriver d'un moment à l'autre.

— Non! dit Max. S'ils nous suivent dans cette noirceur, nous n'aurons aucune chance. Il faut garder la bouche d'égout en joue. Ils ne peuvent pas entrer plus d'un à la fois. On pourra donc les affronter à quatre contre un!

— Bonne idée, approuva Robert.

— Quoi? Vous êtes malades! réprimanda Ricky. Il faut foutre le camp! Vous avez vu la taille de ce monstre? Nous sommes déjà bénis d'être encore en vie. Je n'ai pas envie d'avoir à lui faire face une fois de plus.

— Alors tu n'as qu'à t'en aller, lui envoya Katie, appuyant l'idée de Max.

— Vous me faites vraiment chier! C'est quoi ton plan, le caïd? demanda-t-il au jeune homme.

— Eh bien… Robert, garde l'entrée en joue avec ton fusil. Dès que tu vois quelque chose, tu ouvres le feu. Ça devrait le blesser assez pour que Ricky puisse lui lancer une fiole d'eau bénite. J'en profiterai pour lui planter un pieu dans le cœur. Au cas où ça ne marche pas, Katie, tu préparas ta croix comme bouclier. Il faudra faire vite s'il y en a plus d'un! »

N'ayant pas une seconde de plus pour remettre en question le plan improvisé du jeune homme, tous se préparèrent à l'embuscade. Comme décidé, Robert se plaça, prêt à faire feu. Ricky décapsula nerveusement deux fioles d'eau bénite. Max empoigna un pieu tout en gardant l'épée qui lui avait porté chance dans son autre main. Encore les nerfs à vif suite à sa dernière bataille avec le vampire, il était plus prêt que jamais à attaquer. Il repensa à ce qu'Éva avait dit et se motiva à frapper en plein cœur le plus rapidement possible. Surtout s'il devait avoir affaire à plus d'un monstre. Katie, quant à elle, prépara également une fiole d'eau de Dieu et plaça un crucifix au bout de son bras. Elle repensa au chef vampire qui était devenu trop puissant pour que Robert ne puisse le repousser et elle se remit en question. Sa croix lui servirait-elle à quelque chose cette fois-ci?

Ils fixèrent attentivement le puits de lumière, prêt à l'assaut. Même la puanteur du sous-terrain ne les affectait pas, tellement la tension était forte. Robert, le doigt déjà sur la détente, tentait de respirer profondément pour se calmer et ainsi réduire son tremblement. Max roulait ses doigts sur le manche de son couteau de bois. Ricky, une fiole dans chaque main, planifiait dans sa tête la façon dont il tenterait d'arroser le premier qui oserait se présenter. Katie, une bouteille à la main et le symbole du Bien dans l'autre, se questionnait toujours sur l'efficacité de celui-ci. Elle se préparait à lancer son eau bénite au cas où le bouclier serait inefficace.

Les cinq minutes qui suivirent leur parurent une heure. Ils ne virent pas le moindre mouvement.

« Personne ne semble nous suivre, constata finalement Max.

— Je sais, et c'est ce qui me fait peur, lui répondit son ami. S'ils ne nous pourchassent pas, c'est soit parce qu'ils ont un doute sur notre embuscade et qu'ils vont trouver une autre entrée, soit parce qu'il y a quelque chose de pire que les vampires qui nous attend dans les égouts.

— Vous vous souvenez de ce que Marc avait dit avoir vu ? commenta Ricky. Il parlait d'un insecte géant ayant pénétré dans les égouts…

— Qu'est-ce qu'on fait ? questionna la psychologue. Je connais Nicholas, il est intelligent et astucieux. S'il n'a pas envoyé les vampires à notre poursuite, c'est parce qu'il a un plan.

— Chose certaine, confirma Max, on ne peut pas ressortir par cette bouche d'égout.

— Ils vont certainement surveiller toutes les

autres sorties, affirma Katie. Ils vont nous piéger !

— Ça ne me dit rien qui vaille, ajouta Ricky. Si on se balade ici, on va tomber entre les griffes de quelque chose. Je suggère qu'on se déplace légèrement et qu'on attende sans bouger le matin qui devrait arriver dans moins de deux heures et demie. Je préfère de loin avoir affaire aux membres de la secte et aux zombies sans cervelle qu'aux démons dont on vient d'échapper de justesse. »

Pour la première fois, tous acceptèrent le plan de Ricky sans la moindre objection. Silencieusement et lentement, tout en gardant un œil sur l'entrée qu'ils avaient empruntée, ils se déplacèrent dans la caverne de béton de moins de deux mètres de diamètre. Fort heureusement, ils se trouvaient dans la partie la plus large des tunnels souterrains de la ville. Ils purent presque tous rester debout pour leur avance, mis à part Max qui dut légèrement se courber.

Étant le premier, celui-ci, qui n'osait pas allumer sa lampe de poche, tapota les murs de chaque côté pour se guider. Il toucha alors à deux gros tuyaux d'une quinzaine de centimètres de large qui longeaient de part et d'autre, à la hauteur des hanches, le tunnel principal. Il y posa sa main libre afin de s'aider dans cette noirceur.

En avançant, Katie ressentit une douleur à la cheville, trahissant une légère foulure occasionnée lors de sa chute dans la bouche d'égout. Elle garda ce détail pour elle et continua d'avancer malgré tout.

Après avoir parcouru une quinzaine de mètres, Max arrêta le groupe comme prévu. Ils restèrent un bon bout de temps en alerte, mais après une vingtaine de minutes, l'adrénaline commençait à redescendre. Plus leur rythme cardiaque ralentissait et plus leurs armes s'abaissaient.

Katie ressentit le froid s'emparer de son corps. Commençant à avoir un gros doute sur le fait que personne ne descendrait pour les suivre, Robert, qui remarqua que la femme grelottait vivement, posa son arme sur un tuyau et se rapprocha d'elle. Puis, n'ayant aucune autre idée que de la réchauffer, il l'enveloppa de ses bras. « Ça va aller! lui dit-il. C'est le meilleur moyen à notre disposition pour se réchauffer. » Cette dernière, gelée et en état de choc, accepta sans la moindre opposition ce réconfort grandement apprécié, surtout qu'il venait de Robert. Elle appuya sa tête contre la poitrine de l'homme et ferma les yeux, se sentant en sécurité contre lui.

Max et Ricky rangèrent leurs armes à leurs tours. Ils s'appuyèrent ensuite le dos sur l'un des boyaux. Ricky, qui discernait légèrement la forme de son rival, se tourna vers lui et lui avoua : « Je suis désolé, mon vieux. Désolé pour tout.

— Tu n'as pas à l'être. Dans une situation aussi impossible, personne ne peut savoir comment réagir.

— Toi, tu as bien réagi. Toi et Robert. Vous êtes des héros.

— Des héros tu dis ? J'ai failli te tuer pour un crime que tu n'avais pas fait. De plus, je n'ai pas pu sauver ni Henri… ni Jack… ni… Louis, Marc, Éva… ni Ray… ni Jacob et ses filles.

— Jacob a décidé de son plein gré de rester dans l'église, interrompit Robert. Ne commence pas à te mettre sur le dos tous les gens qui sont morts. On n'a rien pu faire pour eux. Et il faut rester en vie pour prévenir le monde avant que ce ne soit l'Apocalypse. Alors si tu veux blâmer quelqu'un, blâme ce Sadman qui est la cause de toute cette merde. Mais pour l'amour du ciel, ne commence pas à te rendre coupable de ceux qui sont tombés. On a tout fait pour les sauver. Et c'est déjà beau que nous soyons encore en vie tous les quatre. »

Max ne répondit pas. Bien qu'il savait que son sage ami avait raison, il ne put chasser ce sentiment de défaite qui le torturait. Il remit alors certaines de ses actions en jeu en se demandant s'il n'aurait pas dû agir différemment pour sauver certains de ses confrères.

L'ASSAUT DU MAL

Ils restèrent ainsi encore une trentaine de minutes à attendre impatiemment le matin qui tardait à arriver. Leurs vêtements souillés par la transpiration commençaient à sécher malgré l'humidité du tunnel.

Katie, qui avait réussi à se réchauffer, restait tout de même collée contre Robert.

La fatigue commençait à s'emparer d'eux. Le bruit du mince ruisseau qui coulait les aidait à se relaxer, malgré tout. Leurs paupières commençaient à devenir de plus en plus lourdes. Tous somnolaient debout quand tout à coup, sans que personne n'ait entendu quoi que ce soit, se dessina dans la pénombre une silhouette humaine, à quelques mètres seulement. Les quatre survivants sursautèrent effroyablement et se crispèrent totalement lorsque l'être poussa un grondement à faire frémir. Sous le coup de la surprise, Katie laissa s'échapper un long cri aigu qui résonna dans la caverne de béton. La chose devant eux se lança en direction de Ricky en allongeant ses bras vers l'avant. Aussitôt, le blond décapsula une fiole d'eau bénite et en lança un jet au visage de l'inconnu, mais aucun effet ne se fit ressentir sur le nouvel arrivant, qui s'approchait dangereusement.

Max reconnut alors de quoi il s'agissait lorsqu'il remarqua un imposant rat sortir de la gueule ouverte de la chose. Sans perdre une seconde de plus, le jeune homme empoigna son pistolet, visa le mort-vivant en plein front et appuya sur la détente. Le bruyant coup de feu retentit, faisant siller les oreilles des survivants. Le zombie s'effondra aussitôt à leur pied.

« Ah putain ! lança Ricky. Merci, mon vieux. Je croyais bien que cette fois, ça y était.

— J'en ai assez ! commenta Katie. Je ne peux plus en supporter davantage ! J'en ai assez ! »

Robert, inquiet que le bruit eût attiré l'attention de quelque chose d'autre, fit alors signe à ses acolytes de garder le silence. Puis, il prêta l'oreille, encore bourdonnante en raison de la détonation.

Omis le bruit de l'eau, aucun son ne retentit dans la caverne. Un soulagement envahit le cœur des survivants. Robert s'apprêtait à lancer un commentaire, lorsque Max l'arrêta. Sa jeune oreille de chasseur perçut au même moment un petit claquement ressemblant à une goutte d'eau frappant le ciment. N'étant pas certain de ce dont il s'agissait, il concentra davantage son écoute.

Son souffle se coupa net lorsqu'il s'aperçut que le bruit en question devenait de plus en plus fort. Bientôt, tous l'entendirent. Une espèce de claquement contre le béton venant de la partie supérieure du tunnel, qui sembla se rapprocher de plus en plus.

« Qu'est-ce que c'est ? Questionna le jeune homme.

— Je crois que le bruit du coup de feu a attiré quelque chose, conclut Ricky. »

Robert sortit sans attendre sa lampe de poche et éclaira rapidement pour déterminer la cause de ces claquements. Ils discernèrent alors avec effroi une dizaine de silhouettes humaines avançant vers eux à toute vitesse, à quatre pattes, collées sur le plafond.

« Non, non, non ! lâcha Ricky.

— C'est quoi ça ? demanda Katie.

— Courez ! ordonna Robert. Vite ! Il faut fuir !

— N'oubliez pas vos armes ! » ajouta Max.

Les quatre fugitifs tournèrent aussitôt le dos aux acrobates et s'enfoncèrent en file indienne dans le tunnel. Ricky prit la tête, suivit par Max. Vint ensuite Katie. Robert fermait la marche. Celui-ci tenta d'éclairer du mieux qu'il put les créatures derrière. Il se rendit rapidement compte que ces dernières se déplaçaient beaucoup plus vite qu'eux. Ils étaient déjà à moins de quinze mètres. Déduisant qu'ils n'auraient aucune chance de leur échapper de cette façon, Robert ralentit afin de les attendre. Katie, s'apercevant tout de suite que ce dernier ne les suivait plus, se retourna et appela : « Robert ! Qu'est-ce que tu fais ?

— Je vais tenter de les retarder un peu ! Vite, allez-vous-en ! »

Max, entendant la phrase, s'arrêta net et se retourna vers son ami.

« Qu'est-ce que tu fais là, Robert ? Amène-toi !

— Va-t'en au plus vite d'ici !

— Si tu crois que je vais te laisser tout seul !

— Écoute-moi bien, Max, tu es le seul qui puisse réussir à trouver de l'aide. Je compte sur toi ! Tu dois sauver ma famille ! Tu es le dernier espoir de cette planète ! Alors, va-t'en au plus vite que je ne fasse pas ça pour rien ! »

Max, le cœur serré, lâcha un cri de rage devant la situation. Il savait très bien que s'il abandonnait son ami, il ne le reverrait plus jamais. Son cœur lui disait de rester, mais sa conscience lui suggérait de partir. Ce sont les paroles « sauve ma famille » qui fit pencher sa raison. À contrecœur, il regagna sa position initiale et fonça rejoindre

Ricky, qui avait déjà pris une légère avance. Mais Katie, elle, n'écouta point la volonté du martyre et resta derrière ce dernier, préparant les armes qu'elle avait en sa possession.

« Va-t'en, Katie !

— Je n'ai pas réussi à aider Sadman à retrouver la raison. C'est un peu de ma faute ce qui arrive. S'il y a bien une personne ici qui mérite de se sacrifier, c'est bien moi. En plus, on pourra les retenir plus longtemps à deux. »

N'ayant plus le temps de discuter, Robert se retourna vers le premier grimpeur qui se préparait à lui tomber dessus. Il plaça sa lampe à côté de son canon en la tenant de la même main que celle qui tenait son fût. Il visa du mieux qu'il put, malgré la nervosité. Il tira une cartouche. La chose tomba au sol. Une deuxième créature prit aussitôt la place. Robert pompa son arme, mais avant qu'il ne puisse tirer à nouveau, l'homme bête se propulsa dans sa direction. Robert se jeta sur le dos, évitant de justesse l'attaque du monstre. Puis, il roula vers l'arrière et se releva d'un seul bond. Il éclaira alors le démon qui se préparait à un deuxième assaut.

Ce dernier avait les traits d'un homme de race blanche d'une trentaine d'années, habillé d'un imperméable orange de travailleur avec les inscriptions de la ville écrites dessus. Mais ce qui attira l'attention de Robert fut d'abord ses deux yeux complètement noirs et opaques; pas de blanc, pas de pupille, entièrement noirs. Il remarqua deux bosses de chaque côté de la bouche de laquelle sortaient deux effrayants crocs noirâtres en crochets perpendiculaires à son nez, donnant l'illusion d'une gueule d'insecte. Derrière les crocs se cachaient de petites dents pointues, que la tête présentait en émettant un sifflement terrifiant.

Robert en déduit que ce devait être un des serviteurs infectés par le démon-araignée. Ne lui laissant pas la chance de lui mettre la main au collet, il pressa la détente. La moitié du visage du monstre se détacha. Même si ce n'était qu'une blessure temporaire, cela l'occupa pendant un instant.

Robert, qui se doutait qu'il n'aurait bientôt plus de cartouches, en profita pour sortir son crucifix et le pointer en direction d'un troisième. Ce dernier figea aussitôt en projetant de toutes ses forces un cri horriblement aigu. Mais un quatrième sauta dans le mince ruisseau et tenta d'éviter par la gauche la défense que provoquait le signe du Bien. Robert lâcha alors son arme à feu et tendit la main vers Katie tout près derrière. Ayant appris de sa dernière expérience, il ne lâcha pas du regard celui qu'il tenait déjà en joue. « Donne-moi ton crucifix », demanda-t-il à la femme qui attendait impatiemment de lui venir en aide. Cette dernière s'exécuta et Robert plaça son deuxième bouclier entre lui et le quatrième. L'effet espéré se réalisa et l'homme-araignée de gauche stoppa à son tour.

Tout en reculant lentement, Robert déplaçait son regard d'un à l'autre rapidement à tour de rôle, les tenant tous deux en joue. À chaque fois qu'il en fixait un, l'autre tentait de se rapprocher, mais l'homme les regardait assez souvent pour pouvoir les contenir. Ayant les mains libres, Katie ramassa le fusil, sans toutefois s'en servir.

Ricky, de son côté, courut à travers la pénombre des profondeurs. Il était si effrayé qu'il ne s'était même pas aperçu que Katie et Robert ne le suivaient plus. Il fila en laissant sa main gauche glisser sur un tuyau pour le guider quand soudain, il frappa quelque chose de mou qui l'immobilisa d'un coup sec. Cela lui fit l'impression d'atterrir dans un filet de pêche. Il se mit alors à paniquer et essaya de se déprendre, mais il n'y avait rien à faire. Il était littéralement collé et incapable de bouger. Il tenta de se débattre de toutes ses forces, mais en vain. La lumière qu'occasionna la lampe que Max venait juste d'allumer l'éclaira soudainement. Ricky comprit alors qu'il était prisonnier d'une énorme toile d'araignée blanche qui recouvrait la largeur du tunnel.

« Max, vite ! Viens m'aider, supplia-t-il.

— J'arrive Ric… oh ! »

Dès que Max aperçut le piège, il s'arrêta et comprit aussitôt de quoi il s'agissait. Il éclaira rapidement autour de lui afin de vérifier s'il n'y avait pas de créatures qui attendaient près du traquenard. Ne remarquant rien de suspect, il déposa la lampe au sol en envoyant son faisceau vers le prisonnier. Puis, il saisit son épée à deux mains et frappa à pleine puissance la toile de part et d'autre de Ricky. Bien que celle-ci fût assez résistante, elle céda sous les coups violents et répétés du jeune homme, empli de rage. Lorsque Ricky fût enfin libéré, Max remarqua que d'autres couches de toiles suivaient la première. Il se lança donc avec son arme médiévale au travers de celles-ci en tentant de se frayer un chemin. Comme la toile collante commençait à s'enrouler autour de son épée, réduisant son efficacité, il dut déposer la pointe au sol et la nettoyer avec son pied. Une fois cela fait, il continua de plus belle.

Pendant ce temps, Robert, qui tentait toujours de contenir les armarks avec ses croix, sentit qu'il commençait à perdre le contrôle. Certains de ces monstres tentèrent de se frayer un chemin en collant aux parois de côté et du dessus. Le pauvre continuait de reculer lentement en pointant à mesure celui qui s'approchait le plus. Voyant qu'il ne pourrait plus les maintenir encore longtemps, Katie tenta de trouver une méthode plus efficace. Elle se remémora ce qu'avait mentionné Éva concernant le point faible de cette race de démon.

« Le briquet! cria-t-elle soudainement. C'est bien toi qui as le briquet?

— Oui, dans ma poche! Avec le gaz! Bonne idée! »

Il n'eut pas besoin d'en dire davantage. Elle déposa le fusil et attrapa le contenant métallique d'essence à briquet. Elle se plaça à côté de Robert et aspergea les côtés ainsi que le plafond entre elle et les armarks. Elle répandit près de la moitié du contenu. Une fois terminé, sans perdre une seconde, elle alluma le briquet. À la simple vue de la flamme, les démons semblèrent terrorisés et commencèrent déjà à reculer. Katie posa la flamme contre l'essence, qui prit feu brusquement. Un demi-cercle de flammes éclaira le tunnel, effrayant les créatures qui reculèrent devant le spectacle en poussant d'angoissants crissements.

Robert, qui pointait toujours ses deux croix, commença à croire que ce mur de flamme était plus efficace. Il abaissa ses croix tout en restant alerte. Comme les démons les plus près ne semblaient pas vouloir s'approcher davantage, il redonna l'un des crucifix à Katie. Il se pencha rapidement pour ramasser son arme à feu, ne lâchant pas du regard les hommes-araignées.

« Ne restons pas ici ! suggéra-t-il aussitôt. Ça ne brûlera pas longtemps. Vite, allons rejoindre les autres ! »

Katie, qui était certaine que son aventure allait se terminer à cet instant, fût emplie d'espoir de voir que les choses avaient finalement bien tournées pour eux. Elle regarda Robert avec émerveillement. « Avec plaisir, répondit-elle. Allons-y ! »

Max commençait à s'essouffler à force de frapper sans arrêt à pleine puissance contre les murs de toile. La sueur coulait abondamment sur son front. Ses avant-bras le faisaient de plus en plus souffrir. Mais il refusait d'arrêter. Même si son cœur battait à tout rompre et que sa respiration haletante lui donnait des points aux poumons, jamais il ne ralentit.

Soudain, un reflet lumineux éclaira au-dessus d'eux. Max interrompit alors temporairement son dur travail et se retourna pour vérifier. Il poussa un soupir de soulagement et un sentiment de joie l'emplit lorsqu'il reconnut Robert et Katie, qui boitait légèrement, arriver vers eux. Ils étaient toujours en vie.

Son ami ne lui laissa pas beaucoup de temps pour se réjouir et reprendre son souffle. Dès qu'il eut un visuel sur le jeune homme dans le corridor qu'il s'était taillé, il lui cria : « On a fait un mur de feu, mais ça ne les retiendra pas très longtemps. Est-ce qu'on peut continuer par ce chemin ?

— Je crois que je suis presque arrivé au bout, lui répondit-il. Je peux réussir à voir de l'autre côté de la dernière couche de toile.

— Fais vite, Max ! »

Aussitôt, ce dernier reprit sa tâche en frappant le tissu collant devant lui. Au moment même où Robert et Katie arrivèrent à l'entrée du mince tunnel de toiles, le claquement sur le plafond et les murs que faisaient les griffes des armarks contre le béton retentit à nouveau dans la caverne. Robert éclaira derrière lui et fut alarmé de voir à quel point ils étaient déjà près. Ne voyant pas d'autres solutions, il demanda le briquet à Katie qui lui donna sur-le-champ. Puis, il alluma un coin de la toile d'araignée géante. Cette dernière s'enflamma extrêmement bien, même trop bien. Le feu se répandit en une seconde sur toute la première couche de toile, bloquant ainsi le chemin aux démons allergiques au feu.

Mais les flammes sautèrent immédiatement à la deuxième couche, qui brûla aussi vite. Puis, elles s'attaquèrent à une autre, puis une autre, forçant les deux responsables de l'incendie à bouger. Le feu les rattrapait lorsqu'ils se rivèrent contre Ricky, qui regardait le spectacle, stupéfait.

Max, qui aperçut également les flammes s'approcher en un temps record du coin de l'œil, continua en tentant d'accélérer la cadence et la puissance de ses coups. « Vite, Max ! poussa alors Ricky. La toile brûle trop vite ! On va tous cuire ici ! »

Robert sentait la chaleur intense réchauffer son dos. Il commençait amèrement à regretter son geste. Jamais il n'aurait pensé que la toile d'araignée aurait pu brûler aussi vite.

Katie pensa alors à Jacob et ses filles qui avaient probablement subi le même sort. Elle se sentit prête pour cette mort, qui laisserait son âme en paix.

Mais Ricky se refusa à brûler vif et cria de toutes ses forces à Max, l'encourageant à aller encore plus vite. Puis, sentant la douleur occasionnée par la chaleur, la panique s'empara de ses idées. Il fonça sur Max en le plaquant durement contre la toile devant eux. Comme ce dernier donnait un violent coup d'épée au même instant, l'énergie qui résulta du fait de se faire pousser brutalement dans le dos doubla sa force de frappe et il passa au travers de la dernière couche de toile. Ils tombèrent tous deux à plat ventre de l'autre côté, Ricky par-dessus Max. Sans attendre, le blond roula afin de pouvoir se relever hâtivement. Max ne perdit pas de temps à se remettre debout, laissant ainsi la chance aux deux autres de sortir juste à temps du piège.

Les quatre se retournèrent ensuite pour contempler l'incendie tout en tentant de reprendre leur souffle. Max donna une légère tape sur l'épaule de Robert. Celui-ci lui répondit d'un signe de la tête. Ricky, quant à lui, se secoua un peu pour essayer de se débarrasser des morceaux de toile dégoûtants qui lui collaient un peu partout sur le corps. Katie colla ses mains, regarda au plafond, et remercia le ciel d'être toujours en vie.

Alors que la vigilance baissait au sein du groupe, Ricky sentit quelque chose lui frapper l'épaule, comme une claque. Avant même qu'il ne puisse se retourner, quelque chose l'entraîna rapidement dans la pénombre, lui faisant échapper sa lampe.

Max, voyant le blond disparaître d'un coup sec, retomba aussitôt en état d'alerte. Il ramassa la lampe et éclaira rapidement l'autre côté du tunnel. Il aperçut alors Ricky traînant dans le petit ruisseau à toute vitesse. Ce dernier s'éleva dans les airs et monta rapidement vers le haut. Max comprit alors de quoi il était question lorsque qu'une silhouette d'environ deux fois la grosseur d'un homme, collée au plafond, agrippa Ricky, qui poussa un cri de terreur en voyant la créature. Puis, avant même que les trois autres ne puissent réagir, le monstre attaqua le pauvre homme à la gorge, le réduisant au silence sur le coup. Sans perdre de temps, la bête le relâcha, laissant tomber un corps sans vie.

Max regarda Katie et Robert. Il leur demanda de lui donner au plus vite l'essence et le briquet. Sans essayer de comprendre, ils s'exécutèrent rapidement. Max remit sa lampe à la femme et plaça la boîte métallique sous son aisselle gauche. Il attrapa le briquet de la main droite. Dès qu'il mit la main sur ce dernier, il sentit à son tour quelque chose le frapper à l'épaule. Immédiatement, il se sentit aspiré sans qu'il ne puisse se retenir. Les autres regardèrent le jeune s'éloigner à toute vitesse.

Max s'efforça de ne pas lâcher le briquet, l'essence et son épée. Puis, il se sentit soulevé de terre. Il leva la tête afin de voir la chose qui l'attirait au plafond. Il vit, sous les reflets des flammes un peu plus loin dans le tunnel, un être hybride entre un homme et une araignée. Le monstre ramenait rapidement un large fil blanc qui rentrait dans son ventre. Max comprit alors que l'insecte géant l'avait attrapé avec un lasso adhésif et l'emportait maintenant jusqu'à lui pour dévorer son âme. Il restait moins d'un mètre avant que Max ne se fasse agripper par l'énorme prédateur. Juste avant que la main griffue du démon ne puisse l'attraper,

Max frappa de son épée le fil d'araignée qui le soutenait dans les airs. Celui-ci, qui était sous tension, se coupa aussitôt, laissant retomber son captif dans le petit cours d'eau au fond de l'égout. Mais la chose ne découragea pas si facilement. Elle se détacha aussitôt du plafond et alla atterrir tout près de Max qui se relevait au même instant de sa chute. Ce dernier discerna, au même moment, davantage les traits de ce qu'il devina être Orzel, le chef armark.

Ce dernier, contrairement à Nospheus, le chef vampire, ne portait aucun vêtement. Quelques poils rigides sortant ici et là habillaient sa peau noirâtre. De son corps plutôt costaud sortaient huit membres. Deux grandes jambes solides et six bras minces au bout desquels s'ajoutaient des mains ne comptant que trois gros doigts chacune. D'énormes griffes de deux fois la grosseur de celles du démon-vampire terminaient ceux-ci. Son cou, considérablement musclé, donnait presque l'impression qu'il n'en avait pas. Une tête chauve au visage hideux s'ajoutait au cou du géant. Max compta huit yeux ronds totalement noirs qui le fixaient horriblement. Il reconnut deux petits trous en guise de nez. Mais ce qu'il trouva le plus terrifiant fut sa gueule béante composée de deux imposants crocs sortant horizontalement de deux bosses de part et d'autre de la bouche, qui contenait plein de petites dents pointues.

Le monstre, qui devait se courber pour se tenir debout, remplissait entièrement le tunnel, ne donnant aucune chance de le contourner.

Max, qui croyait vraiment que le chef vampire sortait des pires cauchemars, fût cette fois épouvantablement surpris tant la chose devant lui pouvait être terrifiante et monstrueuse.

Robert, assistant également au spectacle, leva son arme et tenta de tirer sur le démon. Mais comme Max se trouvait également dans sa trajectoire, il ne put faire feu. Il tenta alors de se rapprocher pour avoir un meilleur angle de tir. Mais avant même qu'il ne puisse appuyer sur la détente, le jeune homme sortit une fiole d'eau bénite et la lança au visage d'Orzel. Ce dernier recula d'un pas, laissant ainsi la chance à Max de casser le bouchon de plastique de la canisse d'essence d'un coup d'épée. Puis, il enduisit sa lame de pétrole avant de faire un pas vers le chef démon. Il aspergea alors la bête qui était encore distraite par ses brûlures d'eau bénite. Max laissa tomber la boîte métallique maintenant vide et plaça le briquet près de son épée. Il tenta aussitôt de produire une flamme, mais comme le briquet avait pris l'humidité, ce fût sans succès. Il essaya encore et encore. N'ayant pas pensé à un plan de rechange, il s'entêta à faire rouler la rude rondelle du briquet sur la petite pierre pour faire apparaître une flamme. Seulement quelques étincelles furent produites.

Le chef démon n'allait malheureusement pas lui laisser le temps d'en faire davantage sans réagir. Ce dernier, qui se remettait de sa blessure, revint vers sa proie avec un regard enragé. La bave coulait abondamment de chaque côté de sa gueule. « Minable mortel ! lança-t-il d'une voix effrayante, à la fois aigüe et grave, comme si deux personnes parlaient en même temps. Tu vas me le payer ! Je vais dévorer ton âme !

— S'il-vous plaît mon Dieu, aidez-moi ! pria le jeune homme en regardant la bête se rapprocher de lui. Je vous en prie, faites que ça allume ! Mon Dieu, aidez-moi ! »

Il s'acharnait désespérément sur le briquet, qui ne voulait pas s'allumer. « Allez, sale briquet ! Allez ! Allume, merde ! »

La créature lui saisit violemment la gorge entre ses gros doigts puissants, lui coupant automatiquement le souffle. Soudain, au même instant, un cri féminin parvint à ses oreilles : « Max ! À droite ! »

Le jeune homme regarda instantanément d'un coin de l'œil et aperçut sa lampe de poche entourée de fils d'araignée enflammés glisser sur le tuyau de droite. La lampe s'arrêta près de Max qui étira aussitôt son bras en poussant le bout de son épée vers l'objet que Katie venait de lui lancer. La pointe de sa lame frôla à peine le feu sur la lampe, mais cela suffit pour enflammer son arme qui était enduite de combustible. Le monstre rapprocha au même instant sa proie de ses imposants crocs. Comme ses dents allaient pénétrer la peau du jeune homme, celui-ci ramena à toute vitesse le glaive en flamme et, n'ayant malheureusement pas le temps de viser le cœur, perça le ventre du démon. En une fraction, de seconde, le gaz dont Max avait aspergé le monstre prit feu. La bête le repoussa brutalement. Le jeune homme ne lâcha pas son épée lorsqu'il vola en sens inverse du monstre, plongeant de nouveau à l'eau.

La bête en feu poussa un grondement si aigu qu'il fit mal aux tympans des mortels devant lui. Puis, la créature se retourna et plongea à plein ventre dans le ruisseau pour tenter d'éteindre le feu.

Sous la lueur des flammes qui couvraient le corps du démon, Robert remarqua une échelle, que protégeait le monstre, donnant sur une sortie d'égout. Bien que la créature fut blessée, l'homme en déduisit rapidement que ce ne serait qu'une question de secondes avant qu'il ne se relève à nouveau. De plus, ils n'avaient plus d'essence et le feu dans la toile commençait à diminuer. Il en conclut qu'ils avaient plus de chance de survivre s'ils tentaient de sortir plutôt que de rester dans les profondeurs à attendre d'être complètement encerclés.

Il appela Katie, qui comprit aussitôt son plan. Puis, Robert alla aider Max, encore sous le choc, à se relever. « Debout, Max ! Il faut sortir de ce trou. Viens vite avant qu'il ne se relève ! » Max le suivit aveuglément, n'ayant pas encore repris tous ses esprits.

Alors que Katie allait monter la première, Robert l'arrêta et la força à changer de place avec lui. « On ne sait pas quel danger nous attend cette fois, l'avertit-il. Laisse-moi y aller le premier. » Elle se poussa sans dire un mot et lui laissa la place. Il grimpa alors rapidement l'échelle, fusil à la main, avant qu'Orzel n'éteigne toutes les flammes qui le brûlaient encore.

Chapitre 21

Lundi, 15 août, 03h38

Robert poussa de toutes ses forces la lourde plaque qui recouvrait la bouche d'égout. Une fois que l'ouverture apparut, il se sortit jusqu'au bassin. Puis, tout en pointant son fusil dans la même direction où son regard se dirigeait, il inspecta rapidement les alentours, s'attendant à tout instant à voir une bête surgir devant lui. Il fut fort soulagé de constater que l'endroit était désert. Pas le moindre mouvement en vue. N'ayant pas le temps de se questionner davantage, il sortit complètement pour laisser la place aux autres qui attendaient impatiemment. Il adopta ensuite une position de tir pour couvrir ses amis qui se faufilèrent à leur tour au travers du trou.

Max, qui voyait le démon-araignée commencer à se relever, pressa Katie. « Vite! Sort! Il arrive! » À peine la femme eut-elle passé la sortie que Max traversa à son tour. Dès qu'il mit le nez dehors, il chercha du regard un moyen de se sauver rapidement du périmètre. Il réalisa qu'au nord, à une centaine de mètres, une large rivière leur barrait la route. Puis, tout près de celle-ci, il remarqua une voiture rouge dont la porte du conducteur était encore ouverte, comme lors de leur sortie de l'église. Il se questionna un court instant à savoir si c'était vraiment une bonne idée, vu la tournure des évènements la dernière fois. Mais la peur de voir l'abominable monstre sortir pour venir prendre sa revanche prit le dessus. Sa décision fut rapide. « Tout sauf retomber nez à nez avec la hideuse créature. » Sans même avertir les autres, il dégaina son pistolet et leva son épée encore pleine de suie et de sang jaunâtre. « Suivez-moi ! Il faut foutre le camp au plus vite ! Il va bientôt revenir ! Vite, venez ! »

Robert, qui avait remarqué plus tôt la voiture, n'eut pas le temps de dire quoi que ce soit que déjà Max, qui semblait affolé, se précipita tête baissée. N'ayant d'autre choix que d'y aller aussi, il fit signe à Katie de le suivre.

Une lueur d'espoir envahie Max en voyant que non seulement le véhicule était désert, mais qu'en plus les clés étaient encore sur le contact. Sans attendre, il s'installa au volant. Il jeta ensuite un coup d'œil pour non seulement vérifier la progression de ses amis, mais également pour s'assurer que le démon ne les suivait pas. Il fut soulagé de n'apercevoir aucune araignée humanoïde dans les parages.

Les autres vinrent bientôt le rejoindre. Malgré sa foulure, Katie courut le cent mètres en un temps record, poussée par la peur de se faire attraper par Orzel, ou par tout autre monstre. En arrivant, ils prirent place à l'intérieur. Robert prit le siège passager et Katie se contenta de celui derrière Max. Ce dernier regarda, au même instant, son ami, tout en se préparant à tourner la clé. Robert lut à ce moment dans ses yeux que le jeune homme était persuadé que le moteur ne se mettrait pas en marche. Depuis le début que leurs plans tournaient au vinaigre. Cette fois-ci, c'était trop facile.

Puis une sombre idée traversa l'esprit de Robert. Et si le véhicule, la portière ouverte, près d'une sortie d'égout, était un guet-apens. Il douta un instant que la voiture fut piégée. L'image de l'auto explosant dès que Max mettrait le contact traversa alors ses pensées. Mais comme il était épuisé, fatigué et à bout de force, il laissa le jeune tourner la clé sans intervenir. Il se dit qu'au moins en explosant, ils ne finiraient pas comme Ricky : un futur serviteur du diable. Il serra les dents.

Tous furent étonnamment surpris lorsque le moteur se mit en marche sans la moindre conséquence. Un rayon de bonheur illumina enfin le visage de Max, qui se mit à rire comme un déchaîné en entendant le bruit du véhicule. Il regarda alors Katie et Robert d'un rire contagieux, qui fit sourire d'espoir les deux passagers.

Puis, ne poussant pas la chance, Max posa sa main sur le levier d'embrayage et se prépara à passer en mode « drive ». Tout à coup, sortant de nulle part, une créature apparut à l'extérieur par la vitre de la portière du conducteur. Les trois bloquèrent leurs respirations sous le choc de voir apparaître cet homme à la peau verdâtre avec des yeux jaunes dont chaque pupille était une ligne verticale noire. De sa bouche sortaient deux longs crocs très minces de serpent ainsi qu'une étroite langue foncée dont la pointe se séparait en deux, comme celle d'un reptile.

Avant même que l'un ou l'autre ne puisse réagir, la bête fracassa la vitre de la porte de Max de ses mains griffues et agrippa ce dernier par son chandail. Puis, il le traîna brutalement au travers des restes de verre pour aller le projeter au sol.

Au moment où Robert ouvrit sa portière pour venir en aide à son ami, un autre homme-serpent tomba sur le capot en froissant la tôle. Les traits du visage de ce dernier démontraient que ce deuxième personnage était également un serviteur de Bakkar, le chef des Léviathans. C'est alors que dans un réflexe de survie, Robert leva son fusil d'une main et lui tira une cartouche à bout portant en plein visage. La créature vola de près de deux mètres de l'autre côté de la voiture.

Pendant ce temps, Max sentit que cette fois-ci, il n'aurait pas la même chance qu'il avait eue depuis le début de son aventure. Car le sbire de Bakkar qui l'avait extrait de l'auto ne lui laissa pas le temps de prendre une arme pour se défendre et lui lançant un brutal coup de patte à la figure. Le jeune sentit les griffes pénétrer profondément tout le long de son visage. Malgré la douleur atroce qu'il ressentit, il s'efforça de retenir le menton du Léviathan afin de l'empêcher de le contaminer du Mal avec ses longues dents pointues. Mais le monstre ne se contenta pas de lui donner qu'un seul coup de griffes. Il continua à en envoyer un après l'autre, telle une bête enragée, en alternant de main. Max se fit lacérer partout sur les bras, le torse et le visage.

Katie, aussi rapidement qu'elle put, prit sa fiole d'eau bénite et arrosa la créature qui était en train d'attaquer sauvagement son ami. Le résultat sembla fonctionner, et même encore plus que d'habitude. Cette fois, au lieu de seulement pousser un simple cri de douleur et de reculer de quelques pas, la bête hurla comme le chef des armarks l'avait fait auparavant au contact du feu. Le démon lâcha Max et prit ses jambes à son cou pour aller se perdre dans la noirceur de la nuit.

L'ASSAUT DU MAL

Katie entendit ensuite la bête plonger dans la rivière quelques secondes plus tard.

De son côté, Robert escalada le capot de la voiture pour aller au plus vite voir l'état de son ami. Il fut affolé de voir à quel point ce dernier était mal en point. Lui, qui en avait vu d'autres dans son ancien métier, se figea tout de même en voyant le pauvre Max. « Non ! se dit-il. Non, non, non ! Seigneur, ce n'est pas vrai ! Pas toi ! » Le sang sortait abondamment des nombreuses coupures. Le visage de Max était défiguré par des lacérations. Robert fut presque surpris de voir qu'il était encore en vie. Le Léviathan ne l'avait pas épargné.

Après un bref instant, l'ex-ambulancier se ressaisit. Sans attendre que le monstre qu'il avait envoyé au tapis de son coup de fusil ne se relève, Robert ordonna à Katie de prendre le volant et de laisser la portière arrière ouverte. Elle s'exécuta aussitôt et embraya le véhicule. Robert aida son ami gravement blessé à se remettre sur pied et l'aida à marcher vers l'automobile.

C'est alors qu'une autre ombre s'approcha à toute vitesse et bondit sur le toit de l'auto. Cet autre esclave de l'homme-serpent fixa les deux hommes comme s'ils allaient être sa prochaine récolte d'âmes. « Vous n'irez pas plus loin, siffla effroyablement la bête. Vous êtes à moi ! » À peine termina-t-il sa phrase que le monstre à la figure ensanglantée, due au coup de fusil, se releva pour les prendre en souricière.

Ne perdant pas une seconde de plus à les regarder, Robert, avec la force que lui procurait l'adrénaline qui coulait dans ses veines, souleva Max, tout en conservant son fusil, et se jeta littéralement avec ce dernier au travers de l'ouverture de la portière arrière. Ils atterrirent tous deux durement sur le siège. Le monstre se pencha alors et agrippa la chemise de Robert. Mais avant qu'il ne réussisse à l'emporter assez près pour pouvoir l'infecter d'une morsure, Robert agrippa un pieu en fer plaqué or qu'il portait toujours à sa ceinture et l'enfonça sauvagement dans l'œil du démon. La mince couche de métal précieux sembla alors suffisante pour blesser la créature qui lâcha prise. Robert resta surpris de voir à quel point la pointe s'était enfoncée facilement, comme si la chair avait fondu autour de l'or pour le laisser pénétrer davantage. Et pendant que le monstre hurlait de douleur, Robert le saisit par son chandail et le jeta hors du toit.

« Roule ! Roule ! Roule ! » cria-t-il à Katie, qui écrasa la pédale de gaz au même instant. Elle évita ensuite l'autre Léviathan qui fonçait à vive allure vers eux. Celui-ci réussit tout de même à sauter à son tour sur le toit. Entendant la chose atterrir au-dessus d'eux, une idée traversa l'esprit de Robert. « Quand je te le dirai, tu freineras ! » ordonna-t-il à Katie. Puis, il baissa la vitre de sa portière et se faufila le haut du corps au travers, de manière à apercevoir le monstre. Dès que ce dernier vit l'homme s'installer, il se prépara à l'attaquer. Mais comme il allait s'exécuter, sa proie lui pointa un crucifix devant les yeux. Le Léviathan se cacha automatiquement le visage de ses deux mains. « Freine ! » hurla Robert en s'agrippant solidement. Katie s'exécuta sans attendre et la voiture s'immobilisa dans un crissement de pneus. Comme prévu, le monstre vola d'une dizaine de mètres avant de s'écraser brutalement contre l'asphalte. « Allez, roule ! » lança-t-il à la conductrice. Cette dernière pressa à nouveau l'accélérateur et l'auto repartit avant que l'homme-serpent ne se relève.

Robert retourna à l'intérieur et se pencha vers son ami couché sur la banquette arrière, qui poussait des plaintes de douleurs. Le tissu pâle des sièges maintenant tâchés de sang donnait encore plus l'illusion que Max était grièvement blessé. Robert remarqua qu'un des coups de griffes que Max portait sur la joue traversait celle-ci de part en part, laissant entrevoir une dent. L'ancien ambulancier examina rapidement les nombreuses blessures et fut rassuré de voir qu'aucune d'entre elles ne semblait avoir touché d'artères. Malgré tout, il trouva que le pauvre perdait beaucoup de sang. Il déchira donc l'autre manche de sa chemise et s'en servit pour couvrir les plaies les plus graves, dont une main où il manquait deux doigts.

Katie, tout en conduisant à toute vitesse au travers des rues de la ville comme si elle coursait dans un rallye, s'informa de l'état de Max. Ne voulant pas anéantir le moral du blessé, Robert lui répondit que tout allait bien aller, même si en réalité, la situation était plutôt inquiétante.

« Où est-ce que je vais ? demanda-t-elle par la suite. Je ne connais pas le chemin.

— Continue à suivre la rivière. On arrivera sûrement à un pont. L'important, c'est de ne pas s'arrêter jusqu'à l'aube. Est-ce qu'il reste de l'essence ?

— Oui, le réservoir est presque plein.

— C'est au moins ça. »

Et ils roulèrent ainsi dans les rues sombres de la ville, cherchant le plus court chemin pour s'évader de cet endroit sinistre et démoniaque.

Chapitre 22

Lundi, 15 août, 04h20

Moins d'une demi-heure et le soleil allait commencer à se montrer, ce qui forcerait les démons à se cacher. Les trois survivants n'auraient enfin plus à se soucier que des morts-vivants et de la secte. L'espoir commençait à devenir chose possible, surtout du fait qu'ils s'étaient presque évadés de la ville sans autres incidents.

Malgré son état, Max réussit à se relever et à guider Katie. Malgré sa bouche endolorie, le jeune homme, encore sous le choc, réussit à articuler assez bien pour que la conductrice comprenne ses explications. Il lui indiqua le chemin le plus court et le moins propice aux embuscades. Plus qu'un coin de rue et ils prendraient une route qui les mèneraient à la prochaine ville. « La proch… prochaine… droite », expliqua le pauvre estropié.

Katie se préparait alors à tourner quand tout à coup, un pick-up gris, fonçant à pleine vitesse, sortit de derrière une bâtisse. Sans que la conductrice ne puisse l'éviter, le camion les frappa de plein fouet.

Max alla s'écraser contre la portière de droite et Robert fut propulsé sur son ami. Katie, elle, se frappa la tête sur le coussin gonflable qui, au même moment, se déployait du volant.

La violence de l'accident écrasa tout le côté passager du compartiment moteur, qui calla aussitôt. La voiture rouge glissa de plusieurs mètres sur le côté. Le camion, lui, ne bossa que son parechoc qui semblait très résistant.

Dès que leur véhicule s'immobilisa, Robert, d'un réflexe instinctif, leva la tête pour voir à quoi il avait affaire cette fois-ci. Il aperçut aussitôt un homme barbu d'une quarantaine d'années, vêtu de cuir noir, descendre du côté passager du camion, armé d'une mitrailleuse de style M-16. Dès qu'il remarqua que ce dernier pointait son arme à feu automatique sur leur voiture accidentée, Robert se jeta sur son ami en agrippant Katie, encore sonnée, de sa main gauche, la forçant à se mettre à couvert, elle aussi. Tout en s'exécutant, il remarqua que Max portait toujours son pistolet à la ceinture. Sans trop réfléchir, par automatisme de survie, il empoigna l'arme de poing. Puis, au même moment où le membre de la secte tira une rafale de trois balles, Robert pointa la portière en direction probable de l'ennemi et pressa également la détente.

Pendant que les premières balles de l'homme en noir passaient entre les deux passagers derrière et la conductrice à l'avant, le projectile qu'envoya Robert passa au travers de la porte. Guidée par une intervention divine ou tout simplement par une chance monumentale, la balle frappa le pare-brise du camion en plein dans la direction du conducteur toujours à bord de son véhicule. Le barbu tira une deuxième rafale sans s'apercevoir que son coéquipier gisait derrière lui, la tête accotée sur le volant, un trou dans le crâne. Les projectiles frôlèrent de si près Max qu'un petit morceau de son pantalon se déchira. Robert, devinant que le tireur était toujours en vie, ne perdit alors pas une seconde de plus et tenta à nouveau sa chance en pressant la détente une fois de plus. Mais cette fois, il ne tira pas seulement une balle. Il tira encore et encore. Les balles volèrent autour du membre de la secte restant. Entendant les projectiles lui siffler de chaque côté de la tête, il se mit à couvert derrière le camion, avant de répondre au tir sans même prendre le temps de viser. Fort heureusement, la chance ne tourna pas pour lui et il ne toucha aucun des passagers.

Jugeant que son chargeur allait bientôt être vide, Robert tenta sa chance en s'exposant à la fenêtre pour prendre un coup visé. « Si je ne tente

pas quelque chose, se dit-il, on va tous y passer ! »
Lorsqu'il se releva, le serviteur du diable discerna
sa forme et le visa rapidement. Miraculeusement,
la balle dévia légèrement en traversant la vitre
et rata de peu la tête de Robert. Au moment où
la fenêtre éclatait, le stress intense de Robert lui
enleva la douleur qu'auraient dû lui infliger les
morceaux de verres qui lui éraflaient le visage.
Il ne broncha donc pas et se concentra sur son
tir. Il pressa à nouveau la détente. Cette fois,
le projectile frappa sa cible en plein centre du
thorax. L'homme s'écrasa au sol en poussant un
dernier soupir. Aussitôt, Robert inspecta à gauche
et à droite par les vitres afin de confirmer qu'il
n'y avait pas d'autres tireurs. N'en voyant aucun,
il expira de soulagement. « Merci Seigneur, de
m'avoir donné la force et l'agilité pour réussir »,
remercia-t-il persuadé que le Bien y était vraiment
pour quelque chose. Il trouva en effet que le fait
d'avoir gagné la fusillade était vraiment dû à un
miracle divin.

Il examina ensuite Max, qui était semi-
conscient depuis l'accident pour voir s'il n'avait
pas reçu de projectiles de plomb. Son cas ne
semblait pas avoir empiré, mais il était tellement
couvert de sang qu'il était difficile de distinguer
s'il avait une nouvelle blessure par balle.

« Ça va Katie ? s'informa-t-il ensuite.

— Oui, je crois, répondit-elle encore un peu assommée et déboussolée. Est-ce que c'est...

— Je crois bien que j'ai tué les deux types qui nous ont attaqués.

— Comment as-tu réussi cela ?

— Je ne sais pas. C'est un miracle. Je crois que le Seigneur est avec nous finalement. Je suis certain qu'Il y est pour quelque chose. »

Robert s'enfonça ensuite dans le siège pour souffler un peu, croyant que le cauchemar était enfin terminé. Mais il n'était pas au bout de ses peines, car tout à coup, tombant du ciel, Nospheus, le chef vampire, atterrit sur le capot de la voiture. Celui-ci, toujours sous sa forme physique la plus monstrueuse, semblait encore plus terrifiant avec sa moitié de visage défigurée par les brûlures que lui avait infligées l'eau bénite.

Katie poussa un hurlement de panique. Le monstre poussa alors un horrifiant grondement, exposant ses dents proéminentes, avant de défoncer le pare-brise de son poing droit. Il agrippa ensuite sauvagement la femme. Cela fut beaucoup trop d'émotion pour elle et son esprit n'en supporta pas davantage. Elle perdit conscience devant la créature.

Au moment où il allait ramener la femme vers

lui, Robert lui tira la dernière balle de pistolet qui lui restait. Cette dernière frappa le monstre en pleine poitrine, causant une blessure qui lui fit lâcher sa proie.

Voyant qu'il n'avait plus de munition, Robert jeta le pistolet et chercha son fusil de calibre douze. Mais comme ce dernier se trouvait en dessous de Max, il ne le vit point. Il ne s'attarda pas davantage et tenta de trouver un plan B avant que Nospheus ne repasse à l'attaque. « Pense Robert ! Pense ! » se dit-il. C'est alors que l'image de la M -16 de l'homme qui venait de les agresser traversa son esprit. Sans perdre plus de temps, il ouvrit la portière arrière de droite et passa par-dessus Max, qui ne semblait pas trop avoir conscience de la situation. Puis, il se faufila à l'extérieur et fonça aussi rapidement qu'il put vers le cadavre au sol. Il se jeta par terre en glissant et attrapa la mitrailleuse. Il se releva en un temps éclair et pointa le chef vampire.

Mais avant qu'il ne puisse ouvrir le feu sur ce dernier, qui semblait déjà guéri de sa plaie, un de ses sbires apparut sur le toit du camion à gauche. Robert reconnut le vampire à qui il avait déjà eu affaire grâce à la marque de brûlure en forme de croix sur le front. Puis, un autre vampire sauta sur le toit de la voiture qu'il venait de quitter. Cette fois, malgré son teint très pâle, ses cernes accentués sous ses yeux de prédateur et sa dentition de démon, il reconnut Jack. Le bras de celui-ci, toujours amputé, était maintenant un moignon de peau, comme si cela faisait des années que son bras avait été coupé. Soudain, un autre visage connu apparut à sa droite. Henri, le prêtre, qui portait également les traits du Mal, atterrit à son tour. Et comme si ce n'était pas assez, une femme, d'une trentaine d'années, aux cheveux bruns, infectée également par le démon aux allures de chauve-souris, arriva du même côté.

Robert se trouva au centre, totalement encerclé par cinq vampires assoiffés de sang. La M-16 dans les mains, il les pointa à tour de rôle, ne sachant plus quoi faire.

« Baisse ton arme, Robert, lui envoyant Henri d'une voix démoniaque. Il n'y a plus d'issue. Tu vas devenir des nôtres maintenant.

— Prépare-toi à servir le Mal, ajouta Jack.

— Allez vous faire voir ! Je vous tuerai tous !

— Le jeu a assez duré, dit cette fois Nospheus. Nous n'aurions jamais cru que vous survivriez aussi longtemps. Mais là, c'est terminé ! Nous devons nous préparer à les accueillir. Nous n'avons plus le temps de jouer avec vous, misérables insectes. Alors, prépare-toi à me donner ton âme, sale petit mortel ! »

Cette fois, Robert n'avait plus de plan. Il était prisonnier. L'aube était encore beaucoup trop loin pour l'attendre. Il sentit que ce coup-ci, c'était vraiment la fin. Aucune sortie possible. Il pensa pendant un instant à se tirer une balle pour ne pas finir comme Henri et Jack. Les images de sa fille, de son fils et de sa femme passèrent alors dans sa tête. Il demanda à Dieu de leur venir en aide afin qu'il ne subisse pas le même sort que ces deux hommes.

Soudain, comme il se préparait à placer le canon dans sa bouche, un vent de courage l'emplit inexplicablement. Au même moment, il se dit que s'il se suicidait, Max et Katie allaient inévitablement perdre leur âme. Poussé par une force inconnue, il décida de se battre le plus longtemps qu'il pourrait.

« Si tu veux mon âme, sale fils de pute, alors viens la chercher ! » cria-t-il de toutes ses forces.

À peine finit-il sa phrase qu'un coup de feu venant de l'intérieur de la voiture résonna. Un paquet de petits plombs traversèrent le toit de la voiture rouge et frappèrent le visage de Jack qui était perché sur l'auto en question. À l'impact des projectiles, le manchot perdit l'équilibre et s'effondra brutalement au sol.

Robert comprit aussitôt en voyant Max par la portière encore ouverte. Ce dernier tenait le fusil, qui était caché sous lui un peu plus tôt, pointé vers le toit, le doigt sur la détente. En effet Max, qui avait repris un peu ses sens, avait empoigné l'arme à l'insu des vampires, avait visé à l'aveuglette le suceur de sang au-dessus de lui et avait tiré le coup en espérant faire mouche.

Cela attira l'attention des prédateurs et Robert en profita pour tirer à son tour deux balles dans le corps du chef vampire, jugeant qu'il représentait le plus grand danger. Aussitôt, les autres monstres se ruèrent vers Robert, qui était prêt à se battre jusqu'à la mort. Il pointa son arme sur le vampire à la marque de croix, sur le toit du camion, qui allait bientôt lui sauter dessus. Sans hésiter, il lui tira une rafale de trois balles, le faisant dégringoler. Puis il se tourna vers la femme vampire et la blessa de trois plombs à son tour. Il pensa ensuite à sa fiole d'eau bénite qui lui restait dans sa poche et alla la chercher. Henri en profita pour l'agripper à l'épaule, mais l'homme se retourna en l'aspergeant du liquide de Dieu qui le blessa automatiquement. L'ancien prêtre se prit alors le visage pour tenter de calmer la douleur. Robert le frappa d'un puissant coup de pied au ventre qui le propulsa au sol.

Durant ce temps, Max, oubliant un peu sa douleur grâce au stress, sortit assez rapidement de l'auto avec son douze à pompe. Il frappa la crosse en bois de toutes ses forces contre l'asphalte en tenant l'arme par le canon. Cette dernière se fracassa légèrement. Le jeune homme recommença son manège et cette fois-ci, elle se cassa en pointe, comme il l'espérait. Puis, Max s'approcha de Jack, toujours au sol et qui se tordait encore de douleur, le visage défiguré par les plombs. Le jeune s'élança et frappa le vampire en plein centre de la poitrine avec sa crosse en bois maintenant en pointe. Il resta surpris de voir à quel point son pieu de bois improvisé s'enfonça facilement dans le cœur du démon. Celui-ci hurla comme l'avait fait auparavant Orzel au contact du feu. Le monstre se tortilla de douleur un bref instant avant de perdre lentement ses traits de vampire et reprendre ceux de l'humain qu'il était auparavant. Puis, il cessa de bouger et ce fût bientôt le cadavre de Jack qui se trouva au bout de la lance improvisée. Max arracha aussitôt sa crosse de la poitrine du mort devant lui. Au même instant, il aperçut une ombre atterrir près de lui. Il se retourna et aperçut Nospheus qui semblait encore plus en colère que jamais. Le jeune homme blessé tenta sans perdre une seconde de frapper son adversaire de son arme anti-vampire, mais le démon para aisément le coup. Ne laissant pas le temps au jeune homme de retenter une attaque, Nospheus le saisit par le chandail et l'envoya se fracasser contre la voiture. L'impact fut si brutal que la suspension du véhicule bougea. La douleur qu'il encaissa fut deux fois plus grande. Il entendit sa clavicule craquer lorsque son épaule frappa le coffre arrière. Puis, sans lui laisser le temps de souffler, le monstre l'attrapa à la gorge et le monta sans aucune difficulté à la hauteur de sa tête. Le jeune homme ne touchait plus à terre, étranglé par les puissants doigts de son assaillant. Ce dernier fixa sa proie dans les yeux, ayant un regard analyste.

Trop occupé avec les créatures autour de lui pour regarder ce qui venait de se dérouler, Robert tira une balle dans le genou du premier vampire portant la brûlure de croix et le plaqua brutalement au sol de son épaule. Puis, il saisit un couteau de bois qu'il portait à sa ceinture de sa main gauche et l'enfonça mortellement dans le cœur du monstre. Ce dernier, comme venait de faire Jack, perdit ses marques de possédé. Ses crocs rentrèrent dans ses gencives pour lui redonner son apparence humaine. Il ne put admirer longtemps ce spectacle, car la femme démon lui sauta sur le dos. Rapidement, Robert lui enfonça son canon dans la gueule et lui tira une balle qui lui fit éclater le dessus de la tête. Cela la fit reculer juste assez pour que Robert puisse se retourner et lui enfoncer à elle aussi son arme en bois en plein cœur pour l'exorciser du diable qui la possédait.

Soudain, au moment où Robert éliminait deux de ses sujets, le chef vampire démontra de

L'ASSAUT DU MAL

la douleur. Il détourna alors son regard de Max et enligna celui qui était en train de détruire son armée. Il frappa alors farouchement Max une dernière fois contre la voiture avant de le lâcher au sol. Ce dernier s'écrasa par terre, n'affichant plus aucun signe de vie.

Robert sortit au même moment son crucifix de son autre poche et le pointa en direction d'Henri, qui fonçait à nouveau à l'assaut. Dès qu'il l'aperçut, ce dernier s'arrêta en tentant de cacher sa vue avec ses mains. Le nouveau tueur de vampires, qui n'aurait jamais cru survivre aussi longtemps, remarqua soudainement du coin de l'œil le chef vampire qui sautait par-dessus la voiture pour aller le rejoindre. Espérant que son pouvoir spirituel avait augmenté depuis qu'il avait assassiné deux sujets du diable, il tira deux balles à Henri et tourna sa croix en direction du réel danger. « Tu crois vraiment que ton pouvoir spirituel peut faire le poids face à moi ? grogna alors Nospheus. Tu oublies que j'ai absorbé l'âme d'un prêtre ! » Mais en guise de réponse, Robert leva sa mitrailleuse vers lui et pressa la détente. Au même instant, le chef vampire, ayant acquis de nouveaux pouvoirs grâce à l'esprit d'Henri, se changea d'un seul coup en nuage de fumée. Les plombs passèrent au travers de lui sans le moindre effet. Puis, la brume commença à se répandre partout autour de Robert. « Ce n'est pas possible, pensa-t-il. Je n'arrive pas à le croire ! »

Robert, ne sachant plus quoi faire, tournait en rond dans le brouillard qui l'entourait maintenant, pointant son crucifix à gauche et à droite. Il tenta de garder tout de même un œil sur Henri qui commençait lentement à se remettre de ses blessures.

Puis, en un temps éclair, toute la brume se réunit en une seule boule derrière l'homme qui se retourna rapidement. Il était trop tard. Le monstre avait déjà repris sa forme matérielle et frappa violemment Robert à la poitrine avec la paume de sa main. Robert s'envola et atterrit sur le dos sur le capot de la voiture accidentée à quelques mètres de là. Paralysé et le souffle coupé, il ne put éviter le démon qui lui bondit dessus. Il tenta malgré tout de le pointer avec sa M-16, mais la créature la lui arracha des doigts du revers de la main. Il essaya donc la croix, mais de son autre patte, le vampire lui saisit fermement le poignet. Il serra si fort que Robert n'eut d'autre choix que de la lâcher. La bête saliva à la vue d'une autre âme à asservir, d'autant plus que Robert avait gagné en puissance en tuant deux esclaves du Mal. Nospheus ouvrit sa gueule béante et se dirigea vers le cou de sa victime prise au piège. Cette fois, Robert se dit que sa chance s'était épuisée et qu'il n'avait plus aucun espoir de s'échapper.

L'ASSAUT DU MAL

Et comme les dents du monstre étaient tout près du but, Katie, qui avait repris connaissance, fonça derrière le monstre avec une croix à la main dans le but de la coller sur le dos de celui-ci. Mais ce dernier sentit aussitôt la présence de la femme et se retourna juste à temps pour attraper son bras. Il la serra puissamment, lui faisant pousser un cri de souffrance tout en la forçant à échapper son arme. Ses genoux plièrent sous la douleur.

Le chef démon leva alors le regard vers le vampire sous les traits d'Henri qui s'était remis de sa blessure par balle et qui attendait comme une bête affamée que son maître lui donne des restes. Il lui lança donc la femme tout en grognant. Henri l'attrapa aussitôt et s'empressa de la mordre sur l'épaule, la contaminant du Mal, elle aussi.

Le chef vampire revint à sa proie toujours prisonnière sous lui.

« Ton manège ne t'a rendu que plus puissant, grogna-t-il d'une voix à faire frémir. Ton âme me donnera plus de pouvoir à présent, pauvre mortel. Prépare-toi à devenir l'un des miens ! »

La chair de poule envahit alors tout le corps de Robert. C'était sans espoir. Il tremblait comme une feuille. Des larmes coulèrent le long de ses tempes en pensant à sa femme et à ses enfants qu'il ne reverrait jamais. C'était la fin, assurément.

Enfin, c'est ce qu'il pensa juste avant qu'un coup de feu ne résonne. Le démon hurla comme l'avaient fait précédemment les vampires tués. Robert remarqua aussitôt une blessure de balle à la poitrine de la bête. Et de celle-ci semblait sortir de petits morceaux de bois. Le monstre recula, libérant ainsi Robert, et toucha sa plaie. Puis, il leva sa tête lentement et regarda au-dessus de Robert. Ce dernier se tourna également pour voir qui était son sauveur. Il reconnut Max, tenant à peine debout, le visage en sang et tout enflé, le fusil de calibre douze entre ses mains. Le démon poussa alors un grognement de rage.

En effet, il savait que c'était maintenant la fin pour lui. Max, un peu plus tôt, alors que le chef vampire était occupé avec Robert et Katie, s'était relevé malgré sa douleur intense. Il avait ensuite pris le fusil et avait inséré des éclipses de bois provenant de la crosse, cassée plus tôt, dans la bouche du canon. Du coup, en tirant un paquet de plombs dans le cœur du démon, il y avait également lancé plein de morceaux de bois, qui s'étaient logés dans son point vital.

Henri lâcha lui aussi sa proie et poussa un cri aigu. La peau du chef vampire commença alors à fondre comme s'il se trouvait sous une chaleur intense. La peau dégoulinait comme de la bave collante le long de son corps. Bientôt, une flaque se dessina autour du démon. La chair entamait également sa liquéfaction. Des morceaux d'os commencèrent à apparaître sur le front et la mâchoire du monstre. Il tomba à genou sous l'effet de la douleur, hurlant à nouveau. En moins d'une minute, il ne restait plus qu'un squelette avec quelques lambeaux de viande. Une flamme bleuâtre jaillit soudainement de son cœur et envahit tout le reste, aveuglant les spectateurs. Le démon, complètement enflammé de bleu, tomba sur le ventre. Après quelques instants, plus aucune trace ne parut et l'incendie s'éteignit aussi vite qu'elle était apparue.

Pendant ce temps, Henri tomba au sol lui aussi, se tenant la tête comme s'il voulait empêcher que quelque chose ne sorte. Puis, après un bref instant, il perdit connaissance.

Devant le spectacle, Robert s'effondra à genou, totalement épuisé. « Merci, mon Dieu ! C'est un miracle ! Merci ! » Puis, lorsque le démon disparut totalement, la raison le rattrapa. D'autres hommes de Sadman allaient probablement venir finir le travail. Il sut qu'il ne pouvait prendre plus de temps pour récupérer son souffle. Encore les nerfs à vif, il se releva et alla voir dans quel état se trouvait Katie. Heureusement, le vampire ne l'avait mordu qu'à l'épaule, ne touchant aucune artère principale.

« Ça va Katie ?

— Je... Je crois que oui...

— Appuie fort sur ton épaule. Ça va arrêter le saignement.

— Est-ce... Est-ce qu'il est mort ?

— Je pense que oui. »

Puis, constatant que la blessure n'était pas très grave, il alla rejoindre son ami en piteux état. Ce dernier, qui tenait à peine debout, adossé à la voiture, se laissa tomber dans les bras de Robert à son arrivée. Le pauvre n'avait plus de force dans les jambes pour se tenir. Il avait utilisé sa dernière réserve d'énergie pour tuer le chef vampire.

Katie se releva douloureusement, tout en appuyant sur sa plaie comme le lui avait conseillé l'ambulancier à la retraite. Puis, elle se tourna vers Henri, toujours immobile au sol. Elle saisit sa dernière fiole d'eau bénite de son autre main et s'approcha prudemment afin de vérifier s'il était toujours en vie. Le prêtre, inconscient, semblait respirer encore. Son visage reprenait lentement des couleurs. Puis, les traits distinctifs de vampire s'estompèrent. Tout comme lui avait dit Sadman, il semblait redevenir humain après la mort de Nospheus.

« Je crois qu'Henri est toujours en vie ! s'écria-t-elle. Je ne crois pas qu'il soit encore un vampire !

— Vraiment ? lui répondit Robert.

— Il ne faut pas... rester..., les coupa difficilement Max.

— Tu as raison. Nous allons prendre le pick-up. Il ne faut pas rester ici, il y a encore trois autres chefs démons. Sans compter les zombies et surtout la secte qui risquent de débarquer d'un moment à l'autre. »

Robert aida alors Max à se traîner jusqu'au bord de la porte, puis il l'assit au sol. Il essuya la sueur mélangée au sang qui perlait sur son front tout en allant aider Katie à transporter le prêtre. Puis, ils installèrent l'homme inconscient sur le banc arrière. Robert sortit ensuite, sans trop prendre le temps de regarder, le cadavre du conducteur qu'il avait assassiné plus tôt. Comme il était encore sous l'effet du stress, il ne réalisa pas trop qu'il venait de tuer cet homme. Il ne fut que peu affecté émotionnellement de voir son cadavre.

Robert et Katie se concentrèrent ensuite sur Max. Lorsqu'ils le relevèrent sur ses deux jambes, il les arrêta.

« Attendez ! Je ne partirai pas avec vous, leur annonça-t-il.

— Quoi ? Qu'est-ce que tu me chantes là ? lui

répondit Robert d'un air incertain. Tes blessures ne sont pas si graves. Ne t'inquiète pas, dès qu'on trouvera de l'aide, ils vont t'hospitaliser et tout ira bien.

— Non Robert, tu ne comprends pas ! Je ne peux pas partir avec vous !

— Quoi ! Pourquoi ?

— Je sais pourquoi le chef vampire ne m'a pas mordu plus tôt... »

Il leva au même instant sa main droite en exposant ses doigts coupés couverts de sang.

« J'ai habituellement ma bague en or dans ce doigt. Un héritage de père en fils depuis des générations. Mon père me l'a offerte il y a quelques années. Ce n'est pas l'eau bénite de Katie qui a fait fuir le Léviathan quand il était sur moi. C'est que lorsqu'il m'a sectionné le doigt de ses dents, il a avalé de l'or...

— Quoi ?

— Il m'a... Il m'a mordu...

— Non !

— Oui ! Il m'a mordu ! Je suis contaminé par le Mal. Je vais devenir un Léviathan.

— Non ! ce n'est pas vrai ! répondit Robert,

complètement déboussolé par cette nouvelle.

— Oui, c'est la vérité. Et le fait que le chef vampire ne m'ait pas tué ne fait que confirmer que je dis la vérité. Il a vu le Mal couler dans mes veines. Il a vu que mon âme était déjà contaminée par un autre démon. C'est pourquoi je n'avais plus aucun intérêt pour lui.

— C'est impossible !

— Je le sens, en moi ! Comment crois-tu que je tienne encore debout malgré tout le sang que j'ai perdu ? Je sens le Mal commencer à m'animer.

— On ne peut pas te laisser ainsi. On va trouver une solution. On s'en est toujours sorti depuis le début. On va trouver quelque chose ! Il y a forcément un moyen !

— Non, Robert. C'est fini. Pense à ta famille. Pense au reste du monde ! Il faut que tu ailles chercher de l'aide.

— Je ne peux pas…

— Ce n'est pas tout. Tu vas devoir me tuer !

— Max, non !

— Je ne veux pas devenir l'un d'entre eux !

— Tu ne peux pas me demander ça. J'en suis incapable ! Non Max ! Je ne le ferai pas !

— Alors, donne-moi ton morceau de chandelier en or, j'ai perdu le mien dans la bagarre contre le démon-araignée.

— Je ne l'ai plus. Je l'ai planté dans l'œil d'un Léviathan.

— Katie, donne-moi ton pieu d'or.

— Je ne l'ai pas non plus. Je l'ai perdu.

— C'est un signe, Max. Il ne faut pas que tu meures.

— Robert, mon ami, je ne veux pas devenir un monstre !

— Il y a un moyen, suggéra Katie.

— Lequel ? questionna aussitôt Robert.

— Regardez Henri. Il semble bien qu'il soit redevenu un homme. Il faut tuer Bakkar, le chef des Léviathans.

— Mais bien sûr. Il faut retrouver ce sale fils de…

— Non, Robert. Pas vous. Vous, vous devez partir. Et au plus vite ! Il faut avertir les secours où ils se feront massacrer. Vous devez partir ! Moi, je vais rester ici. Si c'est la seule solution, alors j'irai traquer ce Bakkar. Je vais retourner près de la rivière où on a été attaqué. Il est probable qu'il soit là-bas. C'est la seule solution.

— Il n'est pas question que je te laisse aller à cette rivière tout seul. Et encore moins dans ton état.

— Va-t'en ! »

La larme à l'œil, Robert se refusait de laisser son partenaire du début de l'aventure.

« Max !

— Cesse de perdre ton temps ici ! Va, avant que d'autres choses nous tombent dessus. Prends la mitrailleuse, le camion et va chercher de l'aide. Katie et Henri ont besoin de toi. Ils n'y arriveront pas tout seuls.

— Non, Max, pas sans toi.

— Je ne sais pas dans combien de temps je vais me transformer, alors je n'irai pas avec vous. Pars maintenant !

— Mais tu n'auras jamais le temps de trouver le démon tout seul. Il fera bientôt jour et…

— Pars maintenant ! Robert, je le dirai plus. Fous le camp ! Va-t'en qu'on n'ait pas tout fait ça pour rien ! »

Même s'il refusait de se l'admettre, il savait que le jeune homme avait raison. Il devait partir au plus vite. Il serra alors les dents et laissa la raison l'emporter. Il tendit la main à son ami, sachant très bien qu'il n'allait jamais le revoir. Le jeune homme la saisit fermement de sa main encore intacte.

« Dans ce cas, bonne chance, Max. Ce fut… un immense plaisir que de te connaître. Que Dieu te protège… Qu'Il… Qu'Il te vienne en aide.

— Que Dieu vous protège aussi. Vous êtes le dernier espoir de ce monde. Merci, Robert. Merci pour tout. Sans toi, je ne me serais même pas rendu à l'église.

— Je te jure que je vais tout faire pour revenir avec des secours et te sortir de là. Je ferai tout ce que je peux pour revenir te sauver ! »

Puis, en le serrant dans ses bras en signe d'adieu, les larmes se mirent à couler, non seulement de la part des deux partenaires, mais également de la spectatrice juste à côté.

Robert attrapa ensuite la mitrailleuse au sol et grimpa contre son gré dans le véhicule. Katie tenta de souhaiter bonne chance à son tour, mais le chagrin la rendit presque muette. Elle se contenta alors de le serrer en pleurant à chaudes larmes. Après un bref instant, Max la repoussa pour qu'elle aille prendre place dans le véhicule avant une autre attaque. Elle s'exécuta en s'essuyant les yeux avec ce qui lui restait de linge propre. Elle ferma la porte doucement.

Robert jeta un dernier regard à son ami. Ses yeux trahissaient toute la tristesse qui l'envahissait. Il mit le camion en marche et partit en direction de la route qui leur permettrait de quitter la ville. Tout en s'éloignant, il leva les yeux. Dans son rétroviseur, il vit disparaître son ami.

Chapitre 23

Lundi, 15 août, 04h35

Robert suivit la route que Max leur avait conseillée plus tôt. Il espérait vraiment qu'ils réussiraient à trouver de l'aide et qu'il n'était pas trop tard. Qu'ils n'avaient pas tout fait ça pour rien. Il pria le Bien de leur venir en aide.

Pendant ce temps, Katie se fit un pansement improvisé sur son épaule avec un morceau de son gilet. Totalement dépassée, elle pleurait toujours, incapable de s'arrêter. C'en était trop pour elle. Robert se demanda combien de temps l'esprit de la pauvre allait encore pouvoir endurer cette histoire de fou. Il se posait d'ailleurs la même question à son sujet. Et ils roulèrent ainsi à la rencontre de leur destin.

Max, de son côté, regarda le camion s'éloigner, espérant qu'ils réussiraient à déjouer les gardes de la secte qui surveillaient sûrement la route. Puis, il se laissa tomber à genoux, totalement épuisé. Il examina à nouveau sa blessure au doigt qui semblait s'être un peu coagulée. Il vérifia par la suite l'heure sur sa montre. Moins de vingt minutes et le soleil se lèverait. C'était presque sans espoir. Un espoir de fou. Mais il se dit qu'il devait essayer. La dernière chose qu'il voulait, c'était de devenir un de ces monstres. Il devait concentrer ses dernières forces et essayer de trouver le chef démon. Trouver Bakkar et le tuer. Et s'il ne réussissait pas, il n'aurait qu'à mettre fin à ses jours.

N'étant pas du genre à abandonner facilement, il se releva et marcha douloureusement vers la voiture accidentée. Malgré le fait qu'elle semblait en mauvais état, Max se dit qu'elle était peut-être capable de rouler les quelques kilomètres qui le séparaient de la rivière. Il prit donc place derrière le volant et essaya de mettre en marche le moteur. Le démarreur vira un peu avant de miraculeusement faire partir le moteur, au grand bonheur du condamné.

Tout en écoutant le moteur tourner, il se dit qu'il restait peut-être encore une petite chance. Une faible probabilité de réussite, mais il en restait une. Il saisit donc son épée porte-bonheur qui traînait dans le fond de la voiture et partit à la chasse aux démons-serpents…

À SUIVRE…

Made in the USA
Charleston, SC
01 June 2014